AF580336

El laberinto de las especies

El laberinto de las especies

José Luis Meneses

ISBN PAPEL: 978-84-09-03383-6
ISBN EPUB: 978-84-09-03782-7

Produce: José Luis Meneses González (www.joseluismeneses.com)

Me has dejado sin horas, pero me queda el recuerdo de verte nacer y de mecerte corriendo alrededor de la mesa. Ya no me quedan lágrimas para seguirte llorando, ni Cruz de Jerusalén para esconder entre tus dedos. Me faltan pies para alcanzarte y me sobran besos para calentar cada centímetro de tu frio cuerpo. Has regresado a mí, resplandeciente como un Ángel Salvador y al corazón de todos los que te siguen queriendo. Vivimos a golpes querido hermano y el de hoy, no será el último.

A mi hermano Jesús
(1955-2017)

En su última noche soñó que cabalgaba sobre el lomo de un astado negro de piel aterciopelada y aliento fétido. El animal, se agitaba y él intentaba dominarlo girando sus cuernos una y otra vez, de uno a otro lado. Con toda la fuerza que le concedía el sueño conseguía doblegar sus patas, tirarlo al suelo, arrinconarlo y abrazarlo, con ternura, con amor de padre. La bestia, con rostro humano, insaciable en el juego de la vida y ansioso de experiencias, significándose desde las raíces del tuétano hasta los límites presinápticos de las terminales axónicas de su enfermo cerebro, volvía a levantarse y le zarandeaba de nuevo en el aire sin que sus fatigados brazos, su sabiduría dilatada y su infinita paciencia pudiesen hacer algo para detenerlo.

A mi padre,
por su abrazo en el agua.

José Luis Meneses
Marrakech, noviembre de 2017

Preámbulo

«Era la noche de Fin de Año y Pol, poco partidario de las bebidas alcohólicas, había embuchado alguna copa de más. No estaba borracho, pero sí lo suficientemente desinhibido como para empelotarse en la cubierta del velero y correr detrás de Margaret, que tampoco se había quedado corta con el vino, por todas y cada una de las estancias del navío. La joven pareja, ansiosa de sexo después de un interminable año de trabajo, había perdido el control y en cada recoveco se revolcaban como fierecillas en celo. Pronto se acabaron los rincones y con ellos los superficiales toqueteos. Se separaron y caminaron por la cubierta sin darse la espalda, él hacia proa y ella hacia popa. Sus miradas desafiantes no se desconectaron a pesar de las copas y de los balanceos del casco. Un reloj imaginario marcó las once y cincuenta y nueve. «A las doce», sentenció Pol a proa, «A las doce», confirmó Margaret en la bañera de popa. En ese preciso momento, en que un año se despide y otro se asoma, corrieron como caballos desbocados acoplándose con ferocidad en el primer intento. «¡Nervio y ansia!», exclamaba Pol cual si del mismísimo Gladiator se tratara. «¡Aquí me tienes, espatarrada!», clamaba la dulce y por costumbre comedida Margaret. «¡Ya... ya... ya!», gritaron a la vez mientras la luna cubría de plata la desnudez de sus cuerpos»

No hay luces ni sombras, ni ángeles ni demonios, ni tambores ni trompetas celestiales esperando al muerto. Tampoco está el cielo ni en el infierno, a no ser que el edén o el averno sea la cubierta de un pequeño velero que navega, sobre un mar en calma chicha, por las islas de sotavento del archipiélago de Cabo Verde. Al que quitaron la vida, trasformado en «*esencia*», transita por el tupido bosque que Margaret oculta entre sus piernas, atraviesa sus carnosos labios y recorre el rosado y cálido camino hacia el mismísimo centro del universo. En las trompas de Falopio se ve sorprendido por un ejército de espermatozoides «*Polnianos*» con hambre de óvulo. Sólo uno de ellos conseguirá su objetivo. La «*esencia*» localiza al 13.131.313, atraviesa el acrosoma y se introduce en su núcleo obligando a la cola a zigzaguear con mayor velocidad hasta que sorprende a un óvulo distraído. Podría no haber sucedido, pero sucedió una vez más. En es ese preciso instante, a la popa de un velero que navega sin rumbo frente a la playa de Tarrafal, comenzó una nueva vida.

Instalado en el Paraíso, disfrutó de la indescriptible belleza del entorno, del inexplicable placer y de la intensidad de la felicidad absoluta. Se sintió tan privilegiado por la cantidad de veces que había alcanzado el cielo, que gozó cada milésima de segundo de los nueve largos meses que duró su estancia en el vientre de Margaret. Después, iniciaría un nuevo transitar por el laberinto de las especies y llevaría a sus espaldas, sin saberlo, la historia del un muerto y de toda la humanidad.

Epílogo de la novela Ciriaco
de José Luis Meneses

1

Un espectacular fondo que simulaba una selva tropical y unas mariposas de infinitos colores que lucían en vuelo sus aterciopeladas alas, conformaban un paisaje de ensueño más propio de un estado onírico que de una realidad posible surgida de le efervescente mente de un diseñador de moda. El plagiado diseño de Christian Lacroix, estampado bajo las asas en ambas caras del bolso, fue el primero en caer de la manta cuando Omar salió corriendo Ramblas abajo. Como "caballos de viento" abrazados al hilo de una cometa, no tardaron en acompañar al espectacular Christian Lacroix un atrevido Just Cavalli, un distinguido Michael Kors, un clásico Ralph Lauren, un sugerente Love Moschino y, por último, un provocador Patricia Pepe de color fuxia. Aunque no fuesen auténticos, las excelentes imitaciones no merecían este final, más aún, cuando se habían hecho la idea de lucir en los brazos de hermosas mujeres ansiosas de miradas y provocadoras de envidias.

Perder la materia prima en la huida fue un gran problema, pero hubiera sido peor si la guardia urbana y el cuerpo de policías le hubieran alcanzado en una más de las innumerables carreras en las que se veía inscrito, uno tras otro, los largos días que llenan la primavera de colores, aromas y ensueños. *«Para qué conservar el contenedor si había perdido el contenido»* —pensó Omar mientras corría a pierna suelta sorteando transeúntes—. Soltó el pedazo de loneta blanca, desplegada a sus espaldas como las alas de un arcángel, y ésta, como si cumpliese con un mandato divino, fue a adherirse a los rostros de los agentes que, aunque exhaustos, se negaban a renunciar a darle alcance. Omar entró en el Café del Liceo y miró a través de los cristales como los agentes, resignados por no haber podido echarle el guante, recogían en el mismo trozo de tela que les había obligado a suspender su persecución, la preciada mercancía que de haber sido auténtica habría superado los ciento cincuenta euros cada unidad.

—¿Tomarás algo Omar?

—No, gracias, Pedro, pasaba por aquí y...

—Ya, bueno… ¿y el Moschino que tenías que traerme para mi Teresa?

—¿El Moschino...?, el Moschino con el Lacroix, el Kors, el Cavalli... y la puta madre que parió a Conde.

—Si no vas con cuidado te va a poner a caldo, ya sabes lo rústico que se pone y, por si fuera poco, se crece con el negro. En el fondo, lo que tiene es envidia, como te dije, bueno ya sabes, del tamaño de...

—No te pases Pedro —interrumpió Omar mientras seguía a través de los cristales todos y cada uno de los movimientos del agente Conde.

—¿Tienes un delantal a mano, Pedro?

—¿Qué?

—Conde viene hacia aquí.

—No, no hay tiempo, siéntate en una mesa, la del fondo, todavía no he retirado el servicio.

El agente de policía Luis Conde, hijo del temible comisario José Conde, entró en el Café del Liceo con las manos en los bolsillos de los pantalones. El cinturón aguantaba una incipiente tripa cervecera que dificultaba la flexión del torso, siempre conveniente, para abrocharse los zapatos. Entrado en años, había dejado atrás el buen estado físico que le permitía correr por las Ramblas y atrapar a quien se cruzara en su camino.

Conde, recorrió con la mirada todos y cada uno de los rincones mientras mordía con ganas la boquilla gastada de su cigarrillo de plástico. No tardó en localizar al susodicho y hasta la fecha presunto delincuente ya que, a pesar de su conocida y regular afición al trapicheo, no había puesto ni siquiera por unos instantes sus atléticas extremidades en la comisaría de la Vía Layetana ni en ninguna otra dependencia policial.

—¡Hola, Omar! —oyó a su derecha mientras el agente Conde desabrochaba su gastada americana gris y se sentaba a su lado.

—¡Hola, jefe! —contestó Omar mientras apuraba las últimas gotas de un vaso, que se resistía a que le abandonasen las huellas de carmín de labios de la cliente que salía en ese instante por la puerta del Café de Liceo.

—¿Lo de pintarte los labios es algo nuevo? —preguntó el agente Conde mientras su mirada se columpiaba entre el borde del vaso y los labios de Omar.

—¿Tomará algo agente? —interrumpió adrede Pedro mientras pasaba una bayeta húmeda por encima de la mesa de mármol.

—Tráeme una caña Pedro —pidió el agente Conde mientras aflojaba ligeramente el nudo de su corbata y estiraba el cuello con la intención de recolocar sus cervicales—. ¿Quieres una caña? —le preguntó a Omar que permanecía con los ojos clavados en el fondo del vaso

—Gracias jefe, una San Miguel sin alcohol, si le parece bien.

—¡Tráele una Estrella con alcohol y por mis cojones que te la bebes! Me haces correr todo el Paseo de Gracia, atravesar la puta plaza Catalunya y lanzarme Ramblas abajo tropezando con turistas y tus putos bolsos y me sueltas, por tu enorme boca de negro espabilado, "una San Miguel sin alcohol, si le parece bien". Si no fuese porque estamos en un local público, de un puñetazo acababa de chafar tu nariz y duplicaba el tamaño de tus carnosos labios.

—Creo que se equivoca jefe —intervino Omar después de aguantar sin inmutarse un pelo los atropellos verbales del agente—, he pasado aquí toda la tarde, ¿puede preguntarle a Pedro?

—Ya..., aquí…, sentadito…, observado a los clientes mientras te pintas los labios. Claro que, para pintar esos enormes labios debe necesitarse toda una tarde... ¡Me tomas por idiota Omar!

—No jefe, quizás se haya confundido, bueno, ya sabe, los negros somos todos un poco iguales, en fin, somos, ya sabe, negros, con los ojos...

—Tienes suerte de que te haya pillado sin la mercancía.

Pedro, cojeando ligeramente a causa de una bala perdida que había recibido del padre del inspector Conde, "el hijo del diablo", se acercó con las cervezas y las dejó sobre la mesa.

—¿Cómo va tu rodilla Pedro?

—Iré un momento al lavabo —interrumpió Omar mientras simulada dar un sorbo y se levantaba sin titubeos.

—¿La rodilla?, algo mejor, ya sabe la primavera, no se dobla del todo, la pierna no corre, el pie no chuta...

—Lo siento Pedro, ya sabes que a mi padre se le iba a veces la mano. Pero no te lo tomes así, quizás te hizo un favor.

—¡Oh!, sí, desde luego, gracias, tu padre me hizo un gran favor —interrumpió Pedro mientras estiraba su chaquetilla blanca intentando retener las manos en algún sitio.

—Bueno, piensa que la vida de delincuente que llevabas no te hubiera conducido a buen puerto, con suerte hubieras acabado entre rejas —el agente Conde hizo una pausa en su improvisado discurso para dar un largo sorbo a su fresca cerveza—, mírate ahora, tienes un trabajo digno, una mujer, niños, en el fondo tendrías que estarle agradecido.

Pedro había intentado tranquilizarse arreglándose la chaqueta, pasando el humedecido trapo sobre la vacía bandeja, estirando las piernas, torciendo el cuello de lado a lado, dejando que su cuerpo alternase diferentes gestos y expresiones y de que su rostro cambiase de color como si se tratase una bombilla de feria, todo esto y algo más, antes de precipitarse verbalmente sobre el inspector.

—¡Tu puta madre no es consciente del monstruo que ha parido! ¿Has pensado, aunque solo sea por un instante, en algo que no sea en ti o en las hazañas de tu endemoniado padre?, ¿has contabilizado el daño que habéis hecho a las personas que se han cruzado en vuestro camino?, ¡eres un cerdo, un...!

—Tranquilo Pedro, estás dando un espectáculo—, dijo el agente Conde mientras echaba una mirada indiferente a los clientes de alrededor.

—¡Eres el mayor hijo de puta, después de tu padre, que he conocido!

—Más vale que te tranquilices Pedro, o esto no va a acabar bien —interrumpió el agente después de levantarse y apurar su vaso de cerveza.

—¡Qué vas a hacerme, cabrón, pegarme un tiro en la otra rodilla!

Omar había aprovechado el alboroto para poner pies en polvorosa. Nadie, ni siquiera el agente Conde, se dio cuenta de su ausencia, de que algo había cambiado en el escenario del Café de

Liceo aquella ajetreada tarde de primavera. Por unos instantes las miradas abandonaron al conocido agente, para clavarse en Pedro, un tranquilo, pero ahora alterado camarero que gritaba y amenazaba con cortocircuitar todas las luces del universo.

2

—¡Con quién follaste hija de perra! —le gritaba totalmente alterado Pol en la sala de partos del hospital de Praia.

—¡Contigo, cabrón, o se te ha olvidado la noche de fin de año! —respondía a viva voz la parturienta Margaret.

—Un año sabático en esta puta isla y toma, ¡vas y me la das! —gimoteaba Pol sembrando de babas y lágrimas las palmas de unas manos que se resistían a dejar su desencajado rostro al descubierto.

El doctor Juan Armengol, sorprendido por la bienvenida que estaban dispensando al recién nacido, no se atrevía a interrumpir tan singular expresión de afectos. Poco tardó en darse cuenta de que, si no intervenía, cabía la posibilidad de que alguno resultase gravemente lesionado.

—El parto ha ido muy bien —arriesgó decir el doctor.

—¡Qué ha ido bien! —interrumpió Pol mientras cogía a la criatura y la alzaba cogida de una pata como si de un pollo de feria se tratase.

—Pesa tres kilos y medio, oye, ve… y mide más de lo normal —aclaró el doctor Armengol.

—¡Pero usted es ciego, se ha fijado en mi cara, en mis manos, en mis labios! —seguía gritando Pol después de lanzar literalmente al recién nacido sobre su madre que instintivamente alzó sus brazos cazándole al vuelo.

—¡Es tu hijo, cabrón! —gritaba insistentemente entre sollozos la desconsolada Margaret.

—¡La oye, doctor! —interrumpió Pol a gritos—, ¡usted la oye, se da cuenta lo que me ha hecho esta guarra!

—Yo, la verdad —dijo el doctor Armengol—, es que no veo a qué viene tanto alboroto.

—¡Pero usted está ciego de remate o me está tomando el pelo! —insistió Pol mientras acercaba su empastado rostro a menos de un centímetro de las narices del doctor.

—Disculpe, pero no voy a aguantar más que escupa usted sus babas en mi boca y siga gritando. No entiendo su reacción por el nacimiento de su hijo, ya le he dicho que ha nacido fuerte y sano.

—¡No se trata de su salud! —gritaba Margaret mientras agitaba al bebé en el aire como si se tratase de una coctelera.

—¡Es negro! —soltó Pol como si de un escupitajo se tratase—, no se ha puesto moreno de tomar el sol, es negro, negro como los negros.

—¡Ah!, se trata de eso —exclamó el doctor después de respirar aliviado.

Margaret y Pol abandonaron Praia, la capital de la isla de Santiago a sotavento del archipiélago de Cabo Verde, pocos días después de salir de la clínica, de vender el velero y la casa de Tarrafal que tanto goce les había procurado durante los largos meses de ese año sabático. Ni el barco, ni la casa, ni el negro formarían parte de su futuro inmediato ni lejano, por lo que regresaron a Londres, solos, en el primer vuelo que salió del aeropuerto internacional Nelson Mandela. Al despegar, cogidos de las manos, se prometieron hacer los esfuerzos necesarios para borrar de sus mentes lo disfrutado, lo padecido y todo lo relacionado con esa maldita isla de Santiago. No tardaron mucho tiempo en enterrar en las profundidades de sus cerebros, donde no llegan fácilmente las garras de la memoria, el espectacular acoplamiento de la noche de fin de año y el oscuro personaje fruto del pecado y del desenfreno.

El doctor Armengol, después de informar al hospital y las autoridades de la isla de que la criatura no había sido reconocida por los padres como propia y de que estos habían puesto pies en polvorosa. acogió al pequeño necesitado de sustento y afecto sin pensárselo dos veces. El inhabitual caso podía resolverse en unos días o demorarse algunos meses, pero el doctor no tuvo inconveniente en hacer un hueco en su pequeña casa de Tarrafal, en la que vivía sólo después de que Sofie y los pequeños, Paco y Lola, regresaran a Francia tras la muerte de su marido. Por cosas del azar, María, una nativa caboverdiana que le echaba una mano en el pequeño consultorio que el doctor tenía en el pueblo, acababa de parir también una hermosa criatura, Joao, y se ofreció a dar de mamar también a Yaco, nombre provisional que el doctor Armengol utilizó para al dar un alta de provisional en el registro municipal de Praia.

—Gracias María —le dijo Juan Armengol después de que ésta se ofreciese a echarle una mano con el crio—, no sé cómo me las arreglaría sin ti.

—No doctor, gracias a usted por hacerse cargo de esta hermosa criatura, y también por curar a mi marido y por dejarme trabajar en su hospital.

—¡Hospital, María!, si a este chiringuito con una mesa, una camilla, cuatro estantes con medicinas y unas antiguallas de utensilios le llamas hospital, cómo llamas al de Praia.

—Lo de Praia es otra cosa —respondió María mientras cambiaba los pañales del repudiado negrito—, es poco acogedor, bueno, no sé cómo explicarle…, claro, que cuando usted opera allí la cosa cambia.

Lo que parecía una cuestión de días, se convirtió en cuestión de semanas. Pasados tres meses, Juan seguía con el retoño en casa y desde hacía días, había empezado a desear que nada cambiase, que nadie viniese a quitarle de sus brazos a aquella criatura que contrastaba tanto con el color de su piel, pero tan poco con el latido de su corazón.

—Tenía que haberle puesto su apellido —le decía insistentemente María—, y decir que el niño era suyo. Un día se lo van a quitar y se va a quedar usted muy solo y muy triste.

—Lo sé María, lo sé. No sé qué tiene este niño, pero me recuerda a otro bebé que tuve en mis brazos hace muchos años.

Cerró los ojos y recordó la noche que bajó por la pasarela del Santo Antao en el puerto de Barcelona con una criatura en sus brazos. «*Pesan lo mismo*», pensó mientras sentía el cuerpo de los dos entre sus brazos, *«sus deditos, no sabría diferenciarlos, la piel, suave en ambos casos, sin pelo en sus cabezas, sin luz para poder diferenciar el color de sus cuerpos»*. Por un instante creyó que aquel retoño era la reencarnación del anterior y se sorprendió de haberle puesto el nombre de Yaco, nombre del marinero que le entregó la otra criatura una noche fría y gris ante las pestilentes aguas del muelle de Barcelona. Con aquel bebé en brazos, se perdió en la espesa bruma de las Ramblas mientras en el puerto unos marineros, saciados de alcohol y sexo, improvisaban un partido de futbol con una pareja de agentes de la guardia civil.

Arrancaron a Yaco de sus brazos apenas cumplidos los cuatro años. Juan, se había olvidado de que ese día podía llegar. Se había acostumbrado a tener, de nuevo, una familia y un motivo por el que seguir viviendo. Con Yaco recuperaba el pasado, vivía el presente y soñaba en el futuro. Yaco, abría la caja de los recuerdos y pensar en Dolores "La Lola" y Francisco "Paco", en Ciriaco, Sofie y en sus hijos Lola y Paco, ya no le producía dolor. Siempre encontraba en cada gesto, movimiento o palabra del recién llegado algo que le resultaba familiar, se emocionaba y daba gracias a Dios por lo feliz que sentía a cada momento.

—La ley es la ley doctor —le dijo el alcalde de Praia cuando le enseñó la solicitud de adopción—. Si por mí fuese, no hay mejor persona para cuidar a este niño que usted, pero…

Una pareja de jóvenes caboverdianos, Anisa y Ahmed, inhabilitados por la naturaleza para tener descendencia, se hicieron cargo de la criatura al día siguiente. Descendientes de esclavos traídos de Gambia, vivían en Assomada, a una treintena de kilómetros de Tarrafal y trabajaban en el campo sembrando hortalizas y recogiendo frutas para un hacendado portugués, un "*cara girada*", que pagaba con comida, techo donde cobijarse y muy poco más.

Anisa y Ahmed le pusieron por nombre Omar, "El de larga vida", y así tuvo que llamarle el doctor, aunque le costó acostumbrarse, cada vez que iba a visitarles. Juan, siempre encontraba algún pretexto para pasar por su casa a ver a su querido niño que crecía sin parar, sano y fuerte como el casco de una chalupa que por primera vez se echa a la mar. Al principio, el pretexto fueron las vacunas, después, las revacunaciones imprescindibles para su buen desarrollo y para prevenir todo tipo de enfermedades. En otras ocasiones, una pieza de pescado o de carne, necesarias para la criatura en fase de crecimiento, servía para que Anisa pusiese un plato más sobre la mesa y le invitase a quedarse. Juan se lo agradecía de todo corazón y se quedaba hasta altas horas con el niño dormido entre sus brazos. A todos les agradaba pasar una velada más intercambiando relatos que se entrelazaban unos con otros de manera natural. Juan les hablaba de España, de Barcelona, de las Ramblas de las flores y de los pájaros, la de las sombras de los plataneros, de sus seres queridos... Anisa y Ahmed, se remontaban a un pasado más lejano, a sus orígenes. Recuperaban la historia de sus tatarabuelos, pescadores de Tanji en Gambia, de su captura para ser vendidos como esclavos, de las penurias en Jufureh hasta su venta a los portugueses. Le contaron, y de esta manera mantenían viva su historia de su familia, cuando a sus tatarabuelos les embarcaron hacia las Américas en condiciones difíciles de imaginar y de cómo consiguieron huir cuando el barco que les transportaba hizo escala en la isla de Santiago. Después de zarpar el navío fueron capturados y encarcelados, y más tarde vendidos como esclavos al hacendado portugués Joan Cortés, descendiente del mayor terrateniente del archipiélago de Cabo Verde. Aunque la esclavitud fue abolida a mediados de mil ochocientos ellos, Anisa y Ahmed, continuaban viviendo en condiciones similares a las que vivieron sus antepasados. Enganchados a sus relatos, pasaban las noches a la luz de la luna y de una vela que alumbraba a una criatura que crecía y crecía sin que se diesen cuenta.

Cuando Omar cumplió los seis años y aprovechando la apertura de una pequeña escuela en Assomada, Juan les convenció para que le inscribiesen comprometiéndose a realizar todas las gestiones y a atender todos los gastos. En poco tiempo, las noches de relatos fueron sustituidas por las noches de deberes y de asombro por los progresos de Omar. Juan, doblemente emocionado, recordaba las noches en la calle Unión de Barcelona viendo crecer y aprender a Ciriaco. En su memoria tenía grabados todos y cada uno de los dibujos que el pequeño había plasmado sobre la pared. La vida, que le había castigado duramente, se mostraba compasiva, lo que le ayudaba a mantener las fuerzas para seguir viviendo y para preparar su corazón para un nuevo envite, que presumía no tardaría en llegar.

—Tengo malas noticias Juan —le dijo Ahmed poco después de que Anisa acostase a Omar.

—No será para tanto —respondió Juan intentando levantar el ánimo de su amigo—, anda dime, de qué se trata.

Salieron al porche de la modesta vivienda y se sentaron sobre un banco de piedra adosado a la pared. Unas solitarias nubes sostenían la luna en brazos mientras los suaves alisios se llevaban el calor del día mar adentro.

—Ayer me vino a ver Cortés —dijo Ahmed mientras trazaba con un trozo de rama círculos sobre la tierra.

—¿Y? —interrumpió Juan sorprendido por lo inusual del hecho.

—El patrón me dijo que se va, que ha vendido la hacienda y que regresa a Portugal—, soltó a bocajarro Ahmed mientras presionaba la rama como si quisiera cavar un hoyo profundo y enterrarse en él.

Sobre Juan cayeron las nubes, la luna, los alisios y todas las estrellas del firmamento. El final de una etapa caía sobre él como una lluvia monzónica, le empapaba el alma y diluía sus sueños hasta perderlos entre los dedos de sus pies encharcados.

—Pero bueno, quizás el nuevo propietario… —aventuró Juan sin levantar la vista del suelo.

—No Juan, la finca no da dinero, ya sabes, el problema del agua…

—¿Y qué piensas hacer? —le preguntó Juan con los nervios erizados.

—Anisa y yo, hemos estado hablando y lo que nos gustaría es regresar a Gambia, a nuestro país. Quizás allí encontremos la ocasión para vivir mejor, y que Omar tenga más oportunidades en su vida.

—Pero vuestro país es este, Cabo Verde —comentó Juan sorprendido—, habéis nacido aquí y también vuestros padres, vuestros abuelos y…

—Aquí hemos nacido y vivido muchos años, pero no podemos olvidar que a nuestros antepasados los trajeron a la fuerza, como esclavos, y así nos sentimos todos nosotros desde entonces.

—Te entiendo Ahmed, a mí también otras circunstancias me obligaron a salir de España, quizá, cuando os vayáis, yo también regrese a casa.

Sentado en el porche de su pequeña casa de Tarrafal, Juan observó hasta altas horas de la noche el ir y venir de las olas. La luz de la luna cabalgaba orgullosa sobre sus crestas hasta alcanzar la orilla y se dispersaba perdiendo su esplendor sobre la arenilla de la playa. Cada ola le trajo un recuerdo, un nombre, una emoción que se perdía en la orilla para dar paso a la siguiente. De nuevo, una ola más, y montado sobre ella Omar, Anisa y Ahmed, resplandecientes bajo la luz de una luna condenada a alumbrar una sucesión infinita de instantes.

Esa noche soñó que cabalgaba sobre el lomo de un astado negro, de piel aterciopelada y aliento fétido. El animal, se agitaba y él intentaba dominarlo girando sus cuernos una y otra vez, de uno a otro lado. Con toda la fuerza que le concedía el sueño, conseguía doblegar sus patas, tirarlo al suelo, arrinconarlo y abrazarlo, con ternura, con amor de padre. La bestia, con rostro humano, insaciable en juegos y ansioso de experiencias, significándose desde las raíces del tuétano hasta los límites de las terminales axónicas de su enfermo cerebro, volvía a levantarse y le zarandeaba de nuevo en el aire sin que sus fatigados brazos, su sabiduría dilatada y su infinita paciencia pudiesen hacer algo para detenerlo. No hay salida en el laberinto de las especies, hasta los muertos son resucitados y condenados a un revivir una vida errante sabiendo que la única salida era, que no había salida.

* * *

Querido lector, esa misma noche el doctor Juan Armengol me pidió que le dejase partir y yo, que le había procurado con mi pluma tanta felicidad y desdicha, convertido en un Dios creador y deletéreo, accedí a su deseo.

Me despertó al alba, con los colores imaginados que tanto disfrutamos juntos. Mi pluma descasaba, pero él no había cerrado sus ojos en toda la noche. Cuando me miró, vi en sus ojos la tenue llama del crepúsculo de la vida y su deseo de irse. No quería perderle, le necesitaba como necesito escuchar el latido de mi corazón inquieto para seguir escribiendo.

Accedí, y él me pidió que le acompañase y caminamos desnudos sobre la arena de una playa que la luna pintaba de plata, mientras le prometía procurarle menos padecimientos. Pero ya era tarde y yo, no podía desescribir lo escrito, ni ambos podíamos desandar lo andado.

El mar, en calma chicha y sin viento de poniente que azuzase las olas, apenas humedecía la orilla tatuada con nuestros pies descalzos. Me cogió de la mano y yo apreté la suya intentando que ese instante no se perdiese en el tiempo ni en mi memoria. Habíamos compartido tantas horas sin decirnos nada que le pedí que esperase, que demorase su partida, que me permitiese seguir esculpiendo con mi pluma caprichosa el contorno de sus días, el frio y el calor de sus horas. Pero la Luz, que todo da y toda quita, se aproximaba dulcificando el instante cuando la noche aún no se había ido.

Los primeros rayos de un sol impaciente aparecieron en el horizonte y trazaron el camino a seguir sobre la piel del agua. Juan soltó mi mano y sus pies dieron los primeros pasos sobre un mar que se quebró por un instante. Corrí a su lado y le acompañé en ese tramo del camino que pone fin a cada una de nuestras existencias. Nos abrazamos bajo el agua, me regaló su última sonrisa y sentí su infinito amor bajo un cielo dormido sobre una mar turquesa centellante.

Descansa en paz Juan, doctor Armengol, amante de la puta Lola y amigo del carterista Paco, ciudadano ejemplar y cómplice de las fechorías de los que te conocieron y amaron. Te di una vida digna de ser vivida y ahora, porqué me lo suplicaste, te la quito no sin antes darte las gracias por haberme acompañado en mis desvaríos por el laberinto de las especies.

* * *

3

—¡Hola, Carmela! —soltó Omar después de entrar con su camiseta blanca empapada de sudor en el pequeño bar de la calle Unión.

— ¿A qué viene ese sofoco? —dijo Carmela detrás de la barra mientras mezclaba con agua del grifo la imperecedera botella de Jony Walker.

—Conde me ha dejado sin mercancía —respondió Omar después de apurar el contenido de un vaso medio vacío de algún cliente con prisas.

—Ya te dije que es un cabrón como su padre —prosiguió Carmela acompañando su aseveración con todo tipo de aspavientos—, estas arrugas han visto y oído muchas cosas. A la abuela de Lola, que también se llamaba Lola, le quitaron la vida y también a su marido, Paco. Si no cambias de oficio te cazará tarde o temprano y te aseguro que cuando lo haga, no se andará con remilgos, te hará añicos.

—No será para tanto Carmela, con individuos más chulos y peligrosos me he topado y aquí me tienes, enterito, sin magulladuras dignas de destacar. Además, Carmela, Conde no me preocupa, es El Senegalés con quien tengo que ir con cuidado y no creo que se ponga muy contento cuando le diga que me han requisado los bolsos.

La Mafia Senegalesa era la controlaba la actividad de los "manteros" y en general la de los inmigrantes venidos de países subdesarrollados y aspirantes con derecho, según reza en el imaginario colectivo del emigrante, a disfrutar de una existencia mejor en un mundo más feliz en el que los principios y valores constitucionales, cívicos y morales obligan a los nativos a compartir sus riquezas con los emigrados. El papel lo aguanta todo, pero la realidad distaba mucho de las proclamas que lanzaban a los cuatro vientos los ilustres mandatarios y las prestigiosas organizaciones de países desarrollados. En el laberinto de las especies, a lo máximo que podían aspirar era a recoger las sobras, a manejar y controlar a sus hermanos de sangre, o a mancharse las manos en todo aquello que el afortunado nativo no se quisiera ensuciar.

A manejar y controlar a sus hermanos es a lo que se dedicaba El Senegalés. Compinchados con las autoridades portuarias y con algunos agentes sin principios de la policía distribuían toda la mercancía, que llegaba en contenedores desde centros de producción de mano de obra barata de Pakistán, la India, China, Vietnam…, por todos los puntos de venta de las grandes capitales de la geografía nacional.

—Tienes que buscarte otro trabajo —insistió Carmela mientras le acercaba un vaso de agua

—Estoy en ello Carmela, pero en este negocio es más fácil entrar que salir.

La luz de una farola iluminaba la pequeña estancia en la que vivía encima del bar La Carmela en la calle Unión. Sobre la mesa del comedor había una carta, se sentó, y la cogió como quién coge una reliquia. Una noche más echó un vistazo al llamativo sello adherido en la esquina superior del sobre, una bandera ondulante de color rojo, blanco y azul aparecía ensalzando el texto

"France 2000" y debajo del sello el nombre y la dirección, la suya, y de la desconocida compañera de piso.

Lola Blanco Legrand
c/ Unión, 11
08001 Barcelona (España)

Giró el sobre y leyó los datos del remitente,

Sofie Legrand
Le Mas du Coq,
84300 Cavaillon, Avignon (France)

«La madre» se dijo al leer el apellido en el remitente; *«francesa»,* al leer la dirección; *«*Lola*»,* japonesa, soltó riéndose de su improvisado chiste. Animado a seguir en el proceso de investigación iniciado con tanto éxito, cogió el sobre, lo sopesó y concluyó *«dos folios doblados en el interior o tres como mucho»* El sobre estaba abierto, pero una noche más pensó que no era correcto sacar la carta y leer su contenido. Una noche más optó por el juego, se la acercó a los labios y aspiró el olor *«agua de jazmín»* falló después de que el aromático perfume invadiera cada ventrículo su alma.

Un griterío en la calle reclamó su atención, se levantó y se acercó al balcón entreabierto. El ruido y el frescor del atardecer se colaban en la estancia mientras observaba como una mujer golpeaba a un hombre con su paraguas *«¡... ahora sé en qué gastas el dinero, en putas, eres un cabrón, un...!»* Carmela y algunos clientes del bar intentaban calmar a la mujer, mientras él huía hacia las Ramblas ocultando su rostro de las miradas de los transeúntes.

A Omar le gustaba el barrio, sus callejuelas estrechas, su olor a fritos y sus misteriosos portales de los que salían y entraban conocidos y desconocidos sin un patrón claramente definido. Le gustaba porque a pesar de su aterciopelada piel oscura podía pasar desapercibido, porque era fácil convivir en el bullicio y perderse entre sujetos tatuados con historias tan poco corrientes como la suya. Se sentía uno más, nadie juzgaba a nadie, ni tampoco se entrometían en jardines ajenos, quizás, porque cuidar del propio les ocupaba la mayor parte del tiempo.

Omar vivía en un barrio de una Barcelona que había cambiado mucho desde los tiempos en que el padre de Conde ejercía su función de agente de policía y después de comisario en jefe. Hoy, las Ramblas y sus estrechas calles circundantes, habían dejado de pertenecer a las putas, a los borrachos y los marineros cuyos barcos llenaban de mierda las pestilentes aguas del puerto. Ahora, se habían convertido en un barrio turístico, de pequeños comercios de moda, de restaurantes de prestigio, de colmados pakistaníes abiertos las veinticuatro horas de día, de los estudiantes pijos, de *hippies* trasnochados y de nuevas sedes universitarias, aunque los olores a orín y algunos pequeños bares de los de siempre se resistían a abandonar la zona.

A Omar le gustaba el pequeño piso en el que Carmela le permitía vivir desde que desamparado, con hambre y sin aliento entró una noche en su bar, un par de años atrás, pidiendo un vaso de agua. Eso sucedió semanas después de cruzar el Estrecho en una destartalada patera desde Marruecos a Tarifa y de viajar escondiéndose en los ejes de camiones hasta llegar a Barcelona. Cuando entró en el bar, su estado era tan lamentable que Carmela le acogió como si se tratase de un bebé abandonado. Quizás, porque le recordó a Ciriaco, aquel otro bebé que dejaron abandonado junto a su puerta pocos meses después de acabar la guerra civil y que los abuelos de Lola y el doctor Juan Armengol acogieron como a un hijo.

Omar, siempre que podía y nunca en fecha fija, le daba a Carmela algo de dinero. A ella, no le importaba el dinero y aunque su brasero ya no calentaba lo que, en otros tiempos, el bar le daba suficiente para ir tirando. El piso, en el que permitió que se alojase Omar, se lo dejó en custodia su fallecida amiga Lola. Casi siempre estaba vacío, excepto cuando la doctora Blanco Legrand, de nombre Lola como su abuela, que había nacido en Cabo Verde y que residía en Francia, venía Barcelona por cuestiones de trabajo o para visitar la tumba de sus abuelos enterrados en el cementerio de Montjuic.

Omar, dejaba sobre una silla del piso de la calle Unión sus escasas pertenencias: unos tejanos de recambio, un par de camisetas, una sudadera y un polo blanco Chemisse Lacoste falso, que esperaba estrenar en alguna ocasión especial. El género con el que trapicheaba descansaba en un rincón hasta el día siguiente, aunque esa noche, la manta y los bolsos iban a dormir en comisaría. En el armario de la pequeña habitación, junto a la cocina-comedor, colgaba un chándal, un tejano y unas bambas de Lola que Omar, echado sobre la cama, observaba cada noche intentando imaginar las prendas sobre el cuerpo de la desconocida compañera de piso. En ocasiones acercaba el oído o aspiraba su olor esperando encontrar alguna respuesta a sus preguntas. En el interior de una caja de zapatos había guardadas algunas pertenencias que Lola había ido olvidando en el piso en sus viajes a Barcelona. Omar abría la caja y revisaba con detenimiento todo su contenido: un billete de tren de Avignon a Barcelona de hacía tres meses; una pulsera de tela trenzada con los colores del arcoíris; algunas monedas caboverdianas; una cuartilla arrugada que Omar alisaba cada vez que abría la caja y en la que podía leerse *«Hola, mamá, acabo de llegar de Dar es-Salaam. Estaré en Barcelona un par de días y aprovecharé para llevar unas flores a*

Montjuic. Espero que Paco se encuentre mejor...» Volvió a arrugar la carta inacabada y a meterla en la caja junto a las otras cosas. Sobre la mesilla de noche había un tríptico de un congreso internacional sobre enfermedades tropicales. El nombre de ella, Dra. Lola Blanco Legrand, aparecía junto a una de las ponencias destacadas: "*Desnutrición infantil en la África subsahariana*". Tan solo faltaba un mes para que se produjera el evento.

En un principio Omar pensó presentarse cuando Lola llegase a Barcelona. Le parecía necesario que supiese quién vivía en su piso cuando ella se ausentaba, pero luego, se echó atrás y pensó que sería mejor seguir desapareciendo como hacía siempre. Otra opción que barajó durante las largas noches de soledad y silencio era asistir de incógnito a otra conferencia que iba a dar en el Hospital Clínico. Se presentaría, la miraría a los ojos y le diría *«Hola, me llamo Omar...»* No, se dijo, así tan directo no queda bien, quizás mejor *«Hola, yo soy el que vive en tu casa...»* Tampoco, peor, creerá que estoy insinuándome, mejor será un *«Buenas tardes doctora, una conferencia interesante...»* Cuando llegaba el día en el que podía decírselo siempre se echaba atrás.

A pesar de la soledad, no se sentía solo, tenía la pequeña caja de zapatos, un sobre con una carta que no se decidía a leer y una compañera que, colgada de la percha de un armario, esperaba cada noche su regreso para que le contara los últimos acontecimientos. «*Hoy he tenido un mal día Lola*» —dijo, mientras mordisqueaba un trozo de salchichón, sentando en una silla delante del armario. «*Conde, me la tiene jurada... Carmela tiene razón, no parará hasta verme entre rejas... Sí claro, ya sé, buscarme otro trabajo, como si fuera tan fácil. Mañana iré a ver a la señora de Montull, ya sabes la madre del tetrapléjico que saco de paseo en alguna ocasión, a ver si tiene algo para mí..., pero antes iré a ver al "Senegalés", a ver cómo podemos arreglar el tema de los bolsos...»*

La soberana paliza que le propinó El Senegalés al día siguiente le incapacitó para ir a ver a la señora Montull. Por otro lado, aunque trabajase diez años paseando al tetrapléjico no iba a sacar pasta suficiente para pagar su deuda, a la que había que sumarle los destrozos ocasionados en las paradas del mercado de la Boquería en su huida atolondrada. La carrera de cien metros desde la trastienda de El Turco, lugar que utilizaba El Senegalés para reuniones de negocios, hasta salir a las Ramblas fue de medalla de plata. De no ser por las pangas, merluzas y *llobarros* de la pescadería o de los kiwis, naranjas y melocotones de la frutería, hubiera alcanzado el oro. En el cruce de calles echó un vistazo a uno y otro lado del turístico y frecuentado paseo de las Ramblas y, excepto las flores y algunas miradas curiosas de unos cuantos transeúntes en su mayoría extranjeros, no parecía haber más peligro que el que había quedado aparcado a sus espaldas. Omar, escondió su magullado rostro bajo la capucha de la sudadera, metió sus manos en los bolsillos y como si nada hubiera sucedido, emprendió la marcha Ramblas abajo en dirección al puerto cargando con los dolores distribuidos por toda la superficie de su cuerpo.

—¡Adiós, Omar! —le dijo Pedro desde el Café de la Ópera mientras sostenía con una mano la bandeja llena de vasos de cerveza y se rascaba con la otra la perfilada perilla de su incipiente barba. Se le quedo mirando, pero Omar solo le devolvió el saludo con la cabeza y con una de sus manos que no llegó a alcanzar la altura del sol en una mañana de invierno sueco. Continuó con la cabeza gacha bajo la capucha que ocultaba su rostro, mirando sus zapatos y los de los transeúntes se desviaban a su derecha o a su izquierda para evitar la colisión.

Se sentó en el suelo, al borde del malecón del puerto dejando que sus piernas colgasen en el vació. Después las balanceó, cruzo los pies, golpeó la pared con los talones... Su silueta se reflejaba en el espejo de las aguas plomizas del puerto zigzagueando como la llama de una vela. La superficie, de un azul cobalto oscuro, parecía una masa sólida impenetrable por la que podría caminar si se decidiese a poner sus pies sobre ella. *«Si lo hizo Jesús por qué no lo puedo hacer yo»* —pensó mientras se abstraía de todo lo que acontecía a su alrededor—. *Se vio dando los primeros pasos, alejándose del muro en dirección a la salida del puerto. Tres, cuatro, cinco pasos..., se detiene..., no se hunde, se agacha y secciona con un bisturí la piel del mar, se abre una brecha y un agua cristalina le recibe cubriendo de azules turquesa su negro cuerpo. Las esporas se desprenden de los corales rojizos tiñendo el mar de sangre mientras bandadas de peces, con el arcoíris pintado en sus costados, mordisquean su torso desnudo procurándole una inmensa sensación de bienestar.*

4

Alguien golpeó su espalda. Un breve impacto seguido de una presión prolongada sobre su dolorido dorso le extrajo de las pestilentes aguas y le devolvió al malecón del puerto al que no había dejado de golpear con sus talones. Omar, sorprendido, giró la cabeza mientras soltaba un incontrolado exabrupto harto ya de tanto juego con su magullado esqueleto.

—¡Joder! —soltó a bocajarro mientras cerraba los puños y giraba la cabeza.

—¡Eh!, negrito, cuida tu lenguaje o te mando de un puntapié con tus hermanos de sangre —sentenció el agente Conde que mantenía como de costumbre sus manos en los bolsillos.

—¿Qué es lo que pasa ahora? —preguntó Omar mientras se levantaba del suelo y sacudía su trasero.

—Ahora nada —respondió Conde mientras su mirada se perdía en algún lugar. Pasados unos segundos añadió —pero tengo anotados un montón de incumplimientos y delitos que tengo que facturarte.

—Pues factura lo que quiera —contestó Omar—, unas hostias más puede aguantarlas mi cuerpo.

—¡Eh!, negrito, no te equivoques, lo de El Senegalés son caricias, lo que yo proporciono es un malestar lento, persistente y absoluto, y la dosis adecuada es antes del desayuno, de la comida y de la cena, en cápsulas o en disolución, y si me apuras, pasaje gratis en primera clase para ascender a los cielos.

—Pues no sé qué decirte, quizás estaría mejor allí. Si quiere que le sea sincero ya empiezo a estar harto de este transitar por este laberinto de mierda.

—Venga hombre, no te me irás a suicidar ahora. Todavía podemos sacar algo positivo de tu perra existencia, y no me refiero solo a lo de ser negro, que ya tiene cojones llevar eso encima, si no a tus nulas posibilidades de mejorar por ti mismo tus condiciones de vida.

—No te preocupes por mí —interrumpió Omar mientras daba muestras de dirigirse en dirección contraria a la que le marcaba Conde—, ya me las arreglaré. Ahora tengo que irme.

—¡Eh…!, espera, tengo algo que proponerte —le soltó Conde mientras cogía su brazo con fuerza—, piensa lo que más te conviene y si quieres que hablemos, ve mañana al cementerio de Montjuic a las diez de la mañana, te espero en la calle de San Jaime frente al nicho de Dolores Vinuesa y Francisco Blanco. Le encontrarás fácilmente porque siempre está lleno de flores. Omar se detuvo y esperó que Conde se marchara. No quería que viese la dirección que cogía para regresar a casa. Si una cosa había conseguido hasta la fecha, era la de mantener en secreto el lugar donde se alojaba.

Serpenteó una vez más las calles adyacentes a las Ramblas ocultándose en portales o atravesando bares con puertas de salida de emergencia a otras calles. Conocía cada milímetro del barrio y si bien era imposible localizarle, él si podía encontrar en esa minúscula parte del laberinto de las especies, a la hormiga más pequeña fuese donde fuese que se escondiese.

Entró por la parte trasera del bar de la Carmela, la hizo un saludo breve y subió por las escaleras al piso que compartía con la desconocida Lola. No quería que Carmela le viese la cara hecha un mapa, pero tampoco hacía falta disimular porque cuando entraba así, ella sabía que algo había pasado. Media hora más tarde le subió un par de huevos con patatas fritas, una San Miguel sin alcohol y lo dejo sobre la mesa sin soltar una sola palabra. Mientras comía, con cierta dificultad a causa del dolor en su maltratada mandíbula, le daba vueltas a qué es lo que podía querer el agente Conde y no encontraba nada que le ayudase a hacerse una idea sobre lo que podría querer y eso, que era hábil recorriendo los laberintos del cerebro y en encontrar una u otra respuesta a sus preguntas.

La luz cálida de la farola de la calle entró al anochecer por el balcón entreabierto. Sentado en la oscuridad observó como el haz de luz, en el que flotaban alborotadas partículas de infinitas especies, iluminaba una pared atiborrada de dibujos hechos desde quién sabe cuánto tiempo. Formas geométricas diversas se mezclaban con tablas de multiplicar y ecuaciones complejas; mapas de los cinco continentes junto a estrofas de versos mutilados por aviones de guerra; minotauros de piel aterciopelada arqueados con sus astas amenazantes; ángeles postrados sobre tumbas abiertas; mariposas transportando hormigas en sus espaldas aladas; figuras humanas con diferentes almas mostrando sus cíclicas emociones; nombres que se entrelazaban compartiendo letras y afectos... Omar, siempre descubría algo nuevo en ese laberinto de las especies que ocupaba toda la pared. Se buscaba en él, porqué en ese universo que lo contenía todo, donde nada ni nadie era excluido, donde solo había permanencia eterna sin posibilidad de huir, donde las diversas especies convivían odiándose y amándose al mismo tiempo, ahí, en ese laberinto, debería estar él, a no ser que él fuese el autor de los dibujos, el creador con derecho a excluirse.

Escondido tras un panteón del cementerio de Montjuic, esperó a que apareciese el agente Conde. Omar llegó a las nueve, una hora antes de la cita. Quería disponer de tiempo suficiente para localizar el nicho y para estudiar las posibles vías de escape en caso de que fuese necesario. A esa hora de la mañana no había gente transitando por las calles de la ciudad de los muertos, reino del silencio, de la paz y antesala del purgatorio, del anhelado paraíso celestial o de la tenebrosa cocina del infierno. Omar agradeció esa paz y ese sosiego que tanto había necesitado los últimos días. Caminando entre el inmaculado blanco de las tumbas, acompañadas con flores de apacibles colores que combinaban adecuadamente con el verde imperturbable de los cipreses, se sintió bien. La variopinta población de ciudadanos que compartían el sueño eterno se reflejaba perfectamente en las características de sus lugares de descanso, algo así como había sucedido cuando sus cuerpos tenían vida. Panteones, mausoleos, carrozas, ángeles erguidos y adormecidos eran los lugares escogidos para aquellas familias que habían transitado por la vida acumulando riquezas y poder. Los otros espacios, el de los nichos de setenta de alto por setenta de ancho y dos y medio de profundidad que se apiñaban unos encima de otros, los más números, eran los habituales de aquellos a los que la vida se les escapó a golpes y rozando siempre la felicidad con las yemas de sus dedos. A pesar de las diferencias indiscutibles, todos compartían un par de cosas: gozaban de la misma paz eterna y de unas vistas espectaculares al mar Mediterráneo, ligeramente rizado por los suaves vientos de levante.

Tras la espalda de un ángel erguido con sus blancas alas desplegadas encontró en nicho de Dolores Vinuesa y Francisco Blanco. La sombra que proyectaba el alado durante una gran parte de la mañana permitía que las numerosas flores que decoraban la sepultura, algunas naturales y otras artificiales, mantuvieran su compostura y colores algún tiempo más del habitual. Algo sucedió en su interior cuando Omar recorrió con sus dedos las letras grabadas sobre la lápida. Miles de imágenes desfilaban ante sus ojos sin que pudiese hacer nada por detenerlas. Luchó por mantenerse en pie apoyándose sobre el pequeño alféizar del nicho, mientras su cuerpo temblaba como si hubiera recibido una descarga eléctrica. Amor y odio circulaban a una velocidad vertiginosa por todos los circuitos de su cuerpo, mientras borbotones de lágrimas surcaban su rostro hasta salar sus labios. Imágenes surgidas de las catacumbas de su memoria se apiñaban difusas en el cristalino de sus ojos, instantes después, cayó de rodillas.

—¡Que baje Dios y lo vea!, el negrito rezando —soltó el agente Conde nada más llegar y ver a Omar arrodillado.

Con toda la fuerza que puede acumularse en un instante Omar se puso en pie, se giró y agarró por el cuello al agente Conde apretando sus dedos hasta que su rostro alcanzó una tonalidad amoratada.

—No me llamo "negro", me llamo Omar —le gritó a escasos centímetros de su rostro. Por su boca salieron ira y fuego mientras veía, en el negro fondo de las pupilas de Conde, incomprensibles escenas de persecución, muerte y venganza.

—Si no me sueltas te mato —soltó a trompicones el agente Conde mientras colocaba su revólver sobre el corazón exaltado de Omar.

Omar aflojó los dedos que poco antes habían recorrido los nombres de Dolores y de Francisco, soltó el cuello del agente Conde y recobró lentamente la calma.

—Yo no tuve nada que ver con esas muertes —dijo el agente Conde sorprendido por la extrema agresividad de Omar—, además, qué coño te importan a ti esas personas.

—No sé —respondió Omar con un tono mucho más sosegado—, hay una historia tras esa lápida que desconozco, pero me resulta tan próxima, que no descansaré hasta saber qué es lo que se esconde tras ella. Si tienes algo que decirme adelante, pero te advierto que si te entrometes en mi intimidad no dudaré en matarte.

A partir de esa mañana el agente Conde redujo el número de veces que le llamaba despectivamente "negro", "negrito", o "primate". Por otro lado, estaba satisfecho con la reacción de Omar delante del nicho y no era porque le gustase el apretón de cuello hasta dejarle casi sin aliento ni sus amenazas de muerte, sino porque esa nueva dimensión de la personalidad de Omar, su fuerza, su frialdad, incluso la posibilidad de asesinar, podrían ser útiles para sus planes en un futuro próximo.

Sentados frente la tumba de Lluís Companys, ministro en el Gobierno de la España republicana y presidente de la Generalidad de Cataluña fusilado por el régimen franquista al finalizar la guerra civil española, el agente Conde, indiferente hacia todo aquello que no le procurase algún beneficio, explicó a Omar su propuesta.

—A ver si lo he entendido bien —dijo Omar después de acabar de escuchar al agente Conde—, tú me ayudas a colocar el género que me entrega El Senegalés y yo, a cambio, te paso información sobre los movimientos de la Mafia Senegalesa por estos andurriales, ¿es así?

—En pocas palabras esa es mi propuesta —respondió Conde esbozando una sonrisa que indicaba claramente que solo aceptaría un sí por respuesta—, ni yo mismo la hubiera resumido mejor.

—Sabes que te digo —interrumpió Omar levantando sus posaderas del frio banco de piedra, que te la metas por donde te quepa.

—No he acabado Omar —prosiguió Conde después de levantarse—, tú eliges, o estás a mi lado o estás contra mí. Si estás conmigo las cosas te pueden ir bien, pero si estás al otro lado, lo mejor que te puede pasar es que te meta en un avión y te envíe a Gambia con tus hermanos de sangre.

Si no fuese por Lola, que aún sin conocerla reclamaba toda su atención, a Omar no le hubiese importado regresar a Gambia y empezar una nueva vida. Por otro lado, siempre pensó que un día le gustaría volver y vivir en una tierra en la que sus antepasados descansan sobre la tierra sin ni siquiera una pequeña lápida que recuerde sus nombres. Y si por caprichos del destino o por expreso deseo de un Dios deletéreo el avión cayese en aguas del Estrecho, tampoco le importaría que su intrascendente historia acabase allí, en el fondo de un mar iluminado por la hermafrodita medusa Deiopea o por la tinta de luz del calamar vampiro, como sucedió a sus padres Anisa y Ahmed.

5

En poco tiempo Omar se convirtió en el "mantero" favorito de El Senegalés. No había noche que no reportara una venta inferior a los treinta bolsos, muy superior a la media de los otros "manteros" que no llegaba ni siquiera a la media docena. Nunca las ventas habían sido tan regulares ni los beneficios tan altos. El Senegalés estaba más que satisfecho y no solo porque su bolsillo se llenaba, sino también porque la eficacia en su trabajo empezaba a ser reconocida y valorada por sus jefes de la mafia.

—¿Cuál es tu secreto Omar? —le preguntaba día sí y día también El Senegalés cuando se encontraban en la trastienda de *El Turco* para ajustar cuentas.

—Ninguno —respondía Omar interesado solo en darle la pasta y largarse—, tan solo trabajar, ir por libre y vender sin atosigar.

Desde luego, lo de atosigar no era en absoluto necesario con sus potenciales compradores. Conde le había introducido en el círculo de una tal Gabriela, *«sin apellidos Omar le decía el agente, estos con de una clase muy especial y la discreción es clave»*, esposa del cónsul de Italia y que vivía en la zona alta de Barcelona. Ésta, se encargaba de organizar reuniones en diferentes pisos con otras señoras de alto poder adquisitivo y ninguna obligación a sus espaldas. Pasaban las horas cotilleando y divirtiéndose en estos encuentros de absoluta intrascendencia en los que el principal atractivo era pasar el rato riendo o como en esta ocasión, según se trasmitieron unas a otras, poniéndose cachondas a costa de "un negrito bien plantado con una supuesta zanahoria de tamaño considerable". Lo de la "zanahoria" o cualquier otro nombre era lo de menos, fuese fruta u hortaliza les ayudaba a pasar una tarde más entre grandes y sostenidas risotadas, siempre aderezadas con pellizquines delatores de un reprimido deseo de sexo puro, duro y desenfrenado. Si lo de pasar la tarde entre carcajadas era lo que más les embelesaba, lo de los bolsos era lo que menos. Compraban y compraban para alargar la reunión, sin discutir el precio ni la autenticidad de las marcas. Les importaban tan poco los atractivos bolsos plagiados, que algunas de ellas se los olvidaban en casa de la anfitriona y otras, los regalaban a las sirvientas al llegar a sus casas.

A Omar le daba igual, animaba las reuniones con bromas sobre lo que a las señoras realmente las animaba y en alguna ocasión, en absoluto frecuente, apagaba las incandescencias del brasero de alguna de las damas en algún lugar oculto y en la más profunda intimidad. Eso sí, siempre con total discreción, sin compromisos ni contraprestación por sus servicios. En esto Omar era tajante, solo se mostraba más flexible si la dama le compraba un par o tres de bolsos y por supuesto se los llevaba.

—Te vas a hacer rico Omar —le decía el agente Conde cada vez que recibía el porcentaje acordado por facilitarle los contactos y las reuniones cada vez más extendidas por la ciudad y por otras poblaciones colindantes.

Omar incrementaba del precio de venta de la mercancía en una cantidad variable según el nivel social de la adquiriente, y se lo repartían Conde y él en proporciones desiguales. El Senegalés no tenía ni la más remota idea. De haberse enterado, cosa muy improbable dado el peculiar perfil de las compradoras, su vida habría valido menos que unas alpargatas catalanas con suela de neumático gastado.

—A mí me queda poca cosa —respondía Omar poco entusiasmado en acumular billetes—, la mayor parte va a parar a El Senegalés y no olvides que tú también te llevas una buena tajada sin arriesgar nada. Yo me quedo lo que necesito para ir tirando y pasar inadvertido. Mi padre siempre me decía "no te signifiques Omar" y creo que tenía razón, se vive mejor.

—Así me gusta —dijo el agente Conde dándole unas palmaditas en la espalda—, un "negrito" con principios, una garantía de que vas a cumplir los tratos. Pero recuerda que el diez por ciento que me corresponde por ayudarte no es todo lo que me tienes que dar, tienes que cumplir con lo que pactamos y el tema de los inmigrantes es para mí de vital importancia. Ahí es donde se mueve la pasta de verdad, la que interesa a la mafia, y con lo que yo puedo ganar algo más que dinero: el reconocimiento de mis jefes. Necesito un pasaporte para entrar en el país de las élites en donde todo lo que tocas se convierte en oro gracias a la bendita corrupción.

—¿Quieres decir que vale la pena? —preguntó Omar por decir algo e intentando disimular su escaso interés por los proyectos y ambiciones del agente Conde.

—A ver Omar, ¿me estás escuchado o es que tu inteligencia de primate no da para más? Si somos capaces de abortar de vez en cuando la salida de una patera de la costa marroquí todos saldremos ganando. El Senegalés y la mafia, tendrán el dinero en sus bolsillos porque cobran el billete a los soñadores antes de salir; tú habrás cumplido con tu palabra conmigo; y yo, si doy información a mis jefes sobre la salida de las pateras, naturalmente de un confidente anónimo y si esto se repite con cierta periodicidad, no descarto llegar a comisario en jefe de la Policía y quién sabe si a ministro de Interior. Y si todavía te parece poco, te diré que la Guardia Civil también saldrá ganando porque no tendrá que salir con sus lanchas, gastar gasolina y arriesgar sus vidas por rescatar a esa chusma que no encuentra la salida al laberinto en el que todos nos encontramos. Y si me apuras, hasta los emigrantes se benefician, porque salvamos a hombres, mujeres y niños no dejándoles zarpar hacia un más que probable naufragio, aunque es obvio que tarde o temprano mueran como chinches. ¡Qué le vamos a hacer!, si ha de sobrevivir alguno en este laberinto infernal que sean aquellos que mejoran la especie.

—Visto así —respondió Omar con todo el desinterés que se puede tener ante una plática de semejante calibre—, pero bueno, no hace falta tanta verborrea, además, estoy empezando a cansarme de tanto "negro", "negrito", "primate", "chusma"...

—¡Eh, eh...!, no se te vayan a subir los humos que de una hostia te echo en manos de *El* Senegalés para que te siga acariciando. No olvides que todo me lo debes a mí y que cuando dejes de serme útil se te acabo el chollo. ¡Ah!, se me olvidaba, y lo de tirarte a señoras de la alta sociedad, que de todo me entero, no creas que es por méritos propios.

Omar aguantó el chaparrón con resignación. En estos momentos llevaba una vida sosegada como no había tenido desde hace tiempo. No es que le gustase, pero podía circular con tranquilidad por las calles de la medina barcelonesa, tomar un café en la terraza del Café de la Opera, llegar a casa de Lola por las noches y seguir albergando la esperanza de leer, algún día, en la palma de su mano el porqué de su obsesión.

—Bueno, pensaré en ello —respondió Omar por acabar con el tema de los intereses del agente Conde—, pero todavía El Senegalés no confía suficientemente en mí para inmiscuirme en el asunto de los inmigrantes. Si doy un paso en falso todo se va al garete y eso incluye tu diez por ciento.

—Sí, es posible, pensaré en qué puedo ayudarte —le dijo el agente Conde mientras mordisqueaba la uña del meñique—, pero un compromiso es un compromiso y el que no lo cumple lo paga.

El agente Conde informó a Omar pocos días después de que algunos de los "manteros" estaban vendiendo la mercancía por encima del precio establecido por El Senegalés. Por lo visto, algunos de ellos, aunque podrían ser bastantes porque el dinero corrompe honestidades, habían escogido la vía de compensar su mezquino sueldo con unos ingresos complementarios, aunque eso supusiera correr el riesgo de recibir una soberana paliza. Cuando Omar explicó a El Senegalés lo que había llegado a sus oídos, éste le encargó descubrir y pasar cuentas con esos *«desagradecidos que no han sabido apreciar la generosidad de quienes les han traído en patera desde el infierno de sus países de origen hasta el paraíso terrenal»*.

Omar, ungido por El Senegalés con amplios poderes, eligió cuatro de ellos al azar simplemente porque sospechaba que estaban vendiendo por encima del precio estipulado o porque se habían acostumbrado a decir que la guardia urbana les había requisado la mercancía para quedarse con todas las ganancias. Los reunió en la trastienda de El Turco y exhibió sus dotes de mando ante los cuatro desafortunados.

—Vais a pagar por vuestra deslealtad y por la de aquellos que están actuando por su cuenta traicionando la confianza de El Senegalés —les dijo mientras los miraba fijamente a los ojos y con ganas de sacarse el muerto de encima—, Nadie que se salte las normas saldrá ileso de este laberinto. Haced que llegue mi aviso a todos y que tengan claro, que el que quebrante las normas tiene escasas posibilidades de salir con vida.

Con la intervención del agente Conde, en cuatro días fueron detenidos un par de "manteros" al azar cuya principal virtud era la de no correr demasiado y conducidos a los calabozos de la comisaría de policía de la Vía Layetana. Allí el irrelevante agente Conde, transformado en un espantoso y devorador minotauro, sin cuerpo ni alma reconocible, se hizo cargo de los detenidos después de llevar a cabo un severísimo y doloroso interrogatorio. La pareja de desafortunados, con sus rostros ensangrentados por la brutalidad de los ataques de la bestia, acabaron firmando un documento en el que reconocían la violación, a dúo, de una colegiala adolescente de quince años. El violador de las Ramblas, al que Conde no era capaz de echarle el guante, había actuado una vez más después de ver pasar a la colegiala por encima de un respiradero del metro y que un soplo de aire dejase al descubierto sus inmaculadas bragas. Pocos días después la pareja de inocentes "manteros" ingresaba en Extremera, una de las prisiones más violentas del país, con un carné *VIP* de "violador", que desde luego no les iba a favorecer en su ingreso y adaptación progresiva al centro para cumplir, como mínimo, treinta años de condena ejemplarizante. Conde se sentía orgulloso y satisfecho de haber matado dos pájaros de un tiro, el tema relacionado con el nivel de confianza de El Senegalés *y* el de la violación de una adolescente quinceañera, que le robaba su tiempo y que el cuerpo de policía llevaba dos años sin resolver. Respecto a los condenados, le importaba un pimiento que no hubiesen cometido ninguno de los dos delitos. «*¡Que les den!*» se dijo Conde cuando el juez cerró el caso golpeando con el mallete.

Las triquiñuelas de los "manteros" cesaron en seco después de que corriese el fatal desenlace de sus compañeros de gremio.

La normalidad volvió a las turísticas calles de Barcelona en las que la ambigüedad de una alcaldesa no dejaba claro si la actividad mercantil que desarrollaban los subsaharianos era "ilegal y permisible" o si al ser "permisible era legal". Lo único que tenía claro la alcaldesa es que el pleno del ayuntamiento no aprobaría que dicha actividad fuese declarada, al mismo tiempo, "legal e ilegal", aunque cosas peores había visto. En una pizarra, de las de tiza de toda la vida, escribió ante los regidores las tres palabras clave: "legal", "ilegal" y "permisible", la atención fue máxima y hasta los que se hacían un sueño, un *selfi* o una "manuelilla" camuflada pusieron en "*on*" sus cinco sentidos. Tras unos segundos de suspense, la investida Alcaldesa Honoris Causa por la ciudad de Barcelona, con la manga de su chaqueta antisistema borró los vocablos relativos a las cuestiones legales y dejó como única propuesta para ser votada la palabra "permisible". Adeptos y mediopensionistas aplaudieron con fervor la decisión, mientras una minoría silenciosa golpeaba con sus "nabos" el reclinatorio del hemiciclo.

—"No hay mal que por bien no venga" —le decía el agente Conde a Omar viendo cómo se convertía no sólo en el "mantero" favorito de El Senegalés, sino también en su brazo derecho y hombre de confianza.

Una semana después, Conde volvió a citar a Omar ante el sepulcro de Dolores y Francisco en el cementerio de Montjuic.

—Acabo de ensuciarme las manos con ese par de "manteros", y Dios sabe que me costó lo suyo que firmasen, te ayudo a promocionar en tu trabajo y tú sigues sin darme nada a cambio —soltó a bocajarro Conde nada más encontrarse.

—Este es un negocio que hay que tener un poco de paciencia —respondió Omar acostumbrado a las subidas de tono el agente— y, por cierto, te pasaste diez pueblos con la acusación de violación. Estos chicos no van a salir vivos de la cárcel, y dudo que lleguen enteros al final de su condena. Claro que, pensándolo bien, mejor en la cárcel que con especímenes como tú. Contigo no hubiesen llegado a celebrar el próximo Ramadán.

—Cuando se actúa, se actúa y punto final, sin contemplaciones, con un par de cojones como tenía mi padre que en paz descanse —dijo Conde mientras sacaba con un palillo la mierda incrustada bajo las uñas.

—Tranquilízate —interrumpió Omar—, te traigo algo que puede interesarte.

—Más te vale que sea importante —soltó Conde—, ya estoy cansándome de tanto rodeo y tanto jueguecito. Estoy harto de estar en la sala de espera, quiero el poder ya y si no vas a ayudarme más vale que te aparte de mi camino.

—¡Siempre con amenazas! —dijo Omar—, calla de una vez y escucha bien, la semana que viene llega nueva mercancía a Barcelona.

—¿Cómo dices? —interrumpió Conde después de tirar el palillo, curvar los oídos, dilatar el tímpano y poner en alerta el nervio vestibulococlear, responsable de llevar a su cerebro todo lo que iba a escuchar.

—Lo que has oído —repitió Omar subiendo ligeramente el tono de su voz—, la próxima semana llega un camión procedente de Francia cargadito de bolsos, relojes, gafas, móviles…, todo de última generación y de buena calidad.

—Bueno, vas a soltarlo todo de un tirón o vas a darme la información por capítulos.

—El problema es que El Senegalés quiere que yo me haga cargo de la mercancía y la coloque en el mercado.

—Cojonudo, solo tienes que decirme por dónde entra y yo mismo en persona, con algún fotógrafo al lado que me saque una buena instantánea, aborto la operación.

—Ya, pero si te digo por dónde entra y cuándo llega el camión, sabrá que he sido yo, y entonces se acabó Omar y también se acabaron tus ingresos.

—Pero mi prestigio crece dentro del cuerpo y se incrementan mis opciones de promoción—, dijo arqueando las cejas el agente Conde.

—Sí, pero baja rápido si solo es un camión—, añadió Omar obligando al agente Conde a estrujar sus neuronas.

—¡Hum...!, cierto Omar, a veces pienso que entre los primates debe haber diferentes capacidades intelectuales—, en esta ocasión el agente Conde paso de limpiarse la mierda de las uñas a mordisqueárselas con cierto nerviosismo.

—Si quieres la modesta opinión de un primate en evolución —dijo Omar—, solo tienes que pedírmela, aunque eso suponga aceptar que algo de inteligencia tiene el "negrito".

—Bueno, ya sé que me vas a decir…

—Pues si ya lo sabes…

—Pero mejor dímelo —insistió Conde—, a ver si es lo mismo que pienso yo.

—Pues yo no haría nada ni en esta ni en las dos o tres próximas veces que llegue mercancía, tranquilidad absoluta, dejamos que El Senegalés confíe, se relaje y a partir de ahí empezamos a actuar con moderación: un camión al mes..., después dos..., uno cada semana... Tú ganas prestigio porque eres el agente de policía que más mercancía intercepta, yo mantengo la confianza de El Senegalés, y él, contento, si tú por la puerta trasera sacas parte de la mercancía, me la das y yo se la devuelvo, ¿qué te parece?

—¡Hum...! —repitió Conde mientras acababa de contrastar en su mezquino cerebro aspiraciones y realidades, y llegaba a la conclusión de que solo alcanzaría sus objetivos si controlaba su impaciencia y tocaba de pies a tierra. Era duro reconocer que la inteligencia de un mandril había adelantado en la curva a la suya, pero como lo que realmente le importaba era la pasta no tuvo más remedio que pronunciarse sin que su superioridad intelectual fuese cuestionada—, sí, me has leído el pensamiento es exactamente lo mismo que pensaba yo.

6

—Espera Omar —le dijo Carmela nada más verle entrar, una noche más, por la puerta trasera del bar—, Lola está arriba, ha llegado esta tarde de Francia.

—¡Joder! —soltó a bocajarro Omar como cuando a uno le despiertan de un sueño en el que el contenido básico es censurable por su exacerbada intensidad libidinosa.

—Me ha dicho que viene a dar una charla, o una conferencia..., o como se diga lo que viene a dar. La cuestión es que está arriba cambiándose y que dentro de un rato bajará a comer algo.

—¡Carmela!, mi ropa, los bolsos... —soltó de nuevo esta vez como si se abofetease por el desorden—, ¿qué hago?

—Tú tranquilo, te quedas en la trastienda o te vas de paseo, que del asunto de tu ropa y de los bolsos me encargo yo. Por otro lado, quizás lo mejor sería que te presentase, que conociese a la persona que duerme en su lecho.

—No Carmela, ahora no es el momento, todavía tengo que aclarar muchas cosas en mi cabeza. Prefiero irme si crees que le molesta que viva en su piso.

—Eso no pasará, conozco a Lola y ni ella ni su difunta abuela, Dios quiera que esté en su Gloria, se alteran por esta clase de remilgos.

Sentado sobre el camastro de la trastienda como un niño que ha cometido una fechoría, Omar esperó impaciente y en absoluto silencio que Lola apareciese de un momento a otro. La vería por primera vez y sus nervios, la mayor parte del tiempo distraídos o templados, campaban por sus fueros de la cabeza a los pies sin saber a qué parte del cuerpo dirigirse.

A través de la cortina de canutillos que oculta al que se esconde, ahuyenta las moscas y facilita las miradas fisgonas de especímenes mirones, Omar podía ver la puerta de entrada del bar. Su cerebro repetía con insistencia "Lola, Lola...", la persona de este mundo que despertaba todo su interés, a la que por motivos que desconocía se sentía aferrado como los pies a la tierra por la fuerza gravitatoria. Las pocas pertenencias que ella tenía o dejaba olvidadas en el pequeño piso de la calle Unión, las paredes, el techo, los muebles, la luz tenue de una farola que entra por el balcón cuando anochece y que de tanto en tanto perfila el rostro imaginado de Lola sobre la pared de los dibujos, era el mundo en el que Omar encontraba la paz, la felicidad, la esperanza de futuro y el motivo para no largarse de la bella pero enmarañada ciudad de Barcelona. Dos desconocidos compartían el piso de la calle Unión y hasta esa noche uno de ellos, Lola, no estaba al corriente de esa doble ocupación.

Al abrirse la puerta, una bocanada de aire hizo que la cortina de canutillos iniciase un baile serpenteante al ritmo de los secos sonidos producidos por el choque de los macarrones de madera. La mejor imagen que tuvo de ella fue la de ese momento en que la cortina, que estaba en movimiento, se abrió de macarrones y le regaló uno de esos instantes en los que uno se dice que ha valido la pena haber vivido. Inmóvil como una estatua de sal por miedo a ser descubierto, silencio su respiración hasta llegar casi a asfixiarse y no se arriesgó a separar ni un milímetro las estrechas columnas de cilindros de madera para no delatar su presencia.

Meses, semanas y días esperando, y solo dispuso de unos breves segundos para grabar en su mente algunos atributos de Lola. La concentración era tal, que la fotografía que tomó quedó tatuada en su cerebro para uso y disfrute en cualquier momento que fuese reclamada por el pensamiento. Todos sus rasgos, por separado y en su conjunto, confirmaban las mejores expectativas que se había creado en la oscuridad de las solitarias noches colmadas de silencio. Su piel tostada, a medio cocer entre el blanco y el negro, ayudaba que resaltase su cálida mirada sobre los suaves contornos del rostro; en el blanco inmaculado de sus ojos se alojaban unas dilatadas pupilas que albergaban un iris con todos los colores del universo y que invitaban a entrar y a caminar hasta el centro de su alma; sus labios, de color rosa pálido ligeramente carnosos, sobresalían lo justo del rostro para hacerlos atractivos y deseables, y entre ellos, unos dientes amarfilados anclados a una curvada mandíbula que abría camino hacia su airoso escote.

Con sus delgados dedos peinó su cabello acastañado hacia un lado girando ligeramente la cabeza hacia la cortina de canutillos. Detuvo el movimiento, frunció el ceño y fijó su mirada en ella como si intuyese que alguien la observaba. Omar permaneció inmóvil, petrificado, albergando la esperanza de que la negrura de su piel ayudase a difuminar su cuerpo en la oscuridad de la trastienda.

—¿Qué te apetece tomar Lola? —le preguntó Carmela intentando desviar una mirada que se anclaba en la cortina más tiempo de lo que una corriente cortina de canutillos merece.

—Ponme una ración de tortilla y un par de albóndigas —respondió Lola señalándolas con el dedo—, ah, y una cerveza San Miguel sin alcohol, por favor.

«*Una cerveza San Miguel sin alcohol*» repetía Omar, como un mantra, una y otra vez en su interior. «*Una cerveza San Miguel sin alcohol, como yo, lo mismo que yo...*»

—Eso está hecho, mi niña, ¿añado un par de croquetas?

—No gracias, Carmela, de verdad no tengo apetito, aunque de nada sirve lo que te diga, me las vas a poner igual. Vengo molida del viaje y me iría bien acostarme pronto.

—Como quieras mi niña, no insistiré más —le respondió Carmela mientras añadía no dos, sino tres croquetas al plato.

—Por cierto, Carmela, arriba hay algo de ropa y unos bolsos... —le dijo Lola después de hincar el diente a una de las sabrosas croquetas.

—De eso te quería hablar yo cuando vinieses, porque lo de escribir no se me da bien y el coste del teléfono enseguida se va por las nubes. Y sabes qué, me dije, mejor espero que venga y se lo cuento, de todas maneras, una tontería de este calibre no requiere una larga explicación.

Omar, paralizado tras la cortina, esperaba impaciente que Carmela soltase de una vez lo que estaba musitando en su cabeza porque temía perder el control y salir de repente de la trastienda para prestarle ayuda.

—Ya sabes Lola que yo estoy aquí para custodiar el piso de tu madre y mantenerlo en el estado que ella lo dejó hasta el final de mis días. Pues bien, aunque tu tío Juan me lo diese cuando se marchó, para mí el piso sigue siendo de ella, de mi Lola —hizo una pausa para santiguarse— y por descontado tuyo o sea que estate tranquila por el piso, porque de pasar no pasa nada que no pueda explicarse.

—Claro Lola, puedes hacer lo que te parezca bien y quiero darte las gracias por conservarlo tal como estaba y por dejarme estar en él cuando vengo a Barcelona.

—Estás en tu casa Lola, y así será mientras mis piernas sostengan en pie este cuerpo envejecido. Y cuando ya no esté, hasta el bar será tuyo, aunque dudo que quieras hacer la barra, bueno, ya me entiendes, "triquitrí tracatrá".

—Pues un polvete diario y sin compromisos no le iría mal a este "chochin" apagado—, soltó Lola provocando un aluvión de carcajadas compartidas.

Omar se sintió cómodo por el tono desenfadado de la conversación, pero a la vez incómodo por el contenido, porque de no cambiar el rumbo podría acabar en interioridades femeninas no adecuadas para ser escuchadas por un hombre que se precie y menos, si está escondido detrás de una cortina.

—Carmela, solo por curiosidad —preguntó Lola mientras seccionaba con la precisión de un cirujano la tortilla de patatas con cebolla caramelizada y se llevaba un taco a la boca—, ¿de quién son las cosas que hay en el piso?

—Pues verás Lola, hace unos meses, deberían ser las doce de la noche salí a sacar la basura y a cerrar la persiana del bar. De sopetón, me encontré sentado en el escalón de la entrada a un joven con los brazos cruzados sobre las rodillas y con la cabeza apoyada sobre ellos. El chico se levantó rápido al verme y medio asustadillo me dijo «*lo siento señora, no quería asustarla*». No me has asustado, le respondí mientras observaba su apariencia calamitosa. ¿No te encuentras bien?, le pregunté, «*si señora, estoy bien*», me dijo después de levantarse y poner rumbo hacia las Ramblas. Entonces yo le dije, espera chico, ¿has comido algo últimamente? «*No señora, la verdad es que llevo varios días sin comer*». No se me ocurrió otra cosa que decirle que pasase dentro —añadió Carmela mientras señalaba la mesa en la que se sentó—, le preparé un par de huevos y unas patatas fritas, y me senté con él.

—¿Y qué te dijo? —preguntó Lola llena de curiosidad.

—No abrió la boca hasta acabar la última patata frita, de limpiar con un trozo de pan lo que quedaba en el plato y de beberse casi un litro de agua.

—¿Y? —insistió Lola impaciente.

—Pues nada, me dijo que se llamaba Omar y que acababa de llegar escondido entre los ejes de un camión desde Tarifa.

—¿Un emigrante?

—Pues..., yo diría que sí, porque cruzar el Estrecho en patera y llegar hasta Barcelona entre las ruedas de un camión, no es una forma habitual de viajar.

Omar, sentado sobre el camastro de la trastienda y con la respiración contenida no perdía palabra de la conversación. Él la llevaba ventaja porque las paredes y las pertenencias que Lola dejaba y olvidaba en el piso, además de los comentarios de Carmela, le habían procurado información suficiente para hacerse una ligera idea sobre ella.

— ¿Y qué pasó después? —, preguntó Lola mientras iba *in crescendo* su nivel de curiosidad.

—Pues nada mi niña, que, al ver a este desangelado pichoncito tirado a la puerta del bar, me vino a la cabeza un recuerdo de hace muchos años—, le dijo Carmela mientras le cogía las manos y se las llevaba a los labios.

—¡Suéltalo, Carmela de una vez!, estoy empezando a impacientarme.

—Hace muchos años tus abuelos Lola y Paco regresaban de una fiesta —le contó Carmela obviando el estado etílico en el que se encontraban—, y al llegar aquí, a la puerta de casa, se encontraron un bebé abandonado.

—¿Un bebé?

—Un bebé precioso que no paraba de llorar. Estaba desnudo, tan solo un trapo sucio le separaba de las baldosas de la acera y Lola, tu abuela, una santa —aseguró Carmela mientras se santiguaba de nuevo—, le acogió como un hijo y bueno, el resto ya te lo habrá contado tu madre.

—Ya lo entiendo —dijo Lola mientras se reducía su nivel de incertidumbre—, y ahora tú has hecho lo mismo, con una pequeña diferencia, que tu protegido no es un bebé si tenemos en cuenta los pantalones que hay arriba y la colección de bolsos de moda que se apilonan en un rincón. ¿Es gay?

—No no, en la mirada se le ve que no, es un tío bien plantado que debe poner a más de una el brasero ardiendo.

Recobraron las carcajadas de hace unos instantes apenas interrumpidas por los chismorreos picantes, banales pero habituales en circunstancias semblantes.

Omar, sentado sobre el lecho y cautivado por las sonrisas de Lola y la historia del bebé, notó como su cuerpo y su mente se relajaban. Lentamente extendió su brazo hacia la cortina con la intención de abrirla, de traspasar esa nueva puerta de un laberinto que le atrapaba sin facilitarle escapatoria alguna, pero no llegó a alcanzarla, ni siquiera la toca. Un viento huracanado que emana de las yemas de sus dedos aleja la cortina, se lleva a Carmela, a Lola, la calle Unión, Barcelona..., el mundo entero se aleja de sus manos extendidas y se pierde en el espacio infinito, profundo y oscuro. Omar, se desploma sobre el colchón de lana vieja, albergue de eyaculaciones precoces y orgasmos consumados de marinos avezados, de estudiantes en celo, de mochileros incontinentes, de curas con bula y de maridos desconsolados. De la ajetreada vida de Carmela, solo quedaba el colchón que recibe a Omar con los brazos abiertos mientras lo que sucede al otro lado de la cortina órbita ya en otra galaxia. Los efluvios resucitados de la lana recientemente cardada conducen a Omar a las puertas del sueño, cuando las abre... *«una pequeña embarcación de vela se acerca a la orilla de la playa, hace un día espléndido y el sol camina en retirada sembrando de colores de otoño toda la superficie del agua. Una niña salta de la barca y corre hasta la orilla salpicando, con gotas de agua salada, todos los rincones de su cuerpo. Por la arena sigue gritando, ¡mamá..., mamá..., papá me ha dejado llevar la barca, hemos pescado...!, mientras él, de rodillas sobre la arena espera, extiende su brazo bajo la sombra de un diablo que busca con la yema de su dedo la intersección de los huesos de su cráneo. Un Dios omnipresente y plenipotenciario coge el cuerpo marchito que yace inerte sobre la arena de la playa y le lanza, de nuevo, al laberinto de las especies.*

7

Habían pasado seis meses desde el día en que Omar cayó a plomo sobre el camastro de Carmela después de perder literalmente el *oremus* y la ocasión de seguir escuchando la voz de Lola. La conversación siguió su curso, ajena al síncope de Omar tras la cortina de canutillos y aunque el contenido del sueño parecía contener sustancia básica relacionada con su obsesión, se maldijo por haber perdido la oportunidad de escuchar a Lola hasta altas horas de la madrugada.

A media mañana del día siguiente, Carmela le dijo que Lola había salido pronto y que se había despedido, porque después de la conferencia cogería el tren de regreso a Avignon. Durante dos semanas, Omar estuvo golpeando su cabeza contra la pared culpándose por su inoportuno desfallecimiento. Pero su pesadumbre no duró mucho más que esos quince días, porque el recién nombrado inspector jefe, Luis Conde, requirió su presencia de manera inmediata en el habitual lugar de encuentro, el cementerio de Montjuic.

—¿A qué viene tanta urgencia? —le soltó Omar nada más verle llegar—, ¿está abierta la veda de caza y te has acordado de mí o quieres volver a recordarme el color de mis antepasados?

—¡Eh!, negrito, un poco de respeto. Por si no te has enterado por la prensa, estás hablando con el inspector jefe de la Policía Nacional de Barcelona —respondió el ascendido agente Conde mientras desabrochaba su chaqueta y alzaba hasta la cintura sus pantalones—, me ha costado mucho llegar hasta este merecido reconocimiento profesional y no voy a permitir que un mocoso como tú ningunee con el ascenso. A partir de ahora "inspector jefe", cuando te dirijas a mí.

—Lo que quieras, inspector jefe, aunque podrías mostrar un poco de agradecimiento, ¿o es que el desmantelamiento de la actividad de los "manteros" o el abortamiento de salida de pateras no tienen nada que ver conmigo?

—No voy a negar tu papel auxiliar en todo ello, pero un chimpancé sin dueño es como un árbol sin hojas, una mierda. Recuerda "negrito" que sin mi protección no eres nadie.

—Y para decirme esto me haces venir y perder mi precioso tiempo —dijo Omar harto de tanta plática repetitiva y cansina.

—No, a partir de ahora mi plan estratégico para seguir alcanzando cotas de poder, en beneficio de ambos, hace que cambie el rumbo de nuestras actuaciones ciento ochenta grados —le dijo el inspector jefe Conde mientras disminuía su volumen y tono de voz, y acercaba sus labios hasta hacerle sentir la humedad de su saliva.

—¿Y de que va ese plan? —preguntó Omar con tan poco interés como la primera vez que escucho una propuesta de Conde.

—El asunto consiste en vender el pescado al mejor precio, aunque tú de este tipo de temas no tienes ni pijotera idea. Iré al grano, que no dispongo de toda la mañana. A partir de ahora, de ya —enfatizó Conde—, se acabó el trato y los trapicheos con El Senegalés. Me importa una mierda lo que vendan mientras me siga pasando pasta, pero se acabó el trabajar y arriesgarse por cuatro perras, a partir de ahora te necesito cien por cien dedicado a mis nuevos proyectos. Tú eliges, o aceptas mi generosa invitación, o como sabes muchas cosas de mí y podrías irte de la boca, no me dejas otra salida que repatriarte en el primer vuelo que salga hacia el Paraíso.

Perder la verticalidad definitivamente y dejar de ver a Lola, aunque fuese de vez en cuando, no entraba en los planes de Omar ni a corto, ni a medio, ni a largo plazo. La sola idea de no volver a verla helaba el tuétano de sus huesos. Después del primer encuentro, con una cortina de canutillos de por medio, albergaba la esperanza de que habría muchos más y que quizás, en alguno de ellos, podría mirarla a los ojos y leer en su alma el motivo por el que sentía esa extraña atracción.

Omar decidió dejar la calle y de trabajar para El Senegalés en menos tiempo del que se tarda en abrir una lata de aceitunas rellenas con tapa de anilla. Le fue a ver y le dijo solo dos palabras *«búscate otro»*, creyendo ingenuamente que éste, sin inmutarse, daría por zanjada la relación contractual en la que andaban metidos y por finalizada la actividad comercial que tan buenos beneficios le habían procurado. Pero no fue así, El Senegalés le buscó, le suplicó, le amenazó y hasta le sacudió sin conseguir su propósito. En un principio Omar pensó que se cansaría, que buscaría un sustituto, pero no acertó y cada vez perdía más tiempo intentando eludir el acoso permanente al que se veía sometido. Al cabo de un mes Conde, harto de los retrasos, de las incomparecencias, de las excusas de Omar, de las demoras en el inicio de nuevos proyectos, decidió tomar cartas en el asunto y resolver la situación drásticamente sin más contemplaciones.

Con las yemas de los dedos de la mano izquierda busco en el cráneo de El Senegalés el bregma, punto de intersección entre frontal y los dos parietales, después, sin prisas ni titubeos, colocó, con la derecha, el cañón de su GLOCK de 9 mm Parabellum y disparó a bocajarro. La bala, de latón maciza y con nueve cortes en su cabeza hueca abrió de par en par, por sus costuras, el cráneo del cabecilla de los "manteros" dejando a la intemperie circunvoluciones y surcos de masa cerebral cocidos en un charco de sangre. La cabeza de Abdou Lamín, El Senegalés, que permanecía atado de manos y pies al respaldo de una silla, cayó hacia delante bruscamente dejando las cervicales en la posición adecuada para recibir un segundo impacto que acabaría reventando el cuerpo del ajusticiado, pero el gatillo del arma volvió a la posición de descanso.

—No te mereces otra bala—, soltó el ascendido a comisario agente Conde mientras limpiaba con un trapo la sangre del arma y la enfundaba en la cartuchera oculta en su espalda tras la chaqueta—, has tenido el honor de recibir el "tiro Conde", como decía mi padre, «*es el mejor, pero no el único*».

El "¡no...!" de El Turco, que había contemplado atónito juicio, sentencia y ejecución en un solo acto, quedó flotando en el aire mientras un pitido insistía en atravesar sus tímpanos. Corría de un lado a otro de la trastienda llevándose las manos a la cabeza y balanceando el cuerpo como un tentetieso. No se atrevía a soltar palabra no fuese que esa segunda bala, que Conde no disparó, fuese también a destapar la caja de sus sesos.

—A tu puto país chorizo de mierda, —prosiguió Conde—, se te acabaron las preocupaciones y los dolores de cabeza, esto no te lo arreglan ni con *loctite.* Y tú, Turco, toma nota y deshazte del fiambre cuanto antes si no quieres que acabe también contigo. Pensándolo bien, mejor no dejar testigos.

En la terraza del Café del Liceo, Omar tomaba un café con leche caliente con unos churritos mientras se distraía viendo pasar a turistas madrugadores, a niños con sus mochilas cargadas de libros a la espalda, a madres estresadas que los acompañaban con sus carritos de compra. Modernas y silenciosas barredoras de calles, rápidas y eficaces, limpiaban el pavimento intentando no crear congestión ni problemas importantes de tráfico. A su lado, un par de empleados del servicio de limpieza del ayuntamiento recogían las hojas que se resistían a ser devoradas por el moderno vehículo barredor-triturador. De las barandas de algunos balcones, pendían banderas de llamativos colores gritando a los cuatro vientos las inclinaciones políticas de los vecinos y un "compro oro" rezaba en el cartel amarrado a los barrotes de un principal. Aquella plácida mañana de principios de otoño todo fluía con la más absoluta normalidad en las Ramblas de una Barcelona ambiciosa de reconocimiento y prestigio, habitada por especímenes oriundos, por recién incorporados al padrón y por trotamundos instruidos o trasnochados de distintos países de origen.

—Échale un vistazo Omar —le dijo Pedro después de dejarle el Periódico sobre la mesa y de señalarle con su índice una noticia en la columna de portada—, al parecer tu jefe ha dejado el país. Esto no es cosa de la mafia, si no me equivoco, un conocido nuestro tiene algo que ver con este asunto.

Omar, bajó de las nubes en las que se había instalado aquella apacible mañana y leyó la noticia.

«A última hora de ayer, agentes de la policía nacional han encontrado muerto por asesinato a Abdou Lamín, conocido por "El Senegalés", cabecilla de un grupo que opera en la ciudad vendiendo mercancía ilegal. Al parecer los hechos se han producido en la trastienda de Zeheb

Demir "El Turco", junto al mercado de la Boquería, que también ha sido asesinado...»

Después de leer la columna de El Periódico, Omar estuvo de acuerdo con Pedro sobre la autoría de los fríos asesinatos.

En los últimos seis meses que trascurrieron antes de la muerte de El Senegalés, Omar pasó de un empleo callejero a otro de traje, y en algunas ocasiones de traje y corbata. Durante ese tiempo aprendió las normas básicas para desplegar sus habilidades entre personas con más o menos relevancia pública tanto del ámbito político, como del empresarial o social. La discreción que había aprendido y aplicado con "las señoras de los bolsos" aseguraba la tranquilidad de Conde y de todos aquellos que ambicionaban mucho más de lo que Dios les había tenido a bien conceder.

—Esta mañana, desayunando, he leído la noticia de El Periódico —dijo Omar nada más entrar en el despacho del inspector jefe Conde de la Jefatura Superior de Policía en la Vía Layetana, y de sentarse frente a su mesa.

—Sí, y qué —respondió secamente Conde mientras acababa de firmar unos papeles.

—Pues que no era necesario —respondió Omar sorprendido por la frialdad con la que había pronunciado el "sí y qué"—, el problema se hubiera resuelto con un poco de inteligencia y de paciencia.

—De inteligencia voy sobrado y en cuanto a la paciencia, que la disfruten los muertos —interrumpió Conde levantándose del sillón y acercarse a la ventana—, con paciencia no habría llegado a este despacho y con paciencia no cerramos el trato con Balcells.

—Balcells dice que no está dispuesto a pagar el porcentaje acordado cada vez que se le adjudique algo, y que con una cesta por Navidad tienes suficiente.

—Ya, y yo no voy a pagar cada vez que tenga que coger el metro porque me sale de los cojones—soltó Conde mientras se golpeaba con los dedos la sien—, este Balcells es idiota o se cree que al meterse en la boca del metro le da derecho a una tarjeta ilimitada de viajes y a campar por sus fueros. ¡Lo tiene claro el empresarillo este de mierda! Si éste se cree que va a frenar mi ascensión a los cielos le auguro un futuro muy negro. Ves a verle esta tarde y ya sabes lo que tienes que hacer.

Aquella tarde de primavera sabía perfectamente dónde encontrarle. El conocido empresario Joan Balcells, propietario de una de las empresas constructoras más importantes del país, habría ido, como cada jueves, al Club de Polo a tertuliar con los amigos de siempre y después, a las siete en punto, asistiría a misa en la iglesia del Santuario de Santa Gema, ubicada en la calle Capitán Arenas, del cotizado barrio de Pedralbes.

Omar, apostado junto al quiosco de la acera de enfrente, vio subir a Balcells los cinco amplios peldaños que preceden al porche sostenido por tres arcos carpaneles y entrar al interior de la iglesia. Cruzó la calle y caminó tras él a unos escasos diez metros de distancia. Todavía se expandía el agua bendita de la pila en círculos concéntricos, cuando Omar introdujo sus dedos índice y corazón y se santiguó. Balcells avanzó por el pasillo central de la nave y tomó asiento en el momento que el párroco de la orden de los Pasionistas salía de la sacristía para iniciar la misa. Todos los asistentes se pusieron en pie para recibirle y Omar aprovechó para colorase en el banco reclinatorio detrás del empresario. Desabrochó el botón de la chaqueta de su elegante traje azul marino y se sentó, como hicieron todos, cuando el párroco se apostó junto al altar, abrió sus brazos y dio a los asistentes la bienvenida.

«*Bienvenidos hermanos a la casa del Señor y a la celebración de esta Santa Misa* —saludó el párroco desde el presbiterio presidido por un visible crucifijo situado bajo una talla de la santa—, quiero *iniciar este encuentro de hoy pidiendo la intervención de Santa Gema, para que nos ayude a acercarnos a Cristo y con su infinita sabiduría nos haga entender el sufrimiento de...* —No creo que a Balcells le importe demasiado el sufrimiento de alguien, pensó Omar—, *venid, hermanos, hijos del Dios Padre, a recibir el reino preparado para vosotros... El reino nuestro de cada día, dánosle hoy y perdona nuestras deudas, así como nosotros perdonamos a nuestros deudores...*, ¡Eh! —musitó Omar en su interior—, eso de perdonar, nada de nada.

Omar se arrodilló atraído por la nuca de Balcells después de perder el hilo de la locución del párroco. Su mirada se posó sobre su cabello blanco, exquisitamente bien cortado, que adquiría un volumen acertado un par de dedos por encima del cuello de su camisa. La parte trasera de sus rosadas y despejadas orejas incitaban a hincarles el diente, como aquellos alimentos que entran por la vista invitándote a comértelos crudos. Omar aspiró, después de entornar los ojos, el sublime aroma que desprendía su aseado cuerpo. Jugó a adivinar la marca «*colonia Essenza de Acqua di Parma*» —se dijo, o quizás «*One Million de Paco Raban*» y no dudó en afirmar que sería auténtica, no como los bolsos, gafas, relojes, colonias... que ponía sobre la manta meses atrás. Como si estuviera rezando, las yemas de sus dedos se encontraron sobre el puente de su nariz después de apoyar los codos sobre el respaldo del reclinatorio tras el asiento de Balcells. Las palmas de sus manos, a uno y otro lado de la boca, ocultaban el movimiento de sus labios. Su susurro, breve y directo, arrancaría al modélico y respetado empresario de las entrañas del enmarañado discurso clerical.

—No te gires Balcells ni hagas ningún movimiento —le dijo Omar en voz baja pero perfectamente audible, debido a la reacción de Balcells que tensó cuello y espalda. Hasta sus orejas pareció que daban un giro de ciento ochenta grados. Su atención se distanciaba del mensaje ecuménico del párroco de Santa Gema y se centraba en el susurro de la inesperada visita.

—No, no —soltó Balcells en voz baja pero que sin quererlo provocó que la señora que se sentaba delante de él se girase ligeramente. Balcells tosió disimulando un par de veces.

—Pon atención Balcells porque no voy a repetirlo. No puedes viajar en metro como un tetrapléjico, si vas en metro tienes que pagar tu billete. Mañana volveremos a vernos, trae un misal con hojas de quinientos, cien de quinientos, y añade una propina para este monaguillo. Balcells, es el último aviso, a no ser que quieras emprender un corto viaje hacia el país de la comunidad tetrapléjica. Recuerda, mañana a las siete.

Las "siete", fue la hora que Omar escogió para cobrar los favores que dirigentes gubernamentales y altos representantes de las instituciones del Estado hacían a empresarios como Jordi Balcells, ansiosos por hacerse ricos a corto plazo o, como animaba el párroco, *«a recibir el reino preparado para ellos antes de morir»* Ni el más tonto del pueblo o el empresario más tarado, albergaba en su mente la idea de que las concesiones otorgadas salían al mercado a coste cero. Nada más lejos de la realidad, había tasas y porcentajes fijos y variables en función del beneficiador y el beneficiado, y hasta cuantiosas multas por retraso o por impagos, eso, sin contar la fuerza bruta aplicada con intensidad variable en función de los hechos y desde luego, por los comportamientos reincidentes.

El inspector jefe de la policía Conde se encargaba de recaudar los "donativos", porque para eso le habían ascendido y no por otros motivos de mayor valor social. Conde, era un arma de destrucción masiva al servicio de la corrupta clase política que caminaba, con escapularios, pero sin escrúpulos, por los infinitos viales del laberinto de las especies. Para algunos gobernantes privilegiados, Conde era un mago de la opulencia, de la superabundancia, un facilitador, un relaciones públicas, un negociador persuasivo, en fin, un funcionario público fiel a los principios del mandatario de turno, eficaz, trabajador incansable y sin ninguna baja por enfermedad. Para otros, los desafortunados, era el "azote de Dios", un desalmado sin escrúpulos y sin piedad, un hijo de puta de tomo y lomo con antecedentes familiares de similar dimensión.

En cuanto a la gestión de los "donativos" de los favorecidos y afortunados empresarios, una parte iba a parar al bolsillo de la chaqueta de Conde junto a un corazón que mostraba su satisfacción, en cada sístole y cada diástole, cada vez que un billete entraba en su interior. Otra parte, mucho menos sustanciosa, se la daba a Omar, al "monaguillo", para mantenerle motivado e implicado, física y mentalmente, en sus asuntos y para que no bajase la guardia, porque si lo hiciese, en el mejor de los casos provocaría su extradición por vía de urgencia a su ciudad natal o si se terciase, un viaje en primera clase a la constelación del minotauro.

A tenor de las felicitaciones y complementos que recibía exentos de tasas e impuestos y al margen de los haberes correspondientes por los trabajos realizados, los beneficiados parecían estar muy satisfechos con el trabajo del inspector y por su absoluta discreción. Tan solo dos años después Conde gritaría *«¡bingo!»* al ser nombrado consejero de interior, aprovechando el fallecimiento repentino de su antecesor en el cargo por causas y en circunstancias difíciles de determinar ya que su cuerpo fue encontrado, según expertos del instituto forense, mezclado con carne de pollo y cebolla caramelizada en varias hamburgueserías de la ciudad. Como es obvio, el dictamen de los forenses no llegó a ver la luz y los medios de comunicación no pudieron alertar a los resignados consumidores que entre bocado y bocado se había colado el consejero de interior.

Instalado en su nuevo despacho y acomodado en un sillón que le mecía como a un crio, cerró los ojos y dejó que su padre hiciese acto de presencia. *«Hola, hijo. He de reconocer que me equivoqué al juzgarte, que no eres el niño gallina que venía llorando a casa cuando le atizaban sus compañeros. Tu madre, que por fortuna se fue en el momento oportuno, se sentiría orgullosa de ti, aunque de haber seguido bajo su tutela hubieras acabado, en alguna misión, tras la rejilla de un confesionario otorgando perdones y penitencias. Por suerte para ti, has heredado mis agallas y determinación, mi inteligencia y habilidad para resolver situaciones complejas y, he de decirte hijo mío, que empiezo a sentirme orgulloso de tus progresos.*

Salió de su ensimismamiento levitando sobre el *parquet* del enorme despacho presidido por un cuadro pintado al óleo del presidente del Gobierno. Ante la imposibilidad por imperativo legal de sustituir el cuadro, el consejero de interior Luis Conde colocó sobre su mesa un marco de dimensiones considerables que contenía la foto de su maestro, el agente de policía más resolutivo del cuerpo, el artífice y firme moldeador de su personalidad, su fuente de inspiración y conocimiento, su amigo idolatrado, en fin, la foto de su querido y difunto padre, José Conde. «*Requiem suam gloriam Dei*» articuló después de besarla y colocarla sobre la mesa.

8

—Necesito un pasaporte —le soltó Omar a bocajarro nada más entrar y sentarse en el despacho de Conde. Del bolsillo superior de su chaqueta colgaba, sujeta por un pasador, una tarjeta identificativa en la podía leerse debajo del logo de la *Generalitat de Catalunya, Consellería de Interior* y algo más abajo y con letra más pequeña, *Assessoria Tècnica.*

—De eso ni hablar —respondió Conde sorprendido por la inesperada petición de Omar—, además, para que quieres tú un pasaporte si no te vas a mover de donde yo te diga.

—No te he pedido nunca nada, he cumplido con mi palabra y si estás aquí sentado en este enorme despacho forrado de pasta, en parte me lo debes a mí.

—Entre tú y yo, negrito, —le dijo Conde mientras acercaba su rostro encolerizado a un palmo de las narices de Omar—, si me la juegas, contigo no me entretengo ni en hacer hamburguesas caramelizadas, te pego un tiro en este mismo despacho y llamo a seguridad para que se lleven el fiambre, ¡me has entendido!

—Ya, nada nuevo, tus bravuconadas de siempre ya no me impresionan y mira, no me pongo a temblar —le dijo Omar mostrándole sus manos extendidas— y tus amenazas me las paso por el forro. Te he dicho que necesito un pasaporte y por el bien de los dos y la prosperidad de nuestro negocio más vale que vayas pensado en ello.

A pesar del progreso en su actividad profesional y de la incorporación de "hojas de misal" que depositaba sin ningún tipo de devoción en una caja de zapatos, Omar seguía viviendo en el piso de Lola y desayunando en el Café del Liceo. Se había convertido en un ciudadano más, un emigrante integrado de esos que gustan a los políticos incluir en los últimos puestos de sus listas electorales y sentar en primera fila, para dar color, en mítines electorales y manifestaciones callejeras. Hablando en *román paladino*, los emigrantes eran para los políticos como la corbata, se la ponían o se la quitaban según las conveniencias del momento, y para ser más precisos, si la "corbata" era negra, incrementaba su valor porque se ahorraban dar explicaciones sobre sus lugares de procedencia.

Se podría decir que Omar, por su apariencia y modales, era un ejemplo de emigrante metamorfoseado, de nuevo ciudadano. Educado, arreglado, discreto, trabajador y por su asistencia frecuente a las iglesias, un ejemplo evidente de que es posible el cambio de credo y convertirse en un buen cristiano. El color de su piel rodeado por un cuello de camisa azul acero o blanco ahuesado bajo un traje gris pizarra o de una chaqueta *sport* con un discreto dibujo de espiguilla, le procuraban un aire distinguido y servía para que las puertas se abriesen si poner sus cuidadas manos sobre los pomos. «*Buenos días, señor*» era algo que empezaba a escuchar con cierta frecuencia, sobre todo cuando visitaba a Conde en su despacho de la Consejería de Interior, aunque, de puertas adentro, el tono de las conversaciones que mantenía con él no había cambiado desde aquellos años en los que despachaban los variopintos asuntos en el malecón del puerto o en el cementerio de Montjuic.

Cuando llegaba la noche, Omar regresaba a sus Ramblas, iba a saludar a Pedro al Café del Liceo y a tomarse una cerveza sin alcohol. Después, caminaba sin prisas hasta el piso de la calle Unión, cenaba algo con Carmela y subía a su santuario donde se entregaba en cuerpo y alma, ayudado por la luz tenue de una farola que entraba a través de los cristales del pequeño balcón, a la contemplación y análisis de los dibujos de la pared y a la revisión de las reliquias que Lola guardaba en una caja de zapatos.

—Me ha llamado Lola —le dijo Carmela nada más verle entrar por la puerta trasera del bar.

—¿Y? —preguntó Omar impaciente después de regresar una tarde más de pasar el "cepillo" por las iglesias de la zona alta, de la media y de la baja, porque en todas había fieles y creyentes empresarios vocacionalmente motivados por la pasta, y si era "gansa", mejor que "*minsa*".

—Me ha dicho que vendrá a Barcelona la semana que viene y como suele hacer desde que sabe que vives aquí, me ha preguntado si estaría disponible el piso.

—Le habrás dicho que sí.

—Claro —dijo enfáticamente evidenciando que no había posibilidad de una respuesta alternativa—, ya sabes que mi niña mientras yo viva no pisa un hotel y a ti no te entiendo, yéndote tan bien los negocios, no sé por qué vives en este "pisucho" y cenas con esta viaja caduca noche tras noche.

—No hay gran cosa que explicar Carmela, tú me has acogido y cuidado desde que llegué a Barcelona, eres mi mejor amiga y estoy encantado de cenar contigo todas las noches. En cuanto al "pisucho", no hay otro sitio dónde me encuentre mejor, no me iría de él ni, aunque me regalasen una finca en Pedralbes.

—A ti, y no te me vayas por la tangente con carantoñas, lo que pasa es que te gusta mi niña Lola —le dijo Carmela mirándole fijamente a los ojos.

—Desde siempre —respondió Omar sin titubeos—, incluso desde antes de verla por primera a través de la cortina de la trastienda.

—Lo recuerdo, te debió impresionar tanto que perdiste el conocimiento. Menudo "sensibilucho" estás hecho, mira que desmayarte a media función. Ahora, si quieres que te sea sincera, yo de ti no me haría muchas ilusiones.

—¿Lo dices por ese doctor que no se despega de ella cuando viene a Barcelona? —respondió Omar con indiferencia mientras pinchaba con el tenedor la última porción de la sabrosa tortilla de patatas con cebolla a la que Carmela era tan aficionada.

—Pues sí, y no me digas que no se te tensan los bajos porque no me lo creo, algún celillo tendrás.

—Pues la verdad Carmela es que no, salvo en lo que se refiere al tiempo que está con él. Hay algo en Lola que me quita el sueño y no sé que es, me pasa como con tu tortilla de patatas, que me encanta. Tarde o temprano lo averiguaré y no te preocupes que tú serás la primera en saberlo.

—Ya, y te provoca desmayos —añadió Carmela sin dar crédito a sus palabras—, ¡Ay, Señor!, de qué tela estará hecho este mocito.

Andrés, es el nombre del doctor que anda detrás del corazón de Lola y el motivo de muchos de los viajes que ella hace a Barcelona que, por cierto, cada vez son más frecuentes y siempre procura quedarse algún día más. Cuando Lola llegaba Omar desaparecía y no volvía al "santuario de las paredes dibujadas" hasta que Lola regresaba a Francia, al hospital de Avignon donde trabaja.

Andrés ya no era un extraño para Omar, le había seguido y se había asegurado de que Lola no corría peligro alguno, más bien todo lo contrario. Médico, como ella, trabaja en el Hospital

Clínico, aunque la plaza no la tenía asegurada. Su especialidad era la traumatología y al parecer, según había podido constatar *in situ*, los pacientes se mostraban muy agradecidos por el trato que les daba. No es de extrañar que Lola se fijase en él, porque su apariencia era envidiable: alto, pero no sobrepasado, de constitución atlética natural, con el cabello castaño claro ligeramente ondulado como las tranquilas aguas del mar Mediterráneo, unos ojos de ensueño balanceándose entre el azul cielo y el verde esmeralda que encajaban a la perfección en su rostro de suaves contornos, en fin, en pocas palabras y tal como solía describirle Carmela, un tío bien plantado.

Omar, se había convertido, por su trabajo como asesor técnico del consejero Conde, en un hábil y eficiente investigador, en un buen analista de comportamientos y situaciones, y en un rápido, preciso y discreto ejecutor en cualquier tipo de intervenciones. En los dos años que llevaba trabajando para el consejero había aprendido técnicas de camuflaje que le permitían acercarse a las personas sin ser visto ni reconocido. Siempre que podía buscaba situarse a la espalda de las personas con las que trataba los asuntos de Conde, incluso si tenía que transmitirles algún mensaje concreto. Había observado las veces que una persona gira la cabeza y había llegado a la conclusión de que la probabilidad de giro, superior a los ciento ochenta grados, era bajísima. Mirar hacia abajo, acariciar ligeramente la frente o apoyar la sien sobre el índice y el pulgar sobre su mejilla, le daba buenos resultados, tanto si estaba sentado como estando de pie, aunque en este segundo caso cruzaba su otro brazo a la altura de la cintura para apoyar el codo. Cuando era preciso utilizaba un audífono, graduable y discreto que le había facilitado Conde, para escuchar las conversaciones a una distancia considerable de aquellos que estaba investigando. También el móvil era una herramienta imprescindible para hacer o simular llamadas, fotografiar, consultar itinerarios, distancias, tiempos, buscar direcciones, horarios... Por otro lado, la vestimenta y los complementos eran fundamentales, por eso utilizaba ropa variada y poco llamativa, sin adornos y a ser posible pasada de moda un par de años; zapatos cómodos para andar lo que fuese necesario y con suela de goma para no ser oído; gafas oscuras o de cristal transparente preferiblemente reflectante para disimular la dirección de su mirada; pelucas con diferentes estilos de pelo y corte, bigotes, barbas y cejas postizas de variados colores, formas y tamaños, incluso algunas rastas cortas o largas le habían sido de gran utilidad en alguna ocasión.

Se ganaba bien la vida, aunque su trabajo no era encomiable. Omar, era un profesional, como el soldado de un ejército que cumple sin titubear las misiones que le ordenan y que no le queda más remedio que dejar en casa los principios y valores personales para centrarse única y exclusivamente en los aspectos técnicos. Con los ingresos que percibía, tanto en blanco como en negro, podía haber alquilado un amplio y precioso apartamento en una buena zona de Barcelona, pero Omar prefirió disponer de un pequeño y discreto local en la calle Escudillers a tan solo cuatro pasos del piso de Lola. El local era realmente pequeño, no tenía más de quince metros cuadrados, un semisótano con una pequeña abertura de ventilación a nivel de la acera y un minúsculo lavabo con retrete. Allí dormía cuando Lola estaba en Barcelona y allí llevaba a cabo todo el proceso de transformación, con tanta profesionalidad que cuando salía del semisótano nadie diría que era la misma persona que había entrado. El pequeño local era también su oficina, su lugar de trabajo y hasta la sucursal bancaria donde depositaba, en una caja de cartón bajo la cama, sus ingresos directos e indirectos. Una de las cuatro paredes estaba llena de planos, de fotos de personalidades relevantes del mundo de la política, de las instituciones o de empresarios, de nombres de todos aquellos que estaban dispuestos a pagar para obtener privilegios que les permitiesen ampliar sus fortunas. La pared donde se situaba la cama la había reservado para Lola y para todo lo que tuviese que ver con ella: fotografías de Andrés sacadas con el móvil, de Andrés y ella; de su chándal colgado del armario; de la pared de los dibujos y de la caja de reliquias; de la farola que con su luz cálida y vaporosa alumbraba sus noches en la calle Unión cuando Lola regresa a Francia... También había colgado horarios de trenes, un mapa de Francia, otro de la región de Avignon y un plano del cementerio de Montjuic en el que había marcado el lugar del nicho de Dolores Vinuesa y Francisco Blanco. Sobre una mesa, rescatada un miércoles de la calle antes de que el ayuntamiento procediese a la recogida de muebles viejos, había papeles con anotaciones y bolígrafos con el logo de la *Generalitat* que se llevaba del despacho de Conde cada vez que le citaba. La música melódica de una sencilla radio le hacía compañía durante las alargas horas que permanecía allí encerrado.

Omar salió de su oficina, poco antes el medio día, vestido con una discreta chaqueta *sport* de espiguilla con tonos grisáceos, después de ajustarse un discreto bigote negro sobre sus labios y de colocar sobre el puente de su nariz las gafas con cristales transparentes y reflectantes. Aquella templada mañana de primavera iba a seguir a Andrés y pensó que los artilugios de camuflaje empleados eran suficientes para no ser reconocido en un futuro. Confundido entre turistas y otros transeúntes, subió por las Ramblas con más motivación y ánimos que cuando salía a trabajar para Conde. En veinte minutos se plantó en la sala de espera del

Hospital Clínico frente a la consulta de Andrés, se sentó y esperó a que acabase su trabajo. Cuando salió sin la bata observó que aquel día iba algo más arreglado de lo habitual, que miraba el reloj con insistencia y que sus pasos eran algo más rápidos que los habituales. Sin perder de vista a Andrés, disimuló y se distrajo observando a los "manteros" mientras subía Paseo de Gracia. Los conocía a todos, pero ninguno se preguntó quién se ocultaba tras las gafas reflectantes y un bigote adecuadamente arreglado. Poco después, entró tras él en el conocido restaurante Rita de la calle Aragón.

—¿Qué va a tomar? —, le preguntó el camarero, indonesio por los rasgos de su rostro y el color de su piel, después de unos largos minutos de haberle llevado la carta.

—Disculpe, estaba distraído, enseguida le pido —dijo Omar excusándose. Enseguida se dio cuenta de su error, más propio de un novato que de un profesional avezado «*no debo llamar la atención y aquí estoy, pidiéndola a gritos a las mesas de alrededor y al camarero*», se dijo al ver girar la cabeza de algunos comensales y al observar atentamente como disminuía el tamaño de la negra pupila del indonesio y en el gesto despectivo de sus labios arqueándolos ligeramente hacia abajo.

Un cliente solitario, que obviamente no soltaría palabra, se interponía entre su mesa y la de Andrés y el joven que le acompañaba. Estaba tan cerca que podía escuchar la conversación sin dificultad con el discreto audífono que llevaba colocado tras el pabellón de su oreja y que activó poco después de pedir al indonesio, «*de Kalimantan*» se dijo, que le trajera, además de una San Miguel sin alcohol, una ensalada Cesar y de segundo, un lenguado a la plancha con perejil.

—¿Cómo va el trabajo? —oyó Omar claramente por el audífono la pregunta que le hacía Andrés a su amigo mientras él, al parecer ajeno a las conversaciones de los clientes, disimulaba separando un pequeño tomate Cherry que adornaba su ensalada.

—Bien —respondió Miguel, al parecer, con pocas ganas de hablar de sí mismo—, pero explícame tú, cómo va el tema de tu plaza en el Clínico.

—Fatal Miguel, fatal —dijo Omar mientras limpiaba con la servilleta la comisura de sus labios—, se la han adjudicado anteayer a dedo al zopenco de Doménech, ya sabes, el sobrino del consejero.

—¿Y entonces?

—Pues nada, qué quieres que haga, joderme y aguantar de interino hasta una nueva convocatoria cuando quieran convocarla y esperar que no haya un sobrino o el hijo de algún gerifalte que se la lleve por la cara.

—Ya —dijo secamente Miguel para no seguir hurgando en la herida—, y a todo esto Lola qué dice.

—Que me vaya a trabajar a Avignon —respondió provocando que el cuerpo de Omar se enderezase a consecuencia de un cambio en su estado de humor al oír el nombre de Lola—, que allí, con mi currículum, tengo plaza segura.

—Pues no es mala idea, así os ahorraríais tanto viajecito —comentó Miguel satisfecho por la recuperación del estado de ánimo de su amigo.

—Sí, es una posibilidad que no descarto —dijo Andrés mientras mojaba un trozo de pan en la espesa salsa que acompañaba al bacalao a la vizcaína—, si mi madre no fuese tan mayor quizás ya lo hubiera hecho.

Omar pagó su cuenta y se dirigió, a paso apresurado, a su guarida de la calle Escudillers. «*A ver, Omar, conclusiones*», se dijo nada más sentarse frente a la mesa del semisótano y mientras tamborileaba sobre el tablero con las yemas de sus dedos. «*Nada que no pueda solucionarse. Muerto el perro se acabó la rabia, pero quizás no haga falta llegar hasta tal extremo, con amputarle cuatro dedos al enchufado y dejarle el meñique para que se lo meta por el culo, se acaba el asunto y la posibilidad de hacer estropicios con el bisturí. También podría ajustar cuentas con el consejero, tacharle de la lista de corruptos privilegiados, reducir drásticamente su porcentaje de beneficios... Por otro lado, si la madre de Andrés está mayor y probablemente disminuida en sus facultades físicas y mentales, una ascensión a los cielos antes de tiempo podría calificarse de ayuda humanitaria y Andrés podría ir a trabajar con Lola a Avignon»*

9

El tema de Andrés no duró ni veinticuatro horas, quedó aparcado la mañana siguiente nada más sonar con insistencia el teléfono. Omar se sentó sobre la cama de Lola y vio, antes de aceptar la llamada, que se trataba de Conde. Como en otras ocasiones dejó que la melodía, *String Quintet in C Mayor no. 6, Pp.* 30 de Luigi Boccherini, continuase sonando hasta agotar la paciencia del consejero.

Boccherini le embarca y su mente navega por el laberinto hacia la isla de los encuentros y desencuentros. El olor a Lola todavía flotaba en la habitación dos días después de su regreso a Francia y Omar no abría el balcón, única abertura del pequeño piso, para que no se escapase ninguno de los efluvios suspendidos en el aire o adheridos a las sábanas, a los muebles, a las paredes, suelos y techos. Agradecido por el obsequio matutino, respiró profundo y guardó en sus alvéolos la fragancia del embriagador perfume. Sintió como Lola se introducía en el interior de su cuerpo, bailando entre las olas de sangre que fluía por sus venas, invadiendo todos los espacios de su cerebro. También la visualizó fuera, en el chándal que colgaba de una percha en el armario, en el espejo que pintó sus labios, en los dibujos de la pared en los que anclaba sus ojos como el pescador que al anochecer amarra, una y otra vez, su barca en los bolardos del puerto. Sobre la mesa, reposaban nuevas reliquias con las que podría deleitarse y llenar las anheladas noches hasta que Lola volviese a Barcelona.

El móvil había dejado de sonar, pero volvió a la carga pocos segundos después. Omar, se acercó a la mesilla agradeciendo a Boccherini su agradable melodía y descolgó sin prisas sabedor de que con ello incrementaría el nivel de cabreo del honorable consejero.

—¡No oyes el teléfono! —gritó Conde como un energúmeno desde su despacho.

—Estaba en haciendo mis necesidades —contestó Omar con la tranquilidad y el tono que habitualmente usaba con Conde para avivar sus ardores de estómago y mientras los últimos arpegios de la composición de Boccherini se alejaban sin precipitación sumergiéndose en el océano de su memoria.

—¡A mí como si te la pelas, pero coge el teléfono cuando te llame!

—¿Y toda esta cháchara para decirme qué? —continuó Omar con toda parsimonia con la intención de incrementar los decibelios del consejero.

—En media hora te quiero en mi despacho —le ordenó Conde poco antes de dar por finalizada la absurda e improductiva conversación.

Los trapicheos, contubernios y maquinaciones en las altas instancias del gobierno central y de los autonómicos iban *in crescendo,* multiplicándose como los panes y los peces en las proximidades de Betsaida. Todos los que ambicionaban riqueza y poder querían viajar en ese tren en el que el dinero fluía en abundancia y en el que quien no le metía mano, era porque era tonto o porque no le cabía más en los bolsillos. Conde, que de tonto no tenía nada, había alcanzado el poder y en cuanto a los bolsillos, más que bolsillos tenía alforjas con doble fondo a las que no quería hacerles un feo.

La habilidad de Omar para este trabajo, adquirida gran parte de ella en su anterior vida callejera y adobada con otros ingredientes como su frialdad, la ausencia de precipitación y un interés personal moderado por el dinero, hacía que los beneficios económicos y profesionales para el consejero y para otros muchos creciesen de manera exponencial. A primer golpe de vista nada hacía pensar a Conde que esa loable vocación específicamente humana de cuidarse primero de uno y después, si no hay más remedio, de los demás tuviese fecha de caducidad. La "pasta es la pasta" y había que hincarle el diente cuanto antes y cuanta más mejor, no fuese que por aquellos azares de la vida fuese a parar a manos de quién sabe quién y lo usase para quién sabe en qué y en quién sabe dónde.

Omar, enfundado de nuevo en su discreta chaqueta de trabajo, con credencial en el bolsillo y en su papel de asesor técnico, entró una hora más tarde en el despacho de Conde. Éste, conocedor de la puntualidad que practicaba Omar, había hecho que le trajesen dos cafés con leche y un par de madalenas que, humeante y apetitosas, esperaban impacientes sobre su mesa la llegada del asesor técnico.

—Vaya —soltó Omar al observar que "mamá Conde" había puesto el desayuno sobre la mesa—, parece que el asunto no es grave ni urgente.

—Qué, ¿has aprendido ahora a leer en el humo del café? Te conozco Omar, y a mí no me impresionas.

—No, no lo hago para impresionarte, es solo para practicar y mantener a punto mis indiscutibles habilidades. No te imaginas lo que se aprende en la calle. A ti te hubiera ido bien un poco de bolso y manta.

—¿Y un poco de color también?, así el camuflaje nocturno sería más económico —dijo concluyente Conde consciente de que toda esa palabrería era una pérdida de tiempo—. Acábate de una vez el puto desayuno y escucha con atención lo que voy a decirte.

—Soy todo oídos, consejero —dijo Omar mientras se acomodaba en el sillón al suponer que la intervención de Conde iba a ser larga.

Conde se sentó tras su escritorio, abrió el cajón y sacó un sobre blanco, tamaño carta y ligeramente abultado.

—Esto es para ti —le dijo mientras empujaba el sobre hacia Omar con las yemas de los dedos—, por tus últimas gestiones.

—¿No te tomas el café? —dijo Omar sin mirar el sobre.

—No —contestó Conde secamente a un tris de perder los nervios.

—¿Puedo? —siguió provocativo Omar mientras cogía la taza todavía humeante de Conde.

—¿No vas a mirar lo que hay dentro?

—¿Dinero?

—No, berenjenas gratinadas al horno —disparó el honorable mientras cerraba el cajón de golpe, se ponía de pie y caminaba hasta la ventana para recuperar el control de sus actos—, en ese sobre hay cinco mil euros.

—Pues les doy la bienvenida a mi humilde morada, en mejores manos no podían caer —dijo Omar mientras se introducía el sobre en el bolsillo interior de su chaqueta y se levantaba con la intención de marcharse.

—Todavía no he acabado negrito de los cojones —soltó Conde interponiéndose entre Omar y la puerta del despacho—, no creerás que te he llamado para desayunar juntitos y hacerte un regalito más.

Omar, volvió a desabrocharse la chaqueta y se dirigió hacia la mesa del despacho para tomas asiento. Conde se había lanzado literalmente sobre su sillón y tamborileaba con las yemas de sus dedos esperando que Omar acabase de aposentarse.

—Bien —le dijo Conde sin más preámbulos—, hemos llegado lejos y estamos ganando mucho dinero en el camino, dinero que como comprenderás no puedo guardar bajo el colchón de mi casa. Por cierto, ¿qué haces tú con el dinero que te doy?

—Dirás que me gano trabajando, en cualquier caso, menudencias si tenemos en cuenta la pasta que te llevas tú y para serte sincero, a esa pasta que gano tienes que sumarle las propinas que por mi cuenta pido a esta banda de especímenes desalmados.

—¿Propinas?

—Por llamarlo de alguna manera.

—Pero eso no lo habíamos acordado

—Ya, pero te diré y con las palabras que sueles utilizar cuando te diriges a mí, soy "negro", pero no tonto.

—En eso tienes razón, negro sí, tonto no mucho, pero espabilado un rato. Me jode que actúes por tu cuenta sin mi autorización, pero por otro lado tu sincera confesión me ha sorprendido. No es habitual en mi trabajo a no ser que aplique algún severo correctivo y aún así, a veces no es fácil que canten. Bien, volvamos a lo nuestro.

Conde, satisfecho con el brote de sinceridad, se decidió a pedirle a Omar un servicio muy especial. No se trataba de los demás, se trataba de un tema personal de suma importancia como era el ingresar en una cuenta de Suiza quinientos mil euros, en "lechugas" de quinientos, limpias y libres de impuestos.

—¿Solo quinientos mil? —interrumpió Omar conocedor de los fajos y fajos que él se encargaba de llevarle—, ¿y esconderlos en Suiza?

—¿Te pregunto yo que haces con el tuyo? —soltó Conde desairado.

—No, pero si quieres te lo digo, lo guardo en una caja de cartón debajo de mi cama. La cuestión es averiguar dónde está mi cama.

—Cuando me interese, cosa que hoy no me quita el sueño, la buscaré y la encontraré —respondió Conde—, pero ahora centrémonos en lo nuestro.

Una semana después de la conversación en el despacho de Conde, Omar entró en la estación de Francia a las siete y media de la tarde, una hora antes de que saliese el tren con destino a Zúrich. Iba vestido con un traje gris niebla, camisa azul cerúleo sin corbata y una *parka* acolchada de color negro pizarra. Se acercó sin prisas a los controles de seguridad con una bufanda anudada al cuello y un pequeño maletín que colgaba de su mano. Debido a los últimos atentados yihadistas por toda Europa, el gobierno había incrementado el nivel de alerta y como consecuencia de ello, los controles de seguridad eran más estrictos. Un agente de la benemérita le indicó que depositase la parka, los zapatos, el maletín, el teléfono y demás objetos metálicos sobre la bandeja de plástico de la cinta trasportadora. Después, le dijo que atravesase el arco detector de metales y al pasar, un destello rojizo cegador y un zumbido electrónico obligaron al agente a cachearle. Omar levantó los brazos facilitando que las manos del agente recorriesen el contorno de su cuerpo. Un ruido metálico sonó en el bolsillo de su chaqueta.

—Puede sacar lo que lleva en el bolsillo —le solicitó el agente.

Omar introdujo su mano derecha y sacó un llavero con dos únicas llaves, la del semisótano de Escudillers y la del piso de la calle Unión.

—Me enseña su billete y pasaporte.

—Soy ciudadano europeo —le dijo Omar mientras le entregaba el billete de tren y el DNI.

—¿Viaja usted a Zúrich por trabajo? —le preguntó el agente después de leer atentamente y sin prisas el contenido del billete.

—No, solo turismo.

—¿Qué lleva en su maletín? —continuó preguntando el agente al parecer en huelga de celo.

—Una muda, un pijama, una cámara de fotos, un mapa de la ciudad y algunos objetos de aseo.

El agente abrió el maletín y extrajo el contenido. No había ni más ni menos que lo que le había dicho Omar. No obstante, introdujo su mano en el interior y presiono las paredes laterales y el fondo esperando encontrar algún escondite. No encontró nada y a pesar de sus sospechas, no tuvo más remedio que dejarle calzar, recoger sus pertenencias y autorizar el acceso a la estación. El tren estaba estacionado con las luces interiores encendidas, invitando a subir a los pasajeros que llegaban a cuenta gotas. Omar caminó por el andén buscando en los costados de los vagones la asignación que aparecía en el billete: *Wagon-lits,* unidad tres. Después, echó un vistazo a uno y otro lado del andén, subió un par de peldaños y caminó por el estrecho pasillo buscando el número de su cabina.

—¡Ya era hora! —le increpó Conde nada más entrar en el compartimento.

—Eso dígaselo a sus agentes, consejero de interior, me han cacheado a mí y a la maleta de arriba abajo —respondió Omar mientras dejaba el maletín sobre la cama y se quitaba la parka y la chaqueta con la parsimonia de siempre. La calefacción estaba encendida y tuvo una sensación de confort muy agradable, frotó sus manos frías y echo un vistazo por la amplia ventanilla.

—Te sientas de una puta vez —soltó Conde con un incipiente mosqueo—, o tengo que esperar a que te empelotes.

—Por mí ya podrías haberte ido hace rato, a no ser que pretendas besar mis carnosos labios. Dejas el maletín lleno, te llevas el vacío y sanseacabó, te las piras escondido tras esa horterada de gafas y de gabardina propia de un principiante.

Conde se levantó y le lanzó una mirada fulminante. Extrajo del maletín tramposo las pertenencias de Omar y abrió la puerta del compartimente poco después de mostrarle, para que no hubiese equívocos, que la mercancía objeto de su viaje estaba contante y sonante en el interior del maletín que le dejaba.

—Vete con ojo —fue lo último que le dijo Conde antes de irse.

Omar metió sus pertenencias en el maletín agraciado y le colocó en el interior del portaequipaje. Faltaba algunos minutos para la salida cuando entró en la cabina una pareja de jóvenes, una chica y un chico que no deberían tener mucho más de dieciocho años. Omar les saludó con un gesto de cabeza, pero ellos se comportaron como si no hubiese nadie en el compartimento. «*Quizás no les gusten los negros*» —pensó Omar, pero enseguida se dio cuenta de que no era eso lo que tenían en mente. Dejaron la mochila en el suelo, tiraron los anoraks y se lanzaron, literalmente, sobre el resistente asiento corrido tapizado con polipiel de color rojo carruaje. Ella, como es preceptivo, frenó el primer envite interponiendo las manos abiertas entre sus cuerpos, sin embargo, sus ojos y sus labios la traicionaban invitando al joven a comérselos vivos.

El asiento corrido se transformó en cama después de que girasen cuarenta y cinco grados el respaldo del asiento y antes de que el último vagón del convoy dejase atrás la estación de Francia. El lecho era estrecho para dormir dos pasajeros, pero para prometerse el mundo entero todavía sobraba espacio. Ninguneando la presencia de Omar apagaron la luz del compartimento y empezaron a quitarse la ropa. Por los aires volaba el jersey de ella, la sudadera de él, los pantalones de uno y de otro, sus camisetas, mientras las lámparas de vapor de sodio de la ciudad coloreaban de naranja sus bellos y jóvenes cuerpos desnudos. El joven abrazaba a la entregada muchachita canturreando una tierna canción del provocador Albert de Pla*, como de costumbre sin pelos en la lengua.

... y si te miro a ti
y tú me miras a mí
y nos miramos los dos.
Y si te acercas tú
y me acerco yo
y nos acercamos los dos.
Que si yo te toco los pechos
y tú me tocas los huevos
que pasará, que haremos...

* *Albert Pla. "La platja" (1989)*

Omar, como si estuviese viendo el rodaje de una película sentado en un lugar de privilegio, tatareaba en silencio la melodía que había escuchado varias ocasiones en su pequeña radio, hasta que el joven cansado de poesía se transformó en un ser diabólico ligero de verbo y desnudo de vergüenza.

—¡Guarra..., eres una guarra! —fueron las primeras arengas que escuchó Omar de sus compañeros de viaje.

Omar esperaba de ella algo más que el silencio ya que tal proclama invitaba a una respuesta contundente y como preveía no tardó en llegar.

—¡Guarro tú, que solo piensas en comerme el "chocho"!

—¡Y tú a mí el nabo!, vente *paquí* zorra del desierto.

Nunca en la larga historia de los ferrocarriles se habían proferido semejantes incontinencias verbales. Omar se sintió totalmente ninguneado y viendo que la cosa iba en serio y antes de salir salpicado decidió abandonar el plató de rodaje y salir del compartimento. Cuando regresó de cenar, que alargo lo suficiente para que pudiesen acabar la faena, los encontró abrazados y profundamente dormidos. Abrió su litera y caminó hacia el sueño tatareando la melodía de Pla armonizada por el monótono ruido del traqueteo del tren.

La voz de la azafata sonó por el altavoz de la cabina anunciando la próxima llegada a la estación de Avignon. Omar se despertó de sopetón y vio que los jóvenes ya no estaban en el alborotado lecho. Instintivamente, como si previese un engaño, se puso de pie y miró en el maletero. Se amonestó por su descuido, impropio de un profesional de su talla, pero serenó su enfado al comprobar que tanto el continente como el contenido estaban tal cual le entregó Conde.

Era medianoche cuando el tren se detuvo en la estación tras el chirrío de los frenos. Con los dedos limpió una parte del vaho que empañaba el cristal de la ventanilla, Un reloj digital marcaba las doce y quince, y en una pantalla se anunciaban las salidas y llegadas de trenes. Había pocos pasajeros esperando en los andenes seguramente para protegerse del frio o porque el tráfico a esas horas de la noche se reducía de manera considerable. Su mirada se ancló en el rótulo que anunciaba la estación, "Avignon". Le pareció que alguien le llamaba desde su interior, que reclamaba su atención obligándole a buscar algo en el laberinto de los recuerdos. Anduvo rápido, impaciente, escogiendo y rechazando opciones hasta que se encontró sentado junto a la mesa del piso de Lola con un sobre entre las manos. La tenue luz de una farola que entraba por el balcón entreabierto trajo a sus ojos, anclados al rótulo de la estación, la dirección de la madre de Lola.

> Sofie Legrand
> Le Mas du Coq
> 84300 Cavaillon, Avignon (France)

10

El portero del hotel Schwezerhof le abrió la puerta e hizo el gesto de coger la pequeña maleta que Omar sujetaba con firmeza. Le indicó con la cabeza que no era necesario y él, dócil y obediente, giró ciento ochenta grados y le dirigió hacia el mostrador de recepción.

El hotel Schwezerhof, de tres estrellas y con muy buena relación calidad-precio se encontraba en el centro de Zúrich, a pocos minutos andando de la estación de tren. La habitación que le había reservado Conde era amplia y disponía de todo lo necesario para una agradable estancia de paso. Omar se acercó a la ventana desde la que podía ver la entrada de la estación y observó, durante un largo rato el ir y venir de gente enfundada en gruesas prendas de abrigo complementadas con sombreros, guantes y bufandas. La estatua de Alfred Escher, precursor de la moderna Suiza, permanecía inmóvil sobre un pedestal surgido de una fuente alrededor de la cual circulaban tranvías, automóviles, bicicletas y peatones en total armonía, cruzándose con la misma precisión que la del reloj suizo de la estación central. El timbre del teléfono no le sorprendió ni le distrajo, sabía que era Conde y que debía hacerle esperar el tiempo suficiente para tostar su humor, vuelta y vuelta, pero esta vez hasta llegar a cabrearlo. Cuando decidió que estaba "al punto" se acercó a la mesilla y cogió el móvil.

—¿Has tenido que ir a recepción para coger el teléfono? —oyó gruñir al otro lado de la línea.

—El viaje ha ido bien, tengo lo que me diste y el hotel está bien, ¿quieres decirme algo más que no hayamos dicho ya o es que no tienes en que ocuparte esta fría mañana de invierno?

—Más vale que te centres en lo que tienes que hacer y de que te asegures de que no haya el mínimo fallo. Mañana te estará esperando Hans en su despacho, solo tienes que entregarle el género y recoger un sobre que te dará para mí.

—Sí, sí, está meridianamente claro y no hace falta que me lo repitas mil veces más.

—¡Ah!, y mejor será que no salgas del hotel. Total, si no tienes ni pijotera idea de francés, ni alemán, ni italiano, ni romanche, ¿qué coño vas a hacer rondando por la ciudad?

— ¿Algo más consejero?

—Sí, que mañana no pierdas el tren de regreso que sale al medio día y que vengas a verme cuando llegues.

Colgó el teléfono, colocó el maletín en el armario y cerró la puerta de la habitación tras él, dispuesto a dar una vuelta por una ciudad en la que no había previsto poner un pie ni a lo largo ni a lo ancho de su ajetreada vida.

Omar cogió el tren en la estación central de Zúrich a las doce en punto después de entregar a Hans quinientos mil euros, en "lechugas" de quinientos y de ponerse en el bolsillo el sobre herméticamente cerrado que le había dicho Conde. Al entrar en su compartimento se acordó de la parejita y pensó, que en esta ocasión no habría sesión de tarde. No había nadie, iba a viajar solo sin especímenes que pudieran distraer su atención. Al quitarse la parka noto el sobre que le había entregado Hans para Conde, lo sacó del bolsillo y miró a trasluz preguntándose cuál podía ser el contenido. «*Un folio como máximo*» —pensó instantes antes de abrir el sobre y extraer de su interior media cuartilla doblada por la mitad. Las pupilas se le dilataron al ver que, bajo los números de media docena de cuentas, había anotado la cantidad total de dos millones trescientos cincuenta mil euros. «*¡Joder con el consejero!*», soltó en un solo disparo mientras volvía a colocar la fortuna en el sobre y la guardaba en su chaqueta.

Durante casi cinco horas la imagen del letrero de la estación «*Gare d'Anignon*» estuvo presente en el sendero capital del laberinto del lóbulo occipital de su cerebro. Tenía la sensación de que ni él ni el tren se movían, que eran los árboles, las casas ancladas a los campos, las vaporosas nubes las que se desplazaban a una velocidad de vértigo hacia el más allá llevándose unos pensamientos que no era capaz de retener. Inmovilizado en su asiento oyó que la azafata informaba de que en treinta minutos el tren llegaría a la estación de Avignon. Eran las cinco de la tarde cuando se detuvo en el apeadero y pocos minutos después el tren reanudaba su trayecto habitual dejando atrás a Omar, de pie sobre el andén enfundado de nuevo en su cómoda parka.

—¿Puede llevarme a esta dirección? —le preguntó Omar al taxista que cabeceaba a la salida de la estación.

—Es una granja —le dijo después de girarse y echar un vistazo a Omar desde la cabeza hasta donde llegaba su mirada.

—Sí, lo sé —respondió Omar sorprendido por el tipo de vivienda en que vivía Sofie. En ninguna de las cartas que Lola había recibido se mencionaba nada que tuviese que ver con la actividad rural de su madre—. ¿Cuánto tardaremos en llegar?

—No más de veinte minutos —respondió el taxista mientras giraba la llave y ponía el motor en marcha.

En algo menos de los veinte minutos el vehículo se detuvo a la salida de una curva tras aparecer a la derecha de la calzada un camino sin asfaltar. Una estaca envejecida a punto de perder la verticalidad sostenía una tabla en la que podía leerse, no sin dificultad, el nombre tallado de la finca *Le Mas du Coq*.

—Si quiere puedo acercarle hasta la casa de la señora Legrand —sugirió el conductor después de girarse en su asiento y echarle un nuevo vistazo—, está a tan solo medio kilómetro, pero con este frio...

—Gracias, es usted muy amable, estirar las piernas no me irá nada mal. No tardaré mucho, solo he entregarla un sobre, ¿puede usted esperarme media hora? —le preguntó después de poner los pies en tierra y de acercarse a la ventanilla del conductor.

—Sí, no hay problema, pero tendré que cobrarle lo que marque el contador, mi jefe no me permite parar el taxímetro.

—No se preocupe, en media hora vuelvo. Ah, podría usted guardarme el maletín, he de regresar a la estación.

Unos quinientos metros le separaban de la casa a la que conducía un camino de tierra custodiado, a ambos lados, por corpulentos álamos agarrados firmemente a la tierra por sus largas y ramificadas raíces. Sus anchas copas, vestidas con sus últimas hojas pintadas con los colores del otoño, miraban hacia el cielo invitando al quien las observase a la meditación serena, a beber el elixir alentador de almas. Omar se detuvo y acarició su tronco suave y blanquecino deteniendo sus dedos en sus negras cicatrices resultado de Dios sabe cuántos avatares. El sol del atardecer, que empezaba a esconderse por las crestas de las montañas, había dejado de derretir las primeras nieves que se acumulaban a ambos lados del camino.

Omar cruzó un sencillo puente de madera por encima del cauce de un arroyo que viajaba hacia el rio Durante llevando a lomos agua cristalina y pura de las cumbres de los Alpes. Tras él, una moderada pendiente le condujo hasta una loma y sobre ella, una solitaria casa que perdía su silueta y atributos con las primeras horas del anochecer. Se sentó sobre un grueso tronco de un álamo amputado y vio como se encendían las luces de algunas ventanas. Alguien aparecía y desaparecía tras los cristales sin facilitarle datos que le permitiesen elaborar una imagen mental clara. El humo, que salía por la chimenea, bailaba lento al son de un suave mistral que viajaba hacia los Alpes para enfriar sus valles.

La temperatura había bajado y Omar, poco acostumbrado al frio, calentaba sus manos como podía en los bolsillos de su parka. Se preguntaba qué hacía allí sentado ese gélido atardecer de invierno, en una propiedad en medio de la nada y deseando conocer a una persona cuyo nombre y dirección aparecen en el remite del sobre de una carta que no es suya y nada tiene que ver con él. Pero también se decía que por algún motivo estaba allí, que era incapaz de oponerse a esa fuerza interior que le sacó del tren y le sentó sobre un amputado álamo para que examinase un caserón aislado en lo alto de un moderado promontorio. Se levantó y subió despacio la pendiente que le acercaba a la casa, a Sofie, la madre de una Lola que reclamaba su atención persistentemente y que llenaba su corazón de ternura y afecto.

Amparado por la oscuridad de la noche y por su negra piel, Omar se dirigió hacia una doble puerta de cuarterones de cristal que daba acceso al jardín y que mantenía sus porticones abiertos. Se ocultó tras la pared junto al quicio de la entrada y observó la estancia iluminada a través de unos cristales envejecidos que deformaban ligeramente los contornos de todo lo que había en el interior. Una acogedora sala de estar se calentaba con los troncos que ardían en una gran chimenea coloreando de sepias sus paredes blancas. Sofie, sentada sobre sus talones, avivaba un fuego que contornea un cuerpo que irradiaba luz como un ángel custodio. Llevaba el cabello recogido, algunos rizos andaban sueltos y otros caían sobre su espalda perdiéndose entre unas alas blancas que se desplegaban obligando a Omar a cerrar sus ojos y a buscar en su interior un Dios, conocedor de todas las cosas, que le explicase lo que sentía en esos momentos. Y ese Dios compasivo le regala la imagen de Sofie sentada sobre la arena de una playa y la de una niña que corre hacia ella con los brazos abiertos y gritando «*mamá..., mamá..., he dado de comer a las gaviotas...*». Sofie se gira y mira hacia la ventana, como si alguien le susurrara que la observan desde el jardín, pero los cristales le devuelven su mirada y la imagen de un fuego que arde a sus espaldas. La ve acercarse y ella, casi le besa al acercar sus labios al cristal que desempaña con las yemas de sus dedos. Omar se aparta mientras una lágrima cae hasta la comisura de unos labios que articulan el nombre de Sofie sin saber por qué.

Ya no sentía frio. Sus ojos buscaban en la oscuridad de la noche la hora en su reloj de muñeca, mientras un perro de granja sosegado y amigable, un Brohelmer danés, daba vueltas a su alrededor sin denunciar su presencia. Omar dejó que su hocico rozara su mano, que le olfatease y el guardián movió el rabo, abrió la boca y le enseñó su lengua. *«¿Me conoces?»,* le dijo Omar sin casi mover sus labios, pero él solo le miró, movió el rabo y rascó con las yemas de sus pezuñas la tierra como si quisiera escribir algo, responder a todas sus preguntas. *«Es hora de irme»* le dijo mientras se giraba dado la espalda a la casa para regresar por la senda que le llevo hasta ella. Desde el porche una voz, que no había oído nunca pero que le sonaba tan familiar como todos los días de su existencia, llamó al perro por su nombre «¡Póker... Póker...!» pero el animal siguió a Omar que caminaba sin mirar atrás ocultándose entre los álamos mientras Póker se cruzaba una y mil veces en su camino sin conseguir detenerle.

Sentado sobre sus ancas a la entrada de *Le Mas du Coq*, rascaba con su pezuña el suelo como si quisiera escribir *«no te vayas»*, pero Omar abrió la puerta del taxi y subió sin mirarle. Cuando el motor se puso en marcha giró la cabeza para despedirse con la mirada y Póker le correspondió con una bocanada de aliento que se perdió en la oscuridad de la noche.

Los faros iluminaban los copos de nieve que caían lentamente sobre el asfalto. Omar quiso encontrar en el retrovisor del conductor a Sofie corriendo tras el coche y pidiéndole con los brazos que se detuviera, que bajara del coche y corriera hacia ella para abrazarla. Sofie no apareció, seguía en casa mirando a través de los cristales y preguntándose quién era el que se alejaba por la carretera serpenteante aquella fría noche de principios de invierno.

11

Desde primeras horas de la mañana, por la tarde y hasta altas horas de la noche, sonó con insistencia *String Quintet in C Mayor no. 6, Pp. 30* de Luigi Boccherini. El móvil estaba sobre la mesilla y con cada llamada se desplazaba, lento como una cucaracha a causa de la vibración, un poco más al borde de esta. Omar, tumbado bocabajo sobre la cama, le observaba sin inmutarse sabiendo que el único que podía estar al otro lado de la línea era Conde. El nivel del volumen del aparato se mantuvo sin variación, mientras que el cabreo de Conde iba *in crescendo* desde que sonó el primer acorde de *Le campane de l'Ave María,* hasta el último *La Ritirata.*

El tren llegó de Zúrich a Barcelona, sin Omar, a primera hora de la mañana del día siguiente. Conde, impaciente, le esperaba en la estación de Francia para que le confirmase que todo había ido bien, pero sobre todo lo que quería es que le entregase los resguardos de los ingresos y los nuevos códigos *anti-hackers* que garantizaban la protección de los fondos, tanto frente a las intromisiones de los delincuentes informáticos como de los funcionarios del Centro Nacional de Inteligencia.

La noche anterior el taxista le había dejado en la estación minutos antes de que el tren, procedente de Zúrich con destino a Barcelona, parase en Avignon. Omar, seguía de pie sobre el andén cuando el último vagón del convoy salió del apeadero. Durante casi una hora estuvo sentado en un banco dejando que sus pensamientos fluyesen sin hacer el más mínimo esfuerzo por retenerlos. Después, un frio que calaba hasta los huesos le puso en pie y le obligó a caminar en busca de un hotel donde pasar la noche.

Se echó, casi desnudo, sobre la cómoda cama de la cálida habitación del hotel Centre Gare situado frente a la entrada principal de la estación. No se encontraba bien, le dolía la cabeza, le traicionaban los músculos, le chirriaban las articulaciones, su frente ardía y temblaba de frio. Los párpados le pesaban y no tardó en abandonarse, en caer en un profundo y agitado sueño.

> *«... el tren entró en la estación poco después de atravesar un bosque de álamos negros que impedían ver el cielo. No se detuvo y la espesa niebla que le envolvía difuminaba los rostros adheridos a los cristales de los viajeros. Un rayo de luz se abría paso entre las ramas iluminando los incontables dibujos que un niño hacía sobre el vaho del cristal del compartimento. El traqueteo del tren, ya en marcha, y los suspiros de unos jóvenes inmersos en escarceos amorosos no le dejaban concentrarse en el mensaje que el niño escribía con su mano blanca mientras la otra, la negra, intentaba borrarlos sin conseguirlo. Se levantó del asiento y silenció a los jóvenes a golpes mientras Conde le llamaba insistentemente por teléfono. Sofie le miraba desde la puerta de su casa y le hacía señas para que entrase y Póker, movía la cola mientras juagaba con unos niños en la orilla de una playa. Con la entrada del violonchelo de Boccherini algo se rompió en su interior y caminó tambaleándose sin saber a dónde y sin poder ver quién era al que vestía su cuerpo negro...»*

Cayó de la cama tiritando de frio y fiebre, y su cara quedó junto al teléfono que, desde el suelo, seguía llamándole con insistencia.

—Sí —respondió Omar con los labios secos y la boca pastosa.

—¿Dónde te has metido? —le pregunto Conde en un tono más relajado de lo habitual.

—Estoy en Francia —respondió sin fuerzas y sin ganas de dar muchas más explicaciones.

—¿En Francia?

—Si, en un hotel, en la cama..., con fiebre...

—¿Tres días?

—Si tres días en un hotel, tres días en la cama y tres días con fiebre..., ¿puedes dejarme tranquilo y dejar de llamar?

—¿Tienes el sobre?

—Sí.

—¿Y?

—¿Y, y qué?

—No me toques más los cojones Omar —soltó harto de tanto monosílabo—, ponte los pantalones y coge el primer tren que salga para Barcelona, mañana te quiero en mi despacho.

La corrupción aumentaba y se extendía como un virus contagioso, de persona a persona, por todos los rincones de la administración. Cada vez eran más los infectados que acudían al gestor de la trama, al consejero de interior Conde, para que habilitara alguna vía nueva que les permitiese incrementar sus ya suculentos ingresos. Conde, que ponía más interés y atención a estos temas crematísticos que a los que le correspondían como consejero de interior, había establecido tres categorías de corruptos. En la primera categoría se encontraban el presidente y los consejeros; en la segunda directores generales de confianza; y en la tercera, técnicos de la administración que gestionaban los contratos y concesiones de todo tipo de actividades. En todo el país no se movía un dedo si no contaba con el beneplácito de Conde y éste no despreciaba ninguna oportunidad que condujese a un aumento de sus ingresos. Omar no contaba con un porcentaje fijo, pero Conde no olvidaba nunca llenar sus bolsillos con billetes de todos los colores que Omar, sin contarlos, introducía en la caja de cartón que guardaba bajo la cama en el semisótano de la calle Escudillers. Nadie podía imaginarse que pudiese acumularse tanto dinero en un cuchitril del barrio del Raval y como sus gastos se limitaban a los necesarios para ir tirando, su fortuna era cada vez mayor. A Carmela, le daba lo suficiente para que tuviese una vida tranquila y para jubilarla definitivamente de su trabajo de prostituta, aunque, debido a su avanzada edad, la actividad ya se había limitado a manoseos esporádicos a algún cliente desesperado o ebrio que se instalaba hasta altas horas de la noche en la barra del bar.

Conde estaba más que satisfecho con la manera de ser de Omar, porque su discreción, su falta de afecto al dinero y su nula inclinación al consumo, le daba la tranquilidad que necesitaba tanto cuando manejaba el dinero de los demás, como cuando se trababa del suyo. Por ese motivo, siempre que Omar le pedía algo, acababa cediendo. Pasó con el pasaporte, pasaba cada vez que Omar desaparecía por unos días o cuando necesitaba pases y acreditaciones para asistir a los congresos que iba Lola. Tan solo conocer la temática de los mismos le desconcertaba: "*Destrucción de alimentos: contradicción o estrategia y denuncia*"; "*El mensaje de Laudato SÍ*"; "*Impacts of science and technology on the cultural evolution of humanity*" ..., pero si esas eran todas las extravagancias a las que le tenía acostumbrado Omar, no solo no le causaban ninguna preocupación, sino que cada vez que caía en sus manos un programa de algún congreso, concierto, o acto cultural de cualquier índole, se lo daba por si tenía cabida en el cuadro de sus intereses. En más de una ocasión llegó a pensar que algunas perrillas estaría sacando de todo eso.

—Dime Omar —le pregunto un día Conde mientras desayunaban en su despacho de la consejería—, ¿qué pasta sacas de los congresos?

—Ninguna.

—No me dirás que los temas te interesan porque eso sí que no me lo creo.

—Yo no me meto en tus asuntos —le replicó Omar—, además, a qué viene tanto interés por lo que hago o dejo de hacer.

—Interés ninguno, pero sabes, es como una mosca cojonera que te da la lata continuamente y no puedes sacártela de encima, y si a eso le añadimos que no sé dónde vives, dónde guardas tu dinero o qué haces por las noches o los domingos, entonces la mosca se convierte en un moscardón que me jode enormemente tener en el tímpano. ¡Joder, Omar!, que tío más reservado que eres.

—Te diré algo, Conde.

—¿Sí?

—Cómprate un matamoscas y no te metas en mis asuntos o se irá todo a tomar por culo. O sea, que centrémonos en el chanchullo del presidente, que no quiero perder toda la mañana.

—¡Eres tonto o los negros ya sois así!, cuantas veces tengo que decirte que nada de nombres, nada de presi..., Marco Aurelio cuando te refieras a él.

—Pues centrémonos en los chanchullos de Marco Aurelio, consejero Con..., quiero decir, Manolo Escobar.

—La semana que viene vuelves a Zúrich —le soltó a bocajarro Conde—. Utilizaremos el mismo método, cambiaremos las maletas en el tren y esta vez habrá dos sobres dentro, el de mayor tamaño es de Marco Aurelio y el pequeño el mío. Ah, y nada de paraditas en Francia.

—No tienes nada que hacer con mi tiempo —le respondió Omar en tono amenazante antes de levantarse y salir del despacho del consejero—, y te recuerdo que no te metas en mis asuntos o Manolo Escobar, Marco Aurelio y el resto de los pitufos os acordaréis de Omar, "Kunta Kinte", lo que os quede de vida

Los viajes a Zúrich cada vez fueron más frecuentes y cuando regresaba de ellos, Omar se apeaba en la estación de Avignon, y pedía al taxista que le llevara hasta *Le Mas du Coq.* Allí, le esperaba un perro que le recibía sacándole la lengua, moviendo el rabo y guardando los ladridos que delatarían su presencia. En cada viaje siempre había algo que incrementaba su interés por Sofie y en todo lo que le rodeaba. En ocasiones, no podía esperar al próximo viaje a Zúrich y cogía el primer tren que salía hacia Avignon para pasar dos o tres días cerca de ella. Omar, acabó alquilando un pequeño piso en Avignon al que trasladó, además de documentos, una parte del dinero que acumulaba en la caja que guardaba bajo la cama del semisótano de Escudillers. Para no levantar sospechas con los taxis compro un pequeño ciclomotor, un *VeloSolex,* con el que recorría los escasos veinte kilómetros que había desde su piso hasta la granja de Sofie en algo menos de media hora.

En todos los viajes Omar se quedaba tras el quicio de la puerta sin pasar el umbral que le conduciría a un pasado que insistía en hacerse presente y que aspiraba a tener la oportunidad de llenar un vacío existencial de dimensiones considerables. Tenía la certeza de que en el algún momento de su vida o de cualquier otra que pudiese haber vivido, imposible de recordar y menos de precisar, estuvo allí, en la casa de Sofie, entre esas paredes mudas en las que quedaron grabadas las sombras de todo lo que vieron sus ojos y oyeron sus oídos. Se lo decía ella cada vez que la veía tras los cristales de siempre o mientras caminaba por los campos con su chubasquero amarillo y sus botas de goma verde vejiga. Se lo decía con sus movimientos, con sus gestos, con el contorno de su cuerpo cuando a contraluz eclipsaba todas las otras especies del universo.

Juraría, que en más de una ocasión atravesó el marco de la misma puerta tras la que hoy se escondía, que estuvo sentado en la mesa de la cocina que ahora observaba con sus ojos y que durmió en el sofá que hoy veía a través de los cristales. Se vio avivando el fuego encendido en la chimenea que una fría noche calentó su alma y al que hoy le pedía que se apiadase de él y le ayudase a salir de la confusión en el que se hallaba inmerso. Que le ayudase a entender por qué deambulaba una y otra vez junto a las especies que se atraen y se rechazan hasta ser devoradas por el insaciable e inmortal minotauro. Le gustaría saber si fue fagocitado por la bestia y si por alguna razón que desconoce, le extirparon la memoria y le condenaron a vagar, una vez más, por el intrincado laberinto de las especies.

Las paredes en su garito de la calle Escudillers y las del pequeño piso de Avignon se llenaron de mapas, anotaciones, fotografías, dibujos, esquemas... En una pizarra, de dimensiones considerables, pintada sobre una de las paredes, anotaba con tiza nombres, lugares, fechas... Contornos circulares unidos por flechas direccionales o bidireccionales relacionaban unos datos con otros, o permanecían con el signo de interrogación en su interior. Todo aquello que tuviese que ver con Sofie, con Lola o con Paco reclamaba su atención, le interesaba, le obsesionaba y le impulsaba a investigar para poder responder a preguntas que se hacía permanentemente, ¿por qué de ese interés?, ¿por qué comparte con Lola un piso en la calle unión?, ¿por qué llena las paredes con anotaciones y fotografías?, ¿por qué no siente celos de Andrés?, ¿por qué se baja del tren cada vez que para en Avignon?, ¿por qué le habla el fuego y las paredes de la casa de Sofie?, ¿por qué un perro escribe con su pezuña algo que no puede leer?, ¿por qué cena con una vieja prostituta en un cuchitril de mala muerte?, ¿por qué, por qué, por qué...?

12

Sentado en la terraza del hotel Alexander Omar esperaba que unas pocas hojas de una aromática menta transfieran sus propiedades refrescantes a un agua que hervía en el interior de un vaso de cristal. Iba vestido una chaqueta Roy Robson de color gris perla de pura lana virgen, un cómodo pantalón de gabardina negro, un polo y zapatos mocasines del mismo color. Llevaba unas gafas negras Emporio Armani de pasta inyectada y doble puente, con esos cristales que oscurecen al sol. También había perfilado una barba incipiente que le ayudaba a cambiar su aspecto y a no ser reconocido en el caso de que pudiese serlo.

La tarde anterior, Omar había llegado al aeropuerto de Marrakech-Menara con una pequeña maleta y un pasaporte que Conde no había tenido más remedio que facilitarle después de que su nivel de confianza aumentase tras los continuos viajes a Zúrich y a pesar de los silencios de Omar sobre las extrañas paradas en Avignon y de las nulas explicaciones sobre para qué quería el pasaporte.

El vuelo de Ryanair despegó del aeropuerto de Barcelona a media tarde del domingo. Era final de noviembre y el sol, de camino hacia poniente, entraba por la pequeña ventanilla iluminando el rostro de Lola que observaba, pensativa, como el avión se alejaba de la costa para sobrevolar las apacibles aguas del Mediterráneo.

Lola viajaba sola. Sentada una fila delante de él hacía anotaciones en los márgenes de unas fotocopias probablemente relacionadas con el congreso al que iba a asistir, en calidad de ponente, a partir del día siguiente. La pequeña separación que había entre los asientos le permitía verla sin dificultad. Era la primera vez que estaba tan cerca de ella y Omar, que disimulaba su mirada tras unas gafas con cristales medio oscurecidos, no quería perderse la oportunidad de observar y memorizar todos y cada uno de los detalles de su rostro. El asiento de al lado de Lola iba vacío y Omar podía haberse sentado a su lado e iniciar una conversación, que no inició, y decirle todas las palabras y frases que inundaban su mente. No se necesitaban muchas alforjas para levantarse y preguntar «*¿está ocupado?*» Ella le respondería que «*no*» y sacaría el bolso que había dejado sobre el asiento, entonces, se iniciaría una conversación anodina que no llegó a producirse.

—*¿Es la primera vez que viaja a Marrakech?* —pensó Omar que sería una buena pregunta para iniciar la conversación.

—*No* —le respondería Lola educadamente sin dirigirle la mirada ocupada en revisar sus documentos.

—*En Marrakech suele hacer buen tiempo en esta época del año* —un comentario absurdo porque seguramente ella estaba informada sobre el clima en Marruecos en esta época del año y si no lo estaba era una gilipollez iniciar una conversación como acaba el telediario.

—*Ya* —si la respuesta hubiera sido más breve se habría quedado en gesto y si hubiese sido más larga su contenido probablemente hubiera sido *«no tiene usted otra cosa que hacer que darme la tabarra»*

—*En verano mucho calor* —y dale con el tiempo, aunque si añadiese *«yo me pongo negro con el sol»* quizás hubiera provocado un ligera pero agradable sonrisa, pero no lo hizo.

—*Sí, lo habitual del verano* —Omar pensaría que habría conseguido arrancarle cinco palabras lo que le haría suponer que la conversación iba por buen camino.

—*¿Viaja por trabajo?* —le preguntaría sin ninguna intención de tirar la toalla.

—*Sí* —más breve imposible. La conversación habría caído en picado y Omar se sentiría agotado y de nuevo en el punto de salida. *«O espabilo o quedo como un auténtico imbécil»* se diría si se hubiese sentado junto a Lola.

—*Bonito el Mediterráneo, ¿eh?* —Ahora sí que habría dicho una gilipollez. Mejor silbar, ir al lavabo o saltar del avión en marcha.

—*Sí, realmente precioso, aunque el Atlántico también es espectacular, ¿es usted marroquí?* —*«Doce palabras y sin contar los interrogantes»* Se diría Omar mientras ella guardaba los documentos en una carpeta y los dejaba sobre sus rodillas.

—*No, no soy marroquí, nací en Cabo Verde, en Tarrafal, pero por escasez de trabajo mis padres y yo tuvimos que emigrar a Gambia, a Jufureh, la tierra de mis antepasados, una tierra de hombres libres, pero también de intenso tráfico de esclavos en aquellos tiempos. Ellos, fueron capturados por los portugueses y.., ¿no la estaré aburriendo?*

—*No, desde luego que no, es agradable escucharle.*

—*Pues como le decía, cuando dejamos Cabo Verde, nos fuimos a Gambia, a Tanji, un pequeño pueblo de pescadores. Mi padre, Ahmed, con otros hombres salían a pescar de madrugada en grandes barcazas pintadas con todos los colores del arcoíris mientras mi madre, Anisa, cuidaba de mí y reparaba las redes en la playa. Cuando cumplí los diez años mi padre me dejó ir con ellos..., era una vida dura, pero tranquila hasta que se produjo un golpe de estado que derrocó al presidente y los militares, ambiciosos de poder y de dinero, corrompieron el país y trajeron el mal vivir y la pobreza al pueblo. Mis padres pensaron que en Europa tendríamos la oportunidad de vivir una vida mejor, más digna y escapamos de Gambia. Atravesamos Senegal, Mauritania y viajamos a pie hacia el norte de Marruecos..., trabajamos muy duro durante cinco años para poder ahorrar y comprar tres plazas en una patera para cruzar el Estrecho..., la mar estaba en calma cuando salimos al anochecer. Mi padre y yo íbamos, con el resto de los hombres, sentados en los costados, las mujeres delante de nosotros y los niños en el interior del casco, pero las corrientes del Estrecho hicieron zozobrar la barca. La última vez que vi a mis padres fue allí, abrazados bajo el agua despidiéndose de mí. Sobrevivimos tres de cincuenta y dos, agarrados a unas tablas y arrastrados por la corriente hasta una playa en las proximidades de Tarifa..., tenía veinte años cuando llegué, escondido entre los ejes de un camión a Barcelona y...*

—Por favor, señor, puede abrocharse el cinturón —le dijo la azafata moviéndole con suavidad el hombro para despertarle—, aterrizaremos en veinte minutos.

La inexistente conversación, las preguntas y respuestas, solo tuvieron lugar en su largo y plácido sueño. Fue un soliloquio, un monólogo, la expresión de un deseo, de un anhelo que despertó cuando se quedó dormido y finalizó cuando la mano de la azafata movía su hombro.

Omar se inclinó hacia delante al aterrizar el avión y puso su mano sobre el reposacabezas del asiento de Lola para asegurar su posición. Le llego una suave y dulce fragancia de jazmín que aspiró lentamente deleitándose con ella y la retuvo en el interior de sus alvéolos el máximo tiempo posible. En esos breves momentos le vino a la mente la conversación que no tuvo. Si la hubiera tenido, habría añadido que vive en su piso de la calle Unión, que cada noche busca en la pared de los dibujos y en el contenido de una caja la respuesta al porqué de unos sentimientos que no acierta a definir. ¡Le contaría tantas cosas si un día hablase con ella!

Mientras se sumía de nuevo en el laberinto de sus pensamientos, Lola peinó con sus dedos sus cabellos. Al llegar al reposacabezas rozó la mano de Omar, se giró y le hizo un breve gesto de disculpa. Un par de segundos después volvió a girarse, con el ceño fruncido, como si hubiera visto a alguien conocido pero que no acaba de recordar. Él, bajó la cabeza ocultando su rostro tras una mano que improvisaba un ligero masaje en el puente de la nariz donde descansaban unas gafas negras Emporio Armani de pasta inyectada y doble puente

Omar estaba dando un último sorbo al té con menta cuando vio salir a Lola por la puerta del hotel Alexandre. Iba vestida con pantalón y camiseta blanca, y una camisa abierta de color azul turquesa que tapaba sus brazos y disimulaba el contorno de sus pechos. Un pequeño pañuelo, que anudaba el pelo a su espalda, le daba un aire desenfadado y hacía destacar las hermosas y equilibradas facciones de su rostro.

—¿Le pido un taxi doctora? —le dijo el portero mientras abría y sostenía la puerta del hotel.

—No, gracias, me apetece caminar.

—Sí, pero hay un buen trozo desde aquí hasta el Palacio de Congresos.

—Lo sé, pero hace un día precioso y caminar me irá de maravilla.

Omar se levantó poco después de que ella cruzase la avenida Mohamed V y de sobrevivir a los vehículos que dan por hecho que cruzarás con decisión y sin titubear como si no hubiese tráfico en ese momento. Un sol anaranjado de primeras horas de la mañana perfilaba el cuerpo de Lola que caminaba a buen ritmo. Omar la seguía a unos escasos treinta metros con la certeza de que era allí donde tenía que estar y haciendo lo que debería hacer, aunque no supiese el porqué. Le hubiera gustado asistir a todos los congresos en los que Lola participaba, escuchar todas sus palabras por si en alguna de ellas había alguna respuesta a su certidumbre de que hubo algo que les unió y que hoy permanece oculto, encerrado a cal y canto en las profundidades de su memoria.

Omar se sentó en las primeras filas, con la credencial colgada en el bolsillo superior de su chaqueta que le acredita como asistente, mientras Lola conversaba con algunos colegas junto a la mesa que presidiría las sesiones de esa mañana. Ojeó el programa y releyó *«las once de la mañana»,* la hora en la que Lola presentaría su ponencia.

Instantes después de que la segundera de su reloj superase el punto de las once, Lola se levantó de su asiento obligando a Omar a desanclar su mirada del lazo que agrupaba sus cabellos por encima de sus hombros. Caminó decidida hacia el atril y colocó sobre él algunos papeles a los que dio una breve ojeada. Después levanto la cabeza, miró al público, le miró a él y su voz, como una ola imparable que avanza hasta alcanzar la orilla, penetró por todos los poros de su cuerpo.

«Presidente de UNICEF señor Anthony Lake, ministro de sanidad Houssine El Ouardi, congresistas, señoras y señores,

buenos días a todos. En mi intervención no abordaré las cuestiones médicas relacionadas con la desnutrición infantil y las consecuencias que ello comporta, ya que repetiría lo que ha sido excelentemente expuesto por los ponentes que me han precedido. Hoy, quiero hablarles de mi experiencia en aquellos lugares donde la desnutrición no es el título de una ponencia científica, el capítulo de un libro o el artículo de un periódico...» Omar se enderezó en su asiento y orientó sus oídos para no perder ni una sílaba de sus palabras, *«... en aquellos lugares donde la desnutrición es una realidad que se toca, donde entre la vida y la muerte solo hay una estrecha línea, una escasa distancia y en esa distancia...»* Omar sintió una gran emoción escuchando sus palabras, se veía incapaz de retener las lágrimas en sus ojos «... *mi interés está en sensibilizarlos para que pongamos entre todos la mejor disposición de ánimo, la mayor colaboración posible para que estas injusticias...»* y yo llenando los bolsillos de esa pandilla de cabrones y también los míos, dicho sea de paso, «... *debemos aportar los conocimientos técnicos y los recursos económicos que sean necesarios. A esta conferencia, a la que ustedes han tenido la amabilidad de invitarme, no solo asisten especialistas en desnutrición infantil, también, hay representantes políticos, miembros de la administración y de diferentes organizaciones públicas y privadas a los que quiero trasladarles un breve mensaje, solo si tomamos conciencia colectiva y si lo hacemos juntos seremos capaces de frenar este sufrimiento y muerte de millones de niños. Mientras en algunos países nadan en la opulencia y disfrutan de las infinitas posibilidades de placer que ofrece este mundo desarrollado, hay otros países de nuestro mismo planeta que no tienen alimento ni siquiera agua que llevarse a la boca. Les pido, en nombre de ellos, que sitúen el tema de la desnutrición infantil entre sus prioridades»*

Las lágrimas de Omar se perdieron entre los aplausos del público. No lo pudo resistir y sus pies le llevaron junto con los de otros congresistas a felicitarla.

—Un excelente discurso, doctora —le dijo mientras estrechaba su solicitada mano.

—Gracias, es usted muy amable —fue la primera palabra que le dirigió Lola en sus cuarenta y tres años de existencia, la primera vez que cogía su mano y la primera breve que le regalaba una mirada, arrugando el ceño ligeramente, como si le conociese y se preguntase de qué, cuándo y dónde. La calidez de su voz, la suavidad de su mano y la dulzura de su mirada quedaron grabadas para siempre en un lugar privilegiado del lóbulo occipital del abrumado cerebro de Omar.

Arcos conopiales, en gola, tumidos, trilobulado o califal cordobés, se sucedían por la ciudad vieja dando acceso a las estrechas y anaranjadas callejuelas, a las mezquitas con su *quibla* orientado hacia La Meca o dibujando el perfil de puertas de establecimientos y viviendas. Tras las discretas paredes desnudas de ventanas y vestidas de cálidos colores con tonalidades de las arenas del desierto se escondían a la vista de los transeúntes los *riads,* hogares con pequeños jardines refrescados por fuentes o estanques recubiertos de pequeñas piezas geométricas de barro vidriado configurando formas de colores azules varios y blancos. Las habitaciones y otras estancias de los discretos palacetes familiares se organizaban alrededor de los patios invitando a encontrarse y a compartir un aromático y refrescante té de hojas de menta acompañado de unas deliciosas galletas de almendra. Omar, se había alojado en una de las habitaciones del Riad Morgane, dentro de las murallas de la ciudad antigua y muy próximo a los *zocos* y de la bulliciosa plaza Djemaa El Fna. Al igual que en el Raval de Barcelona, la medina de Marrakech le alejaba de los altos y modernos edificios, de las grandes avenidas y del tráfico ensordecedor. Caminar por las calles y cruzarse con carros, bicicletas, comerciantes atareados y vecinos ocupados en nada o en algo, le procuraba un estado de ánimo favorable para navegar en los asuntos en los que andaba metido y que no eran otros que aquellos que tenían que ver con Lola.

Oculto bajo la capucha de una chilaba de lana de color crudo, Omar siguió a Lola en sus recorridos y visitas por la ciudad de Marrakech. El atuendo le permitía acercarse más a ella para poder aspirar de nuevo la fragancia de jazmín y escuchar su voz en las callejuelas de los zocos de la medina.

—Tú mirar —le decían los comerciantes entorpeciendo su paso e invitándola insistentemente a entrar en su pequeña tienda—, solo mirar.

—Gracias, otro día quizás —respondía Lola mientras la vista se le iba a un bolso que colgaba del techo o a un fular de vivos colores escondido entre docenas y docenas de ellos.

—Cuanto pagar bolso —insistía el comerciante después de descolgarlo y colocárselo literalmente sobre el hombro de Lola—, tú decir precio.

—Es bonito, pero no necesito un bolso.

—Muy barato, piel auténtica, tú decir precio.

—No sé..., dime tú por cuanto lo vendes.

—No hay precio, tú poner conmigo precio.

—No gracias, quizás otro día —respondió Lola con la intención de seguir avanzando por las estrechas calles del laberinto.

—Para ti, trescientos cincuenta dírhams.

—No no, muy caro, gracias —le respondió Lola después de girarse dispuesta a continuar su paseo.

—No caro, tú decir precio —volviendo a colocarse insistiendo delante de ella.

—Yo te daría doscientos —dijo dando por hecho que el perseverante comerciante tiraría la toalla.

—Trescientos, ni tú ganas ni yo gano.

—No, no, doscientos es mi precio.

—Tú Alí Babá, doscientos cincuenta, último precio.

Lola pagó el bolso que no necesitaba, pensado que se lo regalaría a su madre cuando regresase a Francia y continuó paseando por las animadas callejuelas en dirección a la plaza Djemaa El Fna.

13

Omar observaba la mano de Lola descansando sobre el dorso de la suya. No se atrevía a moverla ni un milímetro por miedo a que ella interrumpiese el contacto entre ambas. Su piel oscura permitía perfilar y ver con claridad todos los detalles de su pequeña mano, el contorno de sus delgados dedos, los nudillos, los pliegues entre las falanges y la medialuna de unas uñas redondeadas que acababan sin estridencias en el límite de sus dedos. Su pelo, despojado del pañuelo que lo anudaba, se esparcía sobre la almohada adornándola con mechones acastañados y algún que otro tirabuzón natural. Sus parpados cerrados ocultaban el color de sus ojos y su nariz y sus labios, difuminados tras una mascarilla sujetada con gomas elásticas a sus proporcionadas orejas, recibían el oxígeno de un generador mientras su cuerpo desnudo cubierto por una sábana blanca yacía abatido sobre el lecho metálico del hospital Arrazi. En la tablilla que colgaba junto a la cabecera de la cama aparecía escrito *«coma por traumatismo craneoencefálico moderado con pérdida significativa de fluido sanguíneo. Aplicar transfusión. Pronóstico reservado»*.

A través de los catéteres, inmovilizados en sus venas por un esparadrapo, fluía la sangre que una jeringa de Jubé transfería del cuerpo de Omar al de Lola. Omar vio como su sangre, aspirada por el émbolo de la jeringa, subía por el tubo transparente anclado a la vena cefálica de su antebrazo derecho y llenaba el cilindro de cristal de vida y esperanza. Por otro tubo, descendía su sangre emocionada para llenar todos los caminos del cuerpo de Lola. Le pareció tan hermoso ese momento que le fue imposible impedir que un par de lágrimas humedecieran sus mejillas y salaran ligeramente sus labios. Le hubiera dado hasta la última gota de su vida si la hubiera necesitado, pero, por fortuna, el cuerpo de Lola solo necesitaba una parte para recuperar la pérdida sufrida hasta su llegada al hospital Arrazi a poca distancia de la plaza Djemaa El Fna.

Cuando el sol se escondía al caer la tarde tras el alminar de la milenaria mezquita de Koutoubia, el *imam* llamaba al rezo a los vecinos de la medina mientras el cielo azul se oscurecía a al otro lado de la torre. Una puesta de sol de matices anaranjados ofrecía a los transeúntes, un anochecer más, una imagen espectacular de la "Tierra de Dios". Lola, después de deambular por los zocos de la medina perdida entre colores y de sortear con éxito a los perseverantes vendedores, se había sentado agotada a cenar en uno de los numerosos tenderetes de comida de la plaza Djemaa al Fna, abarrotada como de costumbre de gente y de bullicio.

En su cabeza se mezclaban los sonidos de las cuerdas del *gmbri* con los de la membrana tensa del *darbouka* o del *bamdir* al ser golpeadas por las manos de los animadores de la noche. Las *zurnas* hacían enderezar con su sonido las aplanadas cabezas de las cobras del desierto capaces de escupir su veneno a un metro de distancia. Charlatanes y contadores de cuentos reunían a su alrededor a un público variopinto que escuchaba con atención, mientras turistas de todas las nacionalidades disparaban sus máquinas de fotos con la certeza de haber capturado la mejor imagen del viaje.

Omar, camuflado en su chilaba, se sentó a su espalda en un banco detrás de ella. Estaba sorprendido por la soltura con la que Lola se desenvolvía en cualquier situación y tranquilo porque su protección, que creía necesaria antes de emprender el viaje, había constatado que era totalmente innecesaria.

—¿Qué tomará señorita? —le preguntó el camarero después de convencerla para que se sentase en su tenderete y de entregarle una carta plastificada.

—No sé, ¿qué me recomienda? —dijo Lola que andaba perdida entre la variedad de platos.

—Todo muy bueno, puede tomar un *cuscús* con verduras, pollo, codero..., también tenemos *tajine* —le dijo mostrándole el cónico recipiente de barro—, de pollo o cordero y con especies muy aromatizantes de nuestro país.

—¿Qué especies?

—Sí, una mezcla de pimienta negra, cilantro, cúrcuma, jengibre, pimentón, canela en rama, nuez moscada, cardamomo y comino que da un sabor especial muy agradable al paladar.

—Probaré el *tajine* de cordero, gracias.

Lola se distraía, alegre y relajada, viendo el ir y venir de los camareros, disfrutando del colorido de los productos que se ofrecían al público y del ambiente de paz y tranquilidad que la rodeaba. En más de una ocasión, como una turista más, sacó alguna foto con su móvil y pulso algunas teclas probablemente para enviarlas a su madre o a Andrés con algún mensaje que Omar imaginó que sería «*la conferencia fue bien..., besos...*» o «*estoy cenando en la bonita plaza Djemaa El Fna..., besos...*» o «*todo bien, regreso pasado mañana...*». Omar imaginó uno entre ellos que decía «*estoy cenando con Omar, alguien que he conocido aquí y que se ha ofrecido a acompañarme. No es de aquí, vive en Barcelona, en mi piso cuando yo no estoy. Tiene una obsesión enfermiza conmigo y no sabe por qué. Lo curioso es que también va a tu casa, a la Mason du Coq, se esconde, pero tampoco sabe por qué lo hace. Es probable que le falte un tornillo, aunque no parece peligroso. Quizás sea un marciano negro en vez de verde que quiere abducirnos y llevarnos en su nave espacial al planeta de los simios»*

Abducido por sus pensamientos Omar no se percató de los gritos que se acercaban como un *tsunami*. Las personas se levantaban de sus asientos, los turistas corrían en todas direcciones mientras una furgoneta atravesaba la plaza, de punta a punta, a toda velocidad arrollando a su paso cuanto encontraba por delante. No fue consciente de la magnitud de lo que sucedía hasta que el tenderete en el que cenaban voló por los aires poniendo fin al terrorífico viaje. *"Al-lahu-àkbar"*, fueron las últimas y únicas palabras que profirió el conductor homicida antes de ser abatido por la policía secreta que no había sido capaz de prever y de impedir el atentado.

Omar cayó hacia un lado apartado bruscamente por el lateral del devastador vehículo, mientras el frontal de este golpeaba a Lola lanzándola a una docena de metro de distancia. Omar corrió hacia ella sin tener en cuenta los disparos de la policía que cruzaban por encima suyo para acabar alcanzando al terrorista asesino. Los gritos y el caos se habían adueñado de una plaza capaz de sentar en paz y en una misma mesa a seres de todos los credos y culturas. El cuerpo de Lola yacía inerte sobre el suelo junto a un charco de sangre que rodeaba su cabeza. Omar la cogió en brazos y corrió sorteando a transeúntes enloquecidos, hacia un coche que se detuvo a la entrada de la plaza Koutoubia. Su cabeza y sus brazos caían desposeídos de toda fuerza y por su frente y por su boca corrían riachuelos de sangre que no era capaz de detener por más que la apretase contra su cuerpo. Sus ojos, abiertos y enrojecidos, no veían nada y si todavía había vida en ella no sabía dónde encontrarla.

—Ha perdido mucha sangre —dijo Omar al entrar en el hospital Arrazi con ella en brazos.

—Póngala en la camilla —respondió sin más preámbulos el médico de guardia—, nosotros nos ocupamos de ella. Usted guarde su mochila y espere.

Omar les siguió por el largo pasillo hasta el servicio de urgencias con las manos y la chilaba teñidas de sangre.

—No puede pasar —le dijo el médico poniendo la mano en su pecho.

—Soy un familiar y ella...

—No se preocupe, le prometo que le diremos algo enseguida que podamos, espérese en esa sala de aquí al lado.

Antes de girarse vio como un par de enfermeras la desnudaban y la colocaban sobre la mesa del quirófano. Otra, se acercó a él y le preguntó si quería lavarse. Se quitó la chilaba y lavó la sangre de Lola de las manos, después, con el rostro desencajado, se sentó en la sala de la esperanza dispuesto a esperar el tiempo que fuese necesario. Una enfermera le trajo un té con menta y le pidió algunos datos de Lola para formalizar el alta. Omar abrió la mochila y en su interior encontró un monedero, le abrió y allí estaba el pasaporte en el que figuraba su fecha y lugar de nacimiento, su domicilio y una tarjeta sanitaria en la que, entre otros datos, constaba su grupo sanguíneo. Ninguno de los datos le sorprendió e incluso podría decirse que ya los sabía, excepto uno que le causó un gran sobresalto *«lieu de naissance: Tarrafal, Cabo Verde»*, el mismo país y ciudad donde había nacido él. Aproximadamente una hora más tarde, el doctor que había atendido a Lola le tocó ligeramente el hombro sacándole del ensimismamiento.

—Creemos que está fuera de peligro, pero tenemos que esperar que recobre el conocimiento. Hemos cosido el corte profundo en la frente y detenido la hemorragia, pero necesita urgentemente una trasfusión de sangre.

—Yo puedo dársela doctor.

—No es tan sencillo, han de ser grupos compatibles.

—El mío lo es, soy del mismo grupo que ella.

—De acuerdo, acompáñeme.

Omar sintió cuando el catéter penetró en su vena que el motivo de su existencia era para salvar a Lola y que las respuestas a todas sus preguntas estaban allí, en la unidad de cuidados intensivos de un hospital de Marrakech.

Un avión de las fuerzas aéreas francesas despegó del aeropuerto Marrakech Menara con dirección a Avignon una semana después del atentado. Lola, todavía convaleciente, viajaba acompañada por Sofie que se había desplazado a Marruecos después de recibir la llamada de un hombre, que dijo llamarse Ibrahim, comunicándole los hechos. También ese era el nombre de la persona que figuraba en los papeles del hospital Arrazi, como donante en la transfusión de sangre realizada durante cuatro largas horas la noche del atentado y que desapareció al día siguiente sin avisar ni dejar rastro.

Lola recuperó el conocimiento instantes antes de que un tal Ibrahim se esfumase. De lo sucedido, solo recordaba el griterío de la gente que corría aterrorizada por la plaza y el tacto de una mano que acariciaba la suya mientras recuperaba el conocimiento. Cuando despertó, la neblina instalada en sus ojos solo le permitió ver la silueta borrosa de un hombre que abandonaba a toda prisa la unidad de cuidados intensivos.

—¿Cómo se encuentra? —le preguntó el doctor que acababa de cruzarse con Omar en el pasillo.

—Bien doctor, ¿qué ha pasado?

—¿No lo recuerda?

—No..., solo gritos en la plaza... y una persona...

—Sí, el familiar suyo que la trajo al hospital y le dio sangre, Ibrahim, creo que se llama. Acabo de cruzarme con él en el pasillo y al parecer tenía prisa o quizás haya ido a casa a descansar un rato. Entre la transfusión y toda la noche aquí sentado debe estar reventado.

—¿Ibrahim...?

—Sí, así consta en los papeles de ingreso, Ibrahim Al Kassar, treinta y cinco años, raza negra..., ¿sabe a quién me refiero?

—Sí, claro —respondió Lola mientras buscaba en su cerebro un familiar con esas características o algún compañero o colega del congreso—, estoy un poco aturdida, doctor y no acabo...

—Lo entiendo, le daré un sedante para que descanse y en un par de días se sentirá mejor.

Mientras se dormía tuvo la certeza de que no conocía ni había conocido a nadie que se llamase Ibrahim Al Kassar y sin embargo lo que recordaba de él, el tacto y el calor de su mano poco antes de saliese de la habitación, tuvo la sensación de que no era la primera vez que lo había sentido.

14

En el semisótano de la calle Escudillers, Omar sujetó con una chincheta sobre el panel de corcho el tríptico del programa del congreso, el teléfono de Sofie que había encontrado en los contactos del móvil de Lola y alguna foto que le había sacado durante su conferencia en Marrakech. Sobre el negro de la pizarra escribió «*Tarrafal, Cabo Verde, Lola*» y lo subrayo varias veces. Por la noche, cuando regresó al piso de la calle Unión, quiso cenar con Carmela y aprovechar para explicarle lo que le había pasado a Lola en su viaje a Marruecos. Hablar de Lola iba a llenar, una noche más, las horas de soledad frente a un balcón que siempre le recibía con la cálida luz de la farola. Carmela barría el suelo y colocaba las sillas al revés sobre el único par de mesas del bar dando con ello por clausurada la noche cuando Omar entro en el bar.

—¡Hombre, bendito los ojos que te ven! —soltó Carmela nada más verle entrar, como siempre, por la puerta trasera.

—Hola, Carmela, ¿tienes algo para picar? —le dijo Omar tras recuperar la sonrisa después de abandonar el hospital sabiendo que Lola estaba fuera de peligro.

—No, a ti ni agua —dijo farfullando estas palabras y otras expresiones de mayor calibre.

—No me digas que me echabas de menos —respondió Omar mientras la cogía por la cintura y la alzaba en el aire como quien coge una almohada de plumas.

—¡Bájame, Omar!, que ya no estoy pare estos trotes —le ordenó mientras intentaba deshacerse del abrazo—, y más vale que lo que me vayas a decir despierte mi interés.

Omar le explicó el viaje a Marrakech desde que cogieron el avión hasta su regreso a Barcelona. Se explayó con la conferencia de Lola en el Palacio de Congresos, con los paseos por la ciudad, la visita a los zocos, el terrible atentado y lo sucedido en el hospital, sin darse cuenta de que las horas pasaban y que las primeras luces de la mañana se colaban por debajo de la persiana del bar a medio cerrar.

—Hay algo Carmela que me sorprendió muchísimo —continuó Omar sin darle la posibilidad de entrar en la conversación—, nació en Tarrafal, en Cabo Verde.

—¿Y qué tiene eso de sorpresa?

—Pues Carmela, que yo también nací allí.

—No Omar, tú me dijiste que naciste en Santiago.

—Pues claro, en Santiago como ella. Tarrafal es un pueblo al norte de la isla de Santiago y la isla se encuentra a sotavento en el archipiélago de Cabo Verde.

—Y qué, también hay mucha gente que nacen en Barcelona y no se sorprenden. Además, no me cuentas nada nuevo, la madre de Lola, Sofie, vivió algún tiempo en Santiago, pero no sé por qué, quizás conocía a algún gallego.

—¿Gallego? —dijo Omar mientras soltaba una carcajada y la volvía a levantar por la cintura—, isla de Santiago, en África, no Santiago de Compostela.

Subió al piso y se echó sobre la cama. Era feliz y estaba muy contento por haber estado tan cerca de Lola en el avión, en los zocos, con el recuerdo del tacto de su mano, con la calidez de su voz. Introducirse en su cuerpo y navegar por sus venas le procuró horas gloriosas que dudó pudiesen volver a repetirse.

Sus recuerdos se interrumpieron de golpe al sonar el teléfono y escuchar la voz de Conde. El tono era inusual, el volumen muy bajo y en ningún momento le reprobó, como hacía siempre, el no atender con más rapidez la llamada.

—¿Ya has vuelto?

—Sí, llegue ayer por la noche, ¿pasa algo?

—Mañana hablamos.

—Está bien, pasaré por tu despacho a las diez.

—No no, en el despacho no, ya te explicaré, quedamos a las doce, donde nos encontrábamos antes, no te retrases.

Omar encontró a Conde camuflado entre tumbas, bajo un paraguas negro, una gabardina oscura con el cuello subido y un semblante de difunto que le sobresaltó nada más toparse con él. Un molesto chirimiri había dejado huella sobre la parca de Omar y Conde le invitó a protegerse bajo su paraguas. Su intención no era protegerle de la lluvia, porque que se mojase le importaba un pimiento, lo que le convenía en ese momento era no alzar la voz y colocar a Omar en un espacio de intimidad en el que pudiera sensibilizarle respecto a la situación en la que se encontraba.

—La cosa se complica —le soltó Conde al ver que giraba la cabeza mirando a uno y otro lado.

—¿Esperas a alguien? —le pregunto Omar mientras rozaban sus cuerpos bajo el paraguas y Conde acercaba su rostro como si fuera a besarle.

—No, a nadie, te digo que la cosa se complica —insistió Conde con dificultades para controlar unos ojos que parpadeaban sin parar y sin saber dónde detenerse.

—Sí, eso ya me lo has dicho —respondió Omar acostumbrado a sacarle de sus casillas.

—No es momento de bromas Omar, cuando te digo que la cosa se complica es porque se complica de verdad.

—Bueno, me vas a decir qué es lo que se complica o volvemos a la casilla de salida.

—¿Puedo confiar en ti Omar?

—No mucho, ya sabes que si está en mi línea no hay problema, pero si tengo que mover tus fichas yo de ti me lo pensaría dos veces.

—No hay tiempo para pensar. Solo sé que te necesito ahora y que si me fallas todavía puedo hacértelo pasar muy mal —le amenazó Conde a un palmo de sus narices y mirándole fijamente a los ojos— ¡Me oyes!

—Vale consejero, ni estando jodido pierdes tu peculiar manera de pedir favores, ¿de qué se trata ahora?

—Hay que saber retirarse a tiempo.

—¿Qué? —soltó sorprendido Omar.

—Pues que he presentado mi dimisión y que me las piro antes de que cante el gallo.

—No entiendo que quieres decir.

—Pues que me largo, que desaparezco, me esfumo, me evaporo...

Llovía con intensidad y el paraguas no cumplía con su función de protegerlos. Conde, cogió del brazo a Omar y le condujo hasta el mausoleo del presidente de la Generalitat Lluís Company en el fosal de la cantera. Cruzaron las tres losas de granito que parecían flotar sobre el agua y se cobijaron bajo la curvada bóveda de hormigón que protege de todas las inclemencias el sepulcro del presidente fusilado.

—Ni muerto te escapas del laberinto —farfulló Conde mientras cerraba el paraguas y sacudía el agua de sus zapatos golpeándolos contra el sacrosanto suelo.

—¿A qué te refieres? —preguntó Omar por preguntar, porque lo que le pasase a Conde le traía sin cuidado.

—Omar, han trincado a Llorens.

—¿El jugador?

—¡Qué coño de jugador, al consejero de economía!

—Eso le pasa por estirar el brazo y poner la mano.

—No directamente por la pasta, el muy imbécil va y se compra un yate valorado en más de medio millón de euros y porque le ha faltado tiempo, si no le aparca en el estanque del parque de la Ciudadela para llamar más la atención.

—Bueno, ya lo arreglará el presidente.

—No Omar, esta vez no. Se acabó tengo informes confidenciales sobre la mesa de que se están presentando en la Fiscalía del Estado denuncias por corrupción a porrillos. Algunos empresarios cabreados, partidos políticos, medios de comunicación, periodistas..., quieren sacar tajada de todo esto y no hay Dios que les pare. Ya no te puedes fiar de nadie y hasta el mismísimo presidente hará lo que sea para salvar el cuello.

—¿Y tú qué piensas hacer? —le preguntó Omar intrigado por cuáles iban a ser los pasos de Conde.

—Primero, poner a salvo mi pasta —respondió Conde mientras sacaba de los bolsillos de su gabardina un par de sobres de mayores dimensiones que los que le entregaba habitualmente—, en cada sobre hay cien mil euros, llévalos a Suiza y los ingresas como siempre.

—¿En tren?, ¿con el maletín de siempre?

—No, demasiado arriesgado, me siguen hasta cuando voy al lavabo —respondió Conde mientras echaba de nuevo una ojeada sin que la intensa lluvia que caía de un cielo negro carbón le permitiese ver más allá de unos pocos metros—, ¡bendita lluvia!

—¿Qué?

—Nada Omar, esta vez tendrás que apañártelas solo —le dijo después de sacar un tercer sobre del bolsillo de la chaqueta— toma esto es para ti.

Omar abrió la caja de cartón que guardaba bajo la cama del semisótano de la calle Escudillers y metió los sobres que le había entregado Conde. La diferencia de tamaño con los que allí tenía guardados, los suyos, era considerable y se preguntó si era justo tanto contraste. *«Apañártelas solo»*, se activó en su cerebro como la llama de una astilla seca lanzada sobre ascuas candentes. Empujó con el pie la caja hasta quedar oculta bajo el somier y se dirigió hacia el panel de corcho sobre el que colgaban, prendidas por unas chinchetas, las fotos de Sofie y de Lola. Una vez más pasó las yemas de sus dedos por encima de ellas acariciándolas e intentando leer, como un ciego con el *braille*, algún mensaje subliminal escrito en los contornos de sus rostros. Junto a las fotos había un *postick* grabado por la presión del bolígrafo, Omar, cerró los ojos y recorrió una a una las cuatro letras marcadas, "PACO".

15

Un calabobos pertinaz mantenía el pavimento limpio y reflectante como un cristal acidado. Dos pasillos de un verde hierba intenso, encharcados y embarrados por tanta lluvia, delimitaban la anchura de una estrecha lengua de asfalto que aparecía y desaparecía en un sinfín de curvas, subidas y bajadas hacia Rostellec, un cementerio de barcos en el Finisterre de la Bretaña francesa.

Trescientos metros fueron suficientes para que Omar se diese cuenta de que el atuendo que llevaba no era el más adecuado para esas latitudes. La parca, empapada de agua, pesaba sobre sus hombros más de lo que sus hombros estaban acostumbrados a soportar. Los pantalones se adherían a sus piernas como sanguijuelas y sus pies caminaban sobre unas plantillas atiborradas de un brebaje incalificable. Un viento frio de poniente, propio de estas tierras y obstinado en que allí se acabase el mundo, enfriaba sus orejas y helaba la lluvia que había calado hasta el tuétano de sus huesos. Giró ciento ochenta grados y regresó a Saint Fiacre por el camino andado, sin otra cosa en la cabeza que meterse bajo la ducha y que treinta grados de temperatura dieran "jaque mate" al malestar que padecía a causa de las inclemencias climáticas.

Al anochecer, después de proveerse de todo lo necesario e innecesario en los comercios de Crozon, se sentó frente al fuego de una chimenea que la señora Gambier había tenido a bien conservar cuando acondicionó la casa para poder alquilarla. Omar se sintió cómodo en ella desde el primer día que llegó después de que un avión, procedente de Barcelona, le dejase en Rennes y de que un taxista le llevase a Saint Fiacre, una aldea en el extremo occidental de la Bretaña de no más de veinte casas de gruesas paredes de piedra, pequeñas ventanas y azulados porticones habilitadas, la mayor parte de ellas, para arrendar durante los periodos vacacionales.

El fuego chisporroteaba acompañando los movimientos de unas llamas que bailoteaban la danza del vientre hipnotizando con sus contorneos a todo el que tuviese la osadía de mantener su mirada más de unos segundos. Omar, apartó la mirada y dejó que sus ojos se detuviesen en un informe que tenía sobre unas piernas que descansaban de los avatares del día sin un ápice de interés en cambiar de posición. Sobre la cubierta del informe había escritas las siglas CNI, Centro Nacional de Inteligencia y cruzando la portada en diagonal, la palabra "CONFIDENCIAL" avisaba de la clasificación del informe. El documento se lo había entregado personalmente el delegado del CNI en Barcelona a petición de Omar en agradecimiento por las gestiones de seguimiento que había llevado a cabo referente a los movimientos del presidente y de altos cargos de la *Generalitat de Catalunya,* sin que Conde tuviese conocimiento de ello. Omar nunca le había pedido nada a cambio quizás porque intuía que un día el delegado Luis Montoto, hijo de un salmantino y aficionado a jugar a dos bandas, pudiese devolverle el favor.

Dejó sobre el sofá el expediente y avivó el fuego que aclimataba su cuerpo y llenaba de colores toda la estancia. En el sótano de la calle Escudillers lo había leído con detenimiento una y otra vez sin saber, al igual que con Lola y con Sofie, el porqué de su interés. Se preguntaba si la coincidencia de haber nacido, como Lola y Paco, en Tarrafal era el motivo o simplemente era una obsesión fruto de una incapacidad de ocupar su tiempo en algo más productivo. Fuese lo que fuese sabía que tampoco había motivo para desentenderse de algo que le atraía, que daba sentido a su vida y que, aunque le llevaba a un terreno sembrado de incertidumbres, también alimentaba su alma llenándola de esperanzas de un futuro prometedor. Había llegado al convencimiento, y de ahí era difícil que se moviese, de que, en cualquier momento, como sucedió con lola en Marrakech, su presencia no solo podía ser útil, sino necesaria.

Una vez más abrió el expediente y comenzó a leer sin prisas esperando encontrar en el amasijo de palabras la mayor información posible.

> *«Francisco Blanco Legrand. Nacido en Tarrafal, isla de Santiago (Cabo Verde) el dos de enero de 1978. Nacionalidad francesa. Hijo de Ciriaco Blanco, de nacionalidad española y de Sofie Legrand, de nacionalidad francesa. A los dos años pierde a su padre. Su madre regresa a Francia con él y su hija Lola. Cursó estudios en Avignon donde acabó el bachillerato a pesar de algunas expulsiones temporales por problemas de conducta. En 1996 inició estudios de filosofía, en la Universitè de la Sorbone (París). Vivió en una comuna y en varias ocasiones fue conducido a la gendarmería por su activa participación en manifestaciones estudiantiles y por posesión y consumo de estupefacientes. Obtiene la licenciatura a los veintitrés años con el número dos de la promoción. En el año 2001 se va a vivir a Katmandú, Nepal, para escribir su tesis doctoral sobre "La experiencia de la muerte". En los informes de la*

universidad consta que no entregó su trabajo de investigación ni acudió a ninguna de las tutorías a las que fue citado. Según datos de la policía nepalí, durante siete años vivió como un sadhu junto a los crematorios de Pashupatinath...»

Omar se detuvo y leyó las anotaciones que había escrito sobre una cuartilla sujeta al informe con un clip: *"sadhu, asceta o monje que persigue la liberación espiritual; visten su cuerpo con un taparrabos o túnica de color azafrán, símbolo de renuncia, y muchos de ellos cubren su cuerpo con la ceniza de los muertos; su tiempo lo dedican a meditar, aislándose de los demás y del entorno"*. Antes de continuar leyendo, se levantó y avivó el fuego agitando la brasa y colocando sobre ella un par de troncos de roble bretón que todavía mantenían adheridos a su corteza algunos restos de musgo.

«... en 2008, en uno de los viajes de su hermana, la doctora Lola Blanco Legrand a Nepal, le encentra en una condiciones físicas y mentales deplorables. Regresa con él a Francia y le ingresa en la clínica psiquiátrica Beau Rivage en Villeneuve cerca de Avignon, donde le diagnostican una esquizofrenia simple. En el año 2011, recuperado físicamente, mejorado su estado emocional y con suficiente autonomía personal sale del psiquiátrico y vive en casa de su madre, en Mas du Coq, durante dos años. En junio de 2013 se presenta a una oferta de trabajo de una empresa dedicada al desguace de embarcaciones en Rostellec, en la Bretaña francesa, donde reside en la actualidad. Su madre Sofie y su hermana Lola le visitan con alguna frecuencia»

Al levantarse al día siguiente encontró un cielo inusualmente despejado. El sol entraba a través de los cristales dibujando en el suelo los cuarterones de las ventanas. El viento de poniente había moderado su intensidad, pero seguía haciendo un frio que cuarteaba las orejas. Enfundado de los pies a la cabeza se felicitó por la compra del día anterior y se sintió con el humor y la energía suficiente para caminar ese par de kilómetros que separan Saint Fiacre de Rostellec.

Eran las nueve de la mañana y los niños, acompañados por sus madres, entraban en la pequeña escuela de Saint Fiacre pertinentemente ataviados e injustamente cargados con pesadas mochilas llenas de libros que les obligaban a curvar sus cuerpos hacia delante. Todos, sin excepción, se fijaron en Omar intentando descubrir si se trataba de un almacén de ropa andante o de alguien tremendamente tímido que quería, sin conseguirlo, pasar inadvertido. Con disimulo, bajó el nivel de la bufanda por debajo de la barbilla, enrolló el pasamontañas por encima de sus cejas, saludó con ambas manos a niños, padres y maestras, y les regaló una enorme sonrisa. Brazos de todos los tamaños se levantaron para devolverle el saludo tropezando unos contra otros mientras le seguían con sus miradas. *«Qué mañana más bonita y que niños más simpáticos»* pensó Omar, *«a la vuelta les entono el frère Jaques..., pero ¿qué coño hago yo por aquí un mes de enero y con un frio que pela?»*

Un bosque de hayedos, con sus fantasmagóricos cuerpos abrazados por tupidas enredaderas y por un musgo verde resplandeciente, le acompañó gran parte del camino. El cielo, montado sobre negras nubes que anunciaban tormenta, corría por encima de la copa de los árboles desnudos de hojas. Al salir de una curva una pequeña barca yacía, sin un hilo de vida ni esperanza de recobrarla, sobre unos caballetes anunciando con su silencio sepulcral la llegada a la aldea de Rostellec, un cementerio de barcos donde descansaban los que perecieron su vida por viejos o porque la mar se hartó de ellos y los expulsó de su reino a golpes de ola. Tras la pequeña gabarra, un centenar de embarcaciones de todo tipo y de todos los tamaños aparecieron ante sus ojos. Sobre la arena yacían los restos de sus envejecidos cuerpos envueltos en algas que la marea depositaba sobre ellos cada vez que se alejaba recordándoles su soledad y su miseria. Las rodas de algunas embarcaciones mantenían en pie algunas de las costillas que dieron forma a un casco que surco los mares contra viento y marea salvaguardando a sus ocupantes de las iras de Neptuno.

Omar enseguida se percató de que la oferta de empleo a la que Paco había acudido era una patraña. Aquello no podía calificarse de cementerio, empresa de desguace ni de nada que se le pareciera. Todo lo que sus ojos estaban viendo era un estercolero en el que se abandonaban a su suerte embarcaciones de pequeño tamaño esparcidas sobre la playa esperando el momento de desintegrarse con la subida y bajada de las mareas. Un pequeño cartel rotulado a mano colgado sobre la valla metálica que rodeaba a un pequeño almacén avisaba de abstenerse de entrar y de la presencia de un perro que Omar no oyó ladrar ninguna de las veces que pasó por delante a lo largo de esa inacabable mañana de inspección ocular de la zona. Poco antes de regresar a Saint Fiacre se dio cuenta de que alguien le observaba desde el interior del destartalado chiringuito que había tras la malla de alambre.

—*Bon jour Monsieur* —le saludó Omar mientras se acercaba hacia la alambrada.

El hombre que había tras ella a unos escasos veinticinco metros de distancia se dio la vuelta sin devolverle el saludo.

—¿Habla usted mi idioma? —insistió Omar.

El hombre de unos sesenta y pocos años, bajo, grueso y de escasa cabellera, se giró y se dirigió si prisas hacia donde se encontraba Omar.

— *Ja*, hablo su idioma, ¿qué quiere? —le respondió con voz seca, amenazante y con un inequívoco acento alemán.

—¿Es usted el dueño?

—*Ja*, —respondió como si estuviese dando la orden de disparar a un pelotón de fusilamiento.

—¿Vende estas barcas o son para desguace? —le preguntó Omar sin saber bien cómo iba a mantener abierta aquella improvisada conversación.

—Aquí todo es para desguace y todo está en venta. Si dejas un barco pagas y si te llevas algo igual, ¿alguna cosa más?

—Sí, una pregunta más, ¿puede decirme cuáles son las de desguace y cuáles las que vende?

—*Nicht* —respondió el alemán harto de tanta charranería—, ya le he dicho que aquí todo se compra y todo se vende si no lo destroza el mar antes o si le pego un hachazo a la primera barca que se me antoje y acabó su vida y con su maldita historia ¿algo más?

Omar no quería perder la compostura, aunque el cuerpo se lo estaba pidiendo a gritos. Apretó con las manos la alambrada para contener sus nervios, ensayó interiormente el tono adecuado y continuó con su interrogatorio como si nada inoportuno hubiera escuchado.

—Bueno, o sea, que si yo doy una vuelta por aquí y viese una barca que pudiese interesarme podría comprársela.

—*Ja* —respondió el alemán moderando su tono—, puedes comprarla y puedes hacer con la barca lo que le salga de las narices, pero no me hagas perder más el tiempo.

—Si es así, iré a dar un vistazo si no tiene inconveniente.

—Haz lo que quieras —le dijo después de darse la vuelta y de marcharse refunfuñando sin importarle lo más mínimo si Omar le oía o no —, negro de mierda… escoria…

Una pequeña barca, varada sobre la arena y que mantenía su verticalidad gracias a dos tablones clavados a sus costados, llamó su atención mientras oteaba de derecha a izquierda el descuidado y olvidado cementerio. No tenía más de siete metros de eslora, un par de metros de manga y el casco, con una apariencia detestable, parecía estar completo y en un estado recuperable. A día siguiente le dio trescientos euros por ella y el alemán, Kart Axmann, quedó sorprendido porque él no hubiera dado ni una tercera parte.

—Cuando disponga de tiempo vendré aquí a reparar la barca —le dijo Omar antes de marcharse—. Ah, y no tengo prisa, creo que estará por aquí algún tiempo.

Kart se dio la vuelta y se marchó dando por concluida la conversación.

16

La noticia apareció en primera plana de los principales periódicos franceses. Le Monde, France-Soir, Le Figaro y otros, incluso el deportivo L'Equip, informaban de la detención y del ingreso en la prisión madrileña de Soto del Real del consejero *de* interior del gobierno de Cataluña, el señor Luis Conde. Omar, que salía de la farmacia de Crozon después de proveerse de medicamentos para acabar con su incipiente resfriado entró en la papelería, compró Le Monde y se dirigió, sin poder apartar sus ojos de la portada, hasta el Café de la Forge al otro lado de la plaza de la iglesia de Saint Pierre.

—*Bon jour Monsieur* —le saludó el camarero al acercarse a la mesa en la que Omar se había sentado y extendido el periódico.

—*Bon jour,* ¿puede ponerme un café con leche y un cruasán?

—¿Caliente?

—No gracias, un cruasán natural —respondió Omar sorprendido de que se sirviesen cruasanes fríos o calientes.

—Me refiero a la leche del café —aclaró el camarero.

—Perdón, estaba distraído, la leche caliente por favor.

En la foto que acompañaba la noticia, probablemente de archivo, Conde aparecía con su habitual traje de color gris oscuro, y con una corbata azul turquesa que Omar reconoció de inmediato porque era la que casi siempre llevaba cuando acudía a su despacho en la consejería de interior. Se fijó en los ojos y le pareció que le miraban como en aquellas ocasiones en las que quería pedirle algo, después, se sumergió con el cuerpo entero en el contenido de la noticia.

> *«Detenido el consejero de interior del gobierno de Cataluña en el puesto fronterizo de la Junquera. Agentes de los cuerpos de seguridad del Estado detuvieron, ayer viernes por la tarde al señor Luis Conde Pla cuando intentaba pasar la frontera franco-española. Según fuentes del gobierno el Tribunal Superior de Justicia de Cataluña, a instancias de la Fiscalía del Estado, había dictado orden de detención por presuntos delitos de relacionados con el cobro de comisiones ilegales. En el momento de la detención el consejero llevaba ocultos en un maletín una cantidad importante de dinero. El detenido, que opuso una inusual resistencia, fue reducido por los agentes y conducido a la camisería de policía de Figueras. Horas después fue trasladado por orden del juez a la prisión de Soto del Real, en Madrid, según han confirmado fuentes de la investigación a Europa Press»*

—¿Algún problema señor? —le preguntó el camarero obligándole a despegar las narices el diario.

—No..., ningún problema, ¿por qué? —respondió Omar mientras pasaba la página del periódico.

—Se le habrá enfriado el café con leche, caliente —enfatizó al referirse a la temperatura de la leche.

Omar se fijó en el café con leche y en el cruasán como si fuesen objetos extraños que hubiesen aterrizado *motu proprio* sobre la mesa.

—Lo siento, me he distraído leyendo el periódico, póngame otro café con leche por favor.

—¿Caliente?

—Sí, sí, caliente.

—Menuda noticia —añadió el camarero mientras señalaba con su mirada el periódico.

—Ah, sí —respondió al girar la página y volver de nuevo a la noticia de portada—, un asunto feo.

—Lo tiene negro ese tal Conde. Disculpe, quise decir mal, lo de negro..., bueno voy a por su café con leche.

Omar se miró sus manos negras y recordó el contraste con la rosada piel de la mano de Lola descansando sobre la suya, mientras un riachuelo de sangre fluía entre los dos cuerpos tan diferentes y tan iguales al mismo tiempo. Cuando el camarero regresó a la mesa con el humeante café con leche le encontró absorto en mil pensamientos girando la mano, una y otra vez, poniendo de manifiesto la diferencia evidente de color que había entre el dorso y la palma de su mano.

La azafata anunció la aproximación del vuelo al aeropuerto Madrid-Barajas poco después de que Julia, esposa de Sandro Barcés preso en Soto del Real, regresase de calmar sus nervios en el lavabo con una capsula de *tranxilium*. Se abrochó el cinturón y regaló a Omar una amable sonrisa.

—¿Se encuentra mejor? —le preguntó Omar que había estado conversando con ella desde que el avión despegó del aeropuerto del Prat en Barcelona.

—Sí, mucho mejor —respondió ella después de soltar un soplido con el contenido de todas sus preocupaciones.

—Me alegro, a mí también me pone de los nervios viajar en avión.

—Sí, pero es el medio más rápido.

—Y el más seguro —añadió Omar confirmando su comentario con un movimiento afirmativo de su cabeza.

—¿Vuela usted con frecuencia? —le preguntó Julia en un tono que claramente indicaba que había empezado a recuperar el sosiego.

—No, solo si es necesario, prefiero el tren y si es posible viajar de noche, ya sabe, durmiendo. ¿Y usted, viaja mucho en avión?

—Bueno, este último año sí —respondió Julia mientras se esfumaba de su rostro la sonrisa amable dando paso a un gesto de tristeza que realzaba las pequeñas arrugas en la comisura de sus ojos.

—¿Algún familiar enfermo? —preguntó Omar movido por un sentimiento de compasión—, lo siento, discúlpeme, no era mi intención inmiscuirme en sus asuntos.

—No, no, no se preocupe, sé que no lo hace para molestarme, le agradezco su atención, por desgracia no abunda la gente amable.

—Gracias, señora.

—Llámeme Julia, por favor.

—Si usted me llama Omar, le prometo que no vuelvo a utilizar la palabra señora —respondió provocando la sonrisa de ambos mientras se estrechaban las manos.

La voz de la azafata anunció que el avión había tomado tierra, que la temperatura en Madrid era de dieciocho grados y recordaba a los pasajeros que no se desabrochasen los cinturones hasta que el avión estuviese definitivamente estacionado.

Omar ayudó a Julia a sacar su pequeño equipaje del maletero de cabina y avanzó lentamente tras ella entre las butacas del estrecho pasillo repleto de pasajeros. Siguió tras ella, a un par de metros de distancia, por la pasarela que conecta la cabina del avión con el aeropuerto y la perdió de vista cuando entró en los servicios.

En el taxi extrajo una cuartilla doblada del bolsillo interior de su chaqueta, la desdobló y se la entregó al chofer «*Gran Hostal Asador de Soto. Av. de los Rosales, 26, 28791 Soto del Real. Madrid*» El taxista se giró y le echó un vistazo preguntándose quién sería ese tío negro que se había introducido en su vehículo y alterado sus carreras habituales.

—Son más de cuarenta kilómetros —le dijo mientras dudaba entre llevarle o pedirle que se apease.

—Lo sé, cuarenta y tres, para ser exactos.

—Para mí ochenta y seis.

—Si claro, ida y vuelta.

—El taxímetro no me funciona, pero si me funcionase le costaría unos ciento cincuenta euros la carrera.

—Una cantidad razonable.

—Mas veinte euros de equipaje.

—Desde luego, la maleta viene conmigo.

—Y cobro por adelantado.

—Bien hecho —concluyó Omar después de entregarle doscientos cincuenta euros— y quédese el cambio de propina.

Habían transcurrido una semana desde la detención de Conde y el juez de la Audiencia Nacional había decretado prisión preventiva hasta la celebración del juicio, por disponer de indicios de destrucción de pruebas, por posible reiteración de delito y por un más que probable nuevo intento de fuga.

El taxista, que no paró de ofrecer sus servicios a Omar a lo largo de todo el trayecto del aeropuerto de Madrid a Soto del Real, le dejó en el hotel después de ofrecerse sin aceptar un "no hace falta" a llevar la pequeña maleta hasta la mismísima recepción. Se despidió con un «*ya sabe, aquí tiene mi tarjeta con mi teléfono, estoy a su entera disposición, sea cual sea la hora y vaya donde quiera que vaya*». Tras una ligera inclinación de cabeza, se dio la vuelta y salió del hotel con el día arreglado y con la esperanza de repetir las veces que fuese necesario,

Omar se echó sobre la cama después de entreabrir el balcón y dejar que el aire fresco de aquella tarde de una avanzada primavera renovase los olores impregnados en las paredes de la modesta pero agradable habitación. Se quedó dormido dándole vueltas a cómo contactaría con Conde, pues la prisión tenía sus normas y no era lo mismo un familiar que un amigo, en ambos casos, la presentación de documentación que lo acreditase era imprescindible y él no estaba en condiciones de significarse demasiado.

Al anochecer, el frio se adueñó de la estancia y sacudió el cuerpo de Omar hasta despertarle. Eran las nueve de la noche y su estómago se quejó al sentirse desatendido desde el desayuno en el aeropuerto del Prat. Se levantó, se puso la chaqueta y bajó al comedor donde encontró algunos huéspedes cenando, se sentó, y abrió la carta que el camarero había dejado sobre la mesa.

—Si desea el plato del día —le dijo el camarero antes de retirarse—, hoy tenemos escalopa acompañada de una guarnición de patatas a lo pobre, cebolla frita y ensalada.

—Gracias, echaré un vistazo a la carta, pero si hace el favor, tráigame ya una San Miguel sin alcohol.

—Lo siento señor, no tenemos sin alcohol, ¿le traigo la carta de refrescos y vinos?

—Bueno..., sí, por favor.

Al levantar la vista de la carta vio a Julia entrar en el restaurante. Se había cambiado de ropa y su cabello, había perdido volumen probablemente a causa de una agradable y rehabilitadora ducha. Se sorprendió al verle sentado, mirándola con unos ojos que le pareció que iban a abandonar sus órbitas para acudir a recibirla. Omar se levantó más rápido de lo habitual mandándole, inconscientemente, un aviso de que no tenía más remedio que acercarse a su mesa si quería mantener la relación cordial practicada durante el vuelo. Julia se detuvo, observó que algunos comensales los miraban y no pudo hacerle un feo dirigiéndose a otra mesa.

—Una enorme casualidad —le dijo Omar después de estrecharle la mano.

—Sí, la verdad es que ni en sueños —dijo Julia desviando su mirada—, quiero decir que en ningún momento se me hubiera ocurrido encontrarte aquí.

—Pues si te parece bien podemos... —Omar le señaló la silla al otro lado de la mesa.

La cena transcurrió como todas las cenas en las que nadie quiere pronunciarse en nada, ni meterse en camisa de once varas. Ella cenó el plato del día y él también; ella tomó de postre bartolillos y ambos comentaron lo gustosas que estaban las empanadillas de crema con aroma de limón; Julia elogió el aroma de flores y frutas tiernas del Maestrante de Bodegas Barbadillo que contenía su copa y Omar disfrutó con el agradable final que le procuró su primera copa de vino.

—Ha sido una cena agradable —le dijo Julia antes de levantarse de la mesa—, mañana he de levantarme temprano y el cuerpo me pide descanso.

Omar, que no acababa de concretar lo que le pedía el suyo después de la ingesta de un par de copas hijas de una uva Palomino fina estrujada, macerada, sangrada, fermentada, filtrada y embotellada para deleite del consumidor, se levantó y volvió a estrechar su mano deseándola buenas noches.

Durmió plácidamente hasta media mañana, después de dejar que los sueños fluyesen a su libre albedrío durante toda la noche. Se levantó, se duchó y después de vestirse con unos tejanos, un jersey y una cazadora, salió a la calle sin saber a dónde le conducirían sus pasos. En unos minutos, Omar se encontró en el centro de una plaza coronada por una fuente rodeada por pequeños arbustos boj intercalados con pinos enanos de un flamante verde intenso. También le pareció flamante el ayuntamiento en el que ondeaban las banderas oficiales bajo un reloj que marcaba las once y media. Se sentó en la terraza de El Marqués y pidió un café con leche que el camarero acompañó con unos apetitosos churros.

—¿Está cerca el centro penitenciario? —le preguntó después de pedir la cuenta.

—Ni cerca ni lejos, a unos cinco kilómetros, a no más de cinco minutos en coche y si prefiere ir caminando una hora aproximadamente.

—Gracias —le dijo sorprendido por las concreciones del camarero—, bonito día para caminar.

Omar se giró al cruzar la calle y vio como el camarero le observaba desde la puerta del establecimiento, le saludo con la mano y se dio cuenta de que, un profesional como él del arte del ocultamiento y experto en no significarse en ningún momento y en ninguna circunstancia, debía llamar la atención tan torpemente.

Atendiendo a su acto de contrición, se acercó al quiosco y compró un mapa de la zona para no tener que hacer más preguntas sobre sus movimientos. No tardó en localizar el centro penitenciario y la carretera que conducía hasta él. Para no llamar la atención caminando por la M-609, una amplia carretera que cruzaba a pecho descubierto toda la planicie que se extiende a los pies de la Sierra del Guadarrama, buscó un camino paralelo al Arroyo de las Chozas que le aproximaría al lugar con mayor discreción, aunque ello suponía caminar algún kilómetro de más.

Una altísima y solitaria torre de vigilancia gritaba a los cuatro vientos donde consumían sus días los desafortunados especímenes humanos sobre los que había caído el peso de la ley, un laberinto del que era imposible escapar salvo que el martillo de la justicia sentenciase lo contrario. Omar observaba desde un pequeño montículo junto al embalse de Santillana los altos muros de hormigón coronados por unas espinas de alambre que hacían sangrar el alma de todo aquel que se encontraba dentro. Imaginó a Conde, con un traje de barrotes que encerraba su cuerpo desde el cuello hasta los tobillos, deambulado por el patio buscando la manera de ponerse en contacto con él. Si supiera que Omar se encontraba sentado con toda su pachorra a tan escasa distancia, primero le habría llamado a gritos por su nombre de pila "negro" y después se hubiera prendido fuego, al estilo bonzo, para enviarle señales de humo referidas a lo que le hacía perder el sueño, su dinero.

Cansado de no recibir inspiración alguna que le orientase de cómo podía contactar con Conde se acercó a la gasolinera, desde la que podía olerse el menú del penal, con la intención de tomarse un café antes de regresar al hotel. Al cruzar las vías de tren se encontró a las puertas de un restaurante, La Estación de Soto, que ocupaba el espació de la antigua estación de tren. Dudó entre el café o aprovechar para corroborar las excelencias del popular Cocido Madrileño. Animado por la sensación de libertad de que disfrutaba y por si algún día pudiese verse privado de ella, optó por el cocido y por lo que tuviesen a bien ofrecerle de segundo plato y de postres. Entró decidido y agradeciendo a la Divina Providencia el no estar compartiendo rancho en el laberinto de tan singulares especies.

Julia se puso en pie nada más verle entrar por la puerta. La sonrisa amable había huido de sus labios, sus pupilas se habían convertido en balas con cabeza de cianuro a punto de ser disparadas y sus manos agarraban con firmeza el tablero de una mesa que esperaba ser lanzada como el Discóbolo de Mirón. Omar se giró y miró a su espalda por si algún espécimen fugado de Soto del Real o del mismísimo infierno pudiese ser el causante de semejante reacción. No había nadie detrás y se acercó a la mesa como el niño que no sabe que fechoría ha cometido.

—¿Por qué me estás siguiendo? —le preguntó Julia en un tono que hacía juego con la expresión de sus labios, su mirada y la tensión de toda la musculatura de su cuerpo.

—¿Seguirte? —soltó perplejo Omar consciente de que con su respuesta no llegaría muy lejos.

—Sí, seguirme, o crees que voy a creerme que esto también es casualidad, ¿quién te envía?, ¿qué quieres?

—Perdona Julia, pero te equivocas, yo...

—¡No quiero verte más cerca de mí! —le dijo elevando el tono de voz después lanzar su servilleta sobre la mesa—, si lo vuelves a hacer te denunciaré por acoso.

Omar cogió el primer vuelo que salió con destino a Barcelona, pero antes de irse, dejó una nota en un sobre cerrado en la recepción del hotel para que se la entregasen a la señora Barcés.

«Me llamo Omar Habí, nací en Tarrafal y entré ilegalmente en España viajando en una patera a través del Estrecho en el que Anisa y Ahmed, mis padres, perdieron su vida para salvar la mía. Llegué a Barcelona escondido en los ejes de un camión y me dio cobijo una prostituta del Raval a la que respeto y quiero como a una madre. Trabajé para la mafia senegalesa en la distribución y venta de mercancía ilegal y colaboré con el agente de policía Luis Conde, el dimitido consejero de interior de la Generalitat y hoy preso en Soto del Real. Colaboré con él, totalmente al margen de la ley en la desarticulación de la banda mafiosa y posterior asesinato de su cabecilla. El consejero Conde me contrató como técnico a sus órdenes en la consejería de interior y hasta la fecha de su detención he sido su brazo derecho en la mayoría de los casos de cobro de comisiones ilegales dentro y fuera de la administración autonómica y del Estado. La relación con él siempre ha sido profesional, no hay ni amistad ni afecto entre los dos, tan solo cumplimos la palabra que nos dimos un día «tú te preocupas de mí y yo de ti» y hasta la fecha hemos cumplido los dos. He venido a Soto del Real para cerrar este compromiso, no para seguirte y, menos aún, inmiscuirme en tus asuntos.

Este es mi número de teléfono, 61906327, solo le tiene Conde y ahora tú. Si crees que es lo que tienes que hacer puedes acudir a la policía y denunciarme, quizás sería la manera más fácil de ver a Conde y de acabar con la palabra que nos dimos.

Acepta mis disculpas si te he molestado en algún momento y mi respeto hacia ti. Omar»

17

Omar, a su regreso de Madrid, encontró, sobre la mesa del piso de la calle Unión, una breve nota escrita a mano y dirigida a él. Sobre ella y para que ningún golpe de aire fortuito pudiese moverla de su sitio, había un bolígrafo con el nombre serigrafiado del hotel Alexander de Marrakech. *«Lola»*, se dijo sin atreverse a dar un paso. Julia se retiraba al habitáculo de los recuerdos y Lola reaparecía sorprendiéndole en el laberinto de las especies con una nota que ni en sus momentos más optimistas de ensoñación había imaginado recibir. *«Algo no va bien»,* pensó mientras se dirigía levitando por la habitación.

El armario estaba abierto y junto al chándal de siempre había alguna ropa de corte más formal, a juego con unos zapatos, un clásico Ralph Lauren... Había un cierto desorden que le hizo sentirse extraño en lo que consideraba su casa, expresión pura del minimalismo más evidente. Las cuatro sillas del comedor estaban desplazadas de su sitio; una carpeta cerrada repleta de papeles esperaba sobre la mesa; la pica contenía algunos vasos y platos sin fregar; un paquete abierto de galletas; un par de anillos y algún dinero sobre la mesilla; dos billetes de tren procedente de Avignon... Tanto Lola como él, habían convertido el pequeño piso en un museo, desprovisto de todo lo innecesario, y en el que solo se exponía una pared repleta de dibujos, fórmulas matemáticas y otros elementos indescifrables herencia de seres queridos que abandonaron la Vía Láctea, para habitar en quién sabe qué galaxia.

Abrió el balcón para que la luz cálida de la farola de siempre iluminase la estancia tal como le gustaba estar en ella, se sentó y leyó la nota de Lola.

«Omar, solo sé de ti que vives en este piso cuando yo no estoy. Carmela falleció ayer sin que yo, que acababa de llegar a Barcelona, pudiese hacer algo por salvar su vida. Ella te apreciaba y siempre me hablaba de ti, de tu compañía y de tus atenciones. Pasado mañana la enterrarán en el cementerio de Montjuic junto a sus seres queridas, mis abuelos. Lola»

Un par de lágrimas amargas encontraron las comisuras de su rostro para llegar a sus labios. Las besó mientras la alzaba de nuevo en el aire de sus recuerdos sujetándola por la cintura. Ella bailaba como una princesa de cuento hadas, esplendorosa en sus movimientos, ligera como las plumas remeras del quetzal, resplandeciente como el arcángel compasivo que le acogió y llenó su alma vacía de afectos. Le hubiera gustado que aquella noche mágica a su regreso de Marrakech, la última que pasaron juntos, hubiera durado todo un invierno para seguirle contando que sentía una felicidad inexplicable, para susurrarle una y otra vez que su sangre invadía todos los espacios del cuerpo de Lola hasta llenar el cuenco de su corazón. Se preguntaba si podría olvidar su ausencia, el vació tras la barra del bar cuando entrase por la puerta trasera, su sonrisa amable, su ajado cuerpo puerto de especímenes errantes provenientes de todos los mares del universo. Aquella triste noche de soledad y de sentimientos profundos albergó en su corazón descuartizado la esperanza de que, con él, ella se hubiese sentido madre.

El enterrador, utilizó cincel y martillo para liberar la lápida del nicho ante los números asistentes que habían acudido al cementerio de Montjuic y la dejó con sumo cuidado y respeto sobre el suelo. Restos de madera volvían a ver el sol que las hizo crecer para que las habilísimas manos de un nazareno les diese forma y destino. Un Siroco, que soplaba con fuerza llevando a sus espaldas, arena y pigmento rubia peregrina recogidos en el norte de África, coloreaban de naranja de alizarina un cielo entristecido por la muerte de la prostituta más legendaria del Raval, Carmen Sanjoán, "La Carmela". Las cenizas de Lola Vinuesa y Francisco Blanco se estremecieron al recibirla en su última morada.

Omar, que disimulaba su presencia tras la estatua de un ángel erguido con sus blancas alas desplegadas, leyó sus nombres cincelados en la lápida de mármol preguntándose por qué Conde le citaba allí. Recordó aquella primera vez, como las yemas de sus dedos leyeron los nombres de Dolores y Francisco y su desvanecimiento repentino, huérfano de respuestas, que le hizo doblar las rodillas. Como en aquel día, el cielo se llenó de nubes que se oscurecieron como en el Gólgota para llorar sobre los paraguas que protegían a las personas que la amaron y respetaron hasta que el minotauro, generoso con el tiempo que la había concedido, vino a buscarla.

Frente al nicho estaba Sofie con sus cabellos blancos anudados en la nuca, más alta y delgada que la que se trajo en la memoria de su último viaje a Avignon un par de meses atrás. Allí, en *Le Mas du Coq,* la vivió incompleta porque a pesar de su transparencia de los cristales, la recordaba desnuda de aromas y de sonidos. Lola la cogía del brazo y a su lado estaba Andrés, y Pedro, el camarero del Café de la Ópera, y otros amigos, vecinos, clientes y especímenes de todas las formas, colores y tamaños que habían intercambiado afectos en uno u otro momento de sus vidas. Tampoco faltaron coronas de flores, ni rezos, ni cantos de pajarillos, ni el murmullo azulado de las olas del omnipresente Mediterráneo.

Lola giró su cabeza en varias ocasiones, fijándose en algunos rostros desconocidos y esperando que alguno de ellos le dijese *«soy yo, Omar»* mientras levantaba la mano para enviarle un saludo. Pero el ángel con las alas desplegadas le había vuelto invisible y Omar, se aprovecha de esta circunstancia para verlas una vez más y para sentirse dichoso aún desconociendo el porqué de sus sentimientos.

Se acercó para despedirse de Carmela cuando todos se habían ido. Aparto unas flores que tapaban su nombre sobre la lápida y allí estaba ella, en el surco de las letras, haciendo compañía a Dolores Vinuesa y a Francisco Blanco. Mientras cogía una pequeña piedra del suelo, la colocaba sobre el alféizar del nicho y susurraba unas palabras, quizás un rezo o simplemente un adiós, sintió que alguien le observaba. Al girarse, vio a un hombre que se acercaba vestido con una gabardina oscura con el rostro oculto tras el cuello alzado que le recordó a Conde, pero pasó de largo sin dirigirle ni una breve mirada. Volvió a fijarse en la lápida del nicho, a leer los nombres y a preguntarse por qué le citaba Conde en este lugar. Sacó unas fotografías con el móvil de la lápida y del ángel con las alas desplegadas y caminó bajo la lluvia hasta el sótano de la calle Escudillers.

Antes de coger el tren de regreso a Saint Fiacre, Omar paso por el piso de la calle Unión y dejó sobre la mesa una breve nota para Lola.

> *«Siento no haber podido saludarte en el entierro de Carmela. Llegué tarde y me despedí de ella entristecido*

por su marcha y agradecido por todo el afecto que me dio. Salgo de viaje y estaré un tiempo fuera. Espero que algún día, no muy lejano, podamos tener ese encuentro tantas veces aplazado»

El camarero de El Café de la Forge le comentó que no había parado de llover desde la última vez que estuvo allí, después de traerle un café con leche caliente y un cruasán sin que Omar se lo pidiese

—Hoy hace un día espléndido —le dijo Pierre, el camarero, después de dejar el desayuno sobre la mesa.

—Sí, espléndido —respondió Omar sorprendido de que le reconociera y se acordase de lo que tomó hace más de un mes.

—Usted trae el buen tiempo de España, debería venir más a menudo.

—Desde luego el tiempo allí es envidiable, ya ve lo moreno que estoy —Pierre se quedó cortado mirando el color de su piel—, es una broma, disculpe. Por cierto, necesitaría pintura y algunos utensilios, ¿dónde podría comprarlos?

—¿Pintura?, si claro, pintura..., para pintar... —respondió Pierre sin saber cómo sacarse de encima el tema de los colores.

—Eso, para pintar.

—Pues, al lado de Leclerc, hay un centro de bricolaje, Weldom, allí encontrará todo lo que necesita.

—Gracias Pierre, por cierto, me llamo Omar y usted.

—Pierre.

—Gracias de nuevo Pierre, es usted muy amable.

Era principios de verano, la temperatura había subido y los días de lluvia se habían reducido ostensiblemente, el aumento de las horas de luz ofrecía unos amaneceres y puestas de sol espectaculares y durante el día, el verde intenso de los campos y la belleza de las flores conformaban un paisaje digno de admiración. Omar, se sentía feliz en la pequeña aldea de Saint Fiacre y afortunado por poder disponer de tiempo y de recursos para tener puestos los cinco sentidos en quienes, desde hace años, ocupaban un lugar privilegiado en el laberinto de su mente.

La barca, varada en la playa en el pequeño cementerio de barcos de Rostellec, le esperaba cada mañana ansiosa de ser acariciada por la fina lija que Omar pasaba por su casco maltratado por quién sabe cuántas horas de abandono. La raspaba lentamente, sin prisas, mientras sus ojos observaban una y otra vez con disimulo el ir y venir de Paco recogiendo despojos de embarcaciones abandonadas sobre la arena de la playa, o sentado con la mirada clavada en el horizonte del océano dejando que sus pensamientos vagasen por doquier.

A los pocos días sabía que vivía en una pequeña embarcación destartalada llamada "Hêtre", fruto de un hermoso árbol de piel lisa y grisácea ligero pero muy resistente, que debió dejar de surcar los mares desde hacía mucho tiempo. Cuando la marea dejaba al descubierto las entrañas de las barcas varadas, Paco las despojaba de algas y conchas que la mar escupía sobre ellas y sobre la arena de la playa. Junto a Hêtre, apilaba restos de cuadernas arrancadas de las quillas por la obstinación del agua y esperaba pacientemente que se secasen para convertirlas, en la chimenea de su morada, en fuego y calor, en humo y cenizas.

Paco era algo más alto que él, bastante más delgado y por su aspecto, infinitamente más descuidado. Su pelo castaño, abandonado como la maleza al borde del camino, caía sobre sus hombros fusionándose con su crecida barba albergue de quién sabe cuántos especímenes microscópicos y otras bestezuelas de mayor tamaño. En una ocasión, Omar vio como recortaba sus cabellos a golpes de tijera sobre la cubierta del Hêtre dejándolos caer sobre la alfombra de algas para que el mar, que traía de todo y que todo se llevaba, los esparciera más allá de donde la vista alcanza.

Algunas mañanas Paco pasaba cerca de él sin saludarle ni mirarle y Omar se sentía como un intruso que ha echado amarras donde le apeteció alterando el paisaje al que Paco estaba acostumbrado y que a pesar de su total desarmonía le procuraba paz y sosiego. Pero Omar sabía que debía estar allí y esperar pacientemente la oportunidad que llegaría sin saber cuándo ni cómo, porque tenía la certeza de que aquel despojo de hombre que caminaba sobre las aguas con los pies desnudos colmaría de felicidad muchos de los días que habrían de venir.

Omar consiguió la primera mirada de un Paco que ignoraba su presencia un mes después, cuando acabó de pintar los costados del casco de su barca de azul marino y una banda horizontal roja enmarcada en unos gruesos bordes blancos ligeramente por encima de la línea de flotación. En la proa y a ambos costados del casco pintó su nombre con letras blancas "TARRAFAL". El nombre y la bandera caboverdiana debieron sorprender a Paco y provocar el despertar del pensador dormido que llevaba dentro. Le observó durante largo rato sentado sobre los restos de una barca mientras Omar, consciente de su mirada, repasaba las letras con una tranquilidad pasmosa que hubiera puesto a Conde al límite de su escasa paciencia. Ninguno de los dos tenía prisa ni nada mejor que hacer aquella cálida mañana de principios del verano ni tampoco las mañanas siguientes y si pintar la barca le había servido para ganar su atención, estaba dispuesto a pintar todas las barcas del cementerio de Rostellec para seguir manteniéndola.

La insistente tonadilla del móvil, *String Quintet in C Mayor no. 6, Pp. 30* de Luigi Boccherini, le sacó de su ensimismamiento frente al fuego innecesario en esa época del año, pero compañero imprescindible cuando regresaba de Rostellec al caer la noche. Hacía meses que no sonaba y el número, solo tenía dos usuarios, Conde y él.

—¿Sí? —pronunció un sí breve, pero suficiente para provocar una respuesta al otro lado de la línea.

—Soy Julia, perdona si estás ocupado.

Omar enderezó tanto su postura en el sofá en el que estaba literalmente espachurrado que acabó poniéndose de pie. En ese momento recordó que en la nota que dejó a Julia en el hotel de Soto del Real, había anotado su número de teléfono.

—No, no, solo estoy sorprendido por tu llamada.

—Lo entiendo, me precipité y no estuvo bien. Solo quería pedirte disculpas.

—No es necesario..., demasiadas casualidades, a mí me hubiera sucedido lo mismo.

—También quería decirte que, si quieres contactar con Conde, puedo ayudarte. Voy a ver a mi marido a Soto del Real un par de veces al mes, ahora ya tienes mi teléfono.

18

Omar regresó a Barcelona un par de días después de recibir la llamada de Julia. El día antes de su marcha fue a Rostellec para recoger los utensilios y para reforzar los puntales que mantenían la barca en pie cuando la marea bajaba. Al llegar y ver a Paco junto a ella se ocultó tras una chalana recién apartada de la circulación. Se alegró al ver como la mano de Paco se deslizaba sin prisas por el trancanil desde popa y se detenía en las amuras para recorrer con sus dedos el nombre de "TARRAFAL", enterrado en el cementerio de su memoria.

—¡Paco! —oyó que Kart le llamaba a gritos tras la valla metálica que rodeaba el pequeño cobertizo en el que almacenaba piezas de desguace.

Paco se dirigió hacia la valla, sin prisas, sabiendo que lo que le fuese a decir Kart carecería de todo interés para él.

—¡Espabila!, que vienen a buscar un ancla —volvió a gritarle—, es la Danforth que está apartada al fondo del almacén. Les cobras doscientos euros, recuérdalo, o te los descontaré de tu miserable paga.

Kart iba tras él profiriéndole todo tipo de amenazas e insultos, la mayoría de ellos en alemán, cada vez más subidos de tono debido a la inalterabilidad de Paco. Omar pensó que, para no responder, de una manera u otra a las provocaciones de Kart, debería estar en un estado acentuado de indiferencia respecto a todo lo que le sucedía y le rodeaba. Durante el largo mes que estuvo pintando la barca, no había observado en Paco ningún signo de aproximación a nada y a nadie, excepto cuando colocó sus manos sobre la barca. Regresó a Saint Fiacre cabizbajo, entristecido, olvidándose de recoger sus utensilios de pintura y de asegurar con un par más de puntales la estabilidad de la pequeña embarcación. La desagradable escena le acompañó hasta que el avión en el que viajaba procedente de Rennes tomó tierra en Madrid.

El teléfono de la habitación, del Gran Hostal Asador de Soto, despertó a Omar de la plácida siesta, de más de tres horas, en la que se había sumergido después de la ingesta de unos "huevos rotos", un "besugo al horno" y unas "rosquillas de San Isidro", todo ello, acompañado de un refrescante Castillo de San Diego.

—Una señora pregunta por usted —oyó que le decía el recepcionista del hotel nada más descolgar el teléfono.

—Dígale, por favor, que en diez minutos bajo.

Omar se dio una ducha rápida, se puso unos tejanos grises, un fresco jersey de algodón de cuello redondo negro, unas zapatillas deportivas también negras y bajó a la recepción cumpliendo con su compromiso de los diez minutos. El recepcionista le indicó, con un ligero movimiento de cabeza y arqueando las cejas, que la señora estaba en el jardín. Al verle salir, Julia se levantó mientras le hacía un saludo con la mano, lo que obligó a Omar a acelerar el paso.

—¿Qué tal el viaje? —le preguntó Omar después de estrecharle la mano.

—Bien, más pesados los cincuenta kilómetros desde Madrid, que los setecientos desde Barcelona —contestó Julia con una sonrisa que se columpiaba entre la disculpa por cómo se despachó con él la última vez que se vieron frente a la prisión de Soto del Real y la satisfacción de volver a verle—, ¿qué vuelo cogiste tú?

—Llegué ayer, en un vuelo directo desde Rennes —dijo sorprendido de ser tan transparente con sus movimientos.

Era la primera vez que hacía algún comentario de dónde venía o a donde iba, o sobre lo que hacía o dejaba de hacer. Excepto Carmela, nadie sabía más de él que lo necesario, ni siquiera a Conde le permitía inmiscuirse en sus asuntos que, por no saber, no sabía ni donde vivía.

—¿Por trabajo en Francia? —le pregunto Julia llena de curiosidad, quizás porque la vida y el currículum de Omar, por cierto, nada corriente, habían despertado en ella la necesidad de revolotear en una historia tan singular.

Omar se dio cuenta de ello. Prácticamente se había desnudado en la nota que le dejó y ahora era demasiado tarde para corregir ese monumental error. Por otro lado, se felicitó de que su explosiva confesión había servido para volver a verla.

—No, por trabajo no —respondió Omar decidido a poner fin a su abstinencia verbal—, de visitar a un amigo, bueno la verdad es que todavía no le conozco, pero estoy en ello.

Por si el contenido de la nota no fuese suficiente para despertar su interés, ahora Omar le añadía otro ingrediente que más que frenar iba a hacerla estallar de curiosidad.

—A ver Omar si te he entendido —soltó Julia necesitada de una respuesta coherente—, vas a visitar a un amigo que está a más de mil quinientos kilómetros de distancia y resulta que a ese amigo no le conoces.

—Así es Julia, no le conozco, pero tampoco es un desconocido —respondió sabedor de que estaba provocando que creciese su interés—, es una historia muy larga, quizás un día, con más tiempo, pueda explicártela.

«¡Por favor, explica de una puta vez!» le hubiera gritado Julia levantándose de la mesa y agitando sus brazos en el aire como una poseída si no hubiese sido capaz de mantener a raya su patológico estado de curiosidad.

—Y tú Julia, dime, ¿qué tal por Barcelona?

—¿Por Barcelona? —dijo contrariada por el cambio de rumbo de la conversación—, por Barcelona bien, todo igual, ya sabes, coches, ruido, trabajo, monotonía...

—¿En qué trabajas?, si no es indiscreción.

«¡Sé todo lo indiscreto que quieras, pero no me dejes en ascuas!» le hubiera gustado decirle si no fuese porque era la señora del preso Barcés y debía mantener un mínimo de recato y compostura.

—Soy médico, ginecóloga —*«y estoy harta de tanto coño»* le hubiera soltado a bocajarro—, trabajo en el Clínico y cuando puedo hago una escapada para visitar a Sandro, mi marido, preso como sabes.

—Sí, claro, ¿lleva tiempo en Soto del Real?

—En prisión preventiva estuvo un año y medio, después hubo el juicio y le condenaron a diez años, en total lleva algo más de tres.

—Lo siento Julia, debe ser duro —le dijo sin ningún interés en hablar de su marido y de las penurias derivadas de su privación de libertad.

—Muy duro —*«No lo sabes bien, estoy a punto de volverme loca, necesito que me besen, que me abracen, que me...»* le hubiera dicho si su lengua hubiera escapado de la cárcel de su boca en la que llevaba encerrada más de treinta años.

Omar se levantó consciente de que la conversación debía de tomar otro camino porque de seguir así, quién sabe cómo hubiera acabado la velada.

—Voy a buscar una copa de vino, traeré también una para ti y no me digas que no —le dijo acercándose a su rostro entristecido y frenando su deseo de acariciar su preciosa cara y de besar sus labios.

«¡Cómetelos enteritos!» le hubiera dicho ella si se hubiera acercado un milímetro más. Aquella noche le hubiera dejado invadir su espacio personal, que su intimidad se perdiese entre abrazos, y que sus manos acariciasen toda la geografía de su cuerpo.

Cuando regresó con las copas Julia ya no estaba en el jardín. La noche, con una luna que menguaba, limitaba la visibilidad del entorno. Tan solo unos arbustos y un par de árboles le hicieron compañía mientras regalaba a su paladar un par de copas de vino blanco, Castillo de San Diego, de "nariz franca y aromas delicados de flores blancas y frutas tiernas".

A la mañana siguiente, antes de bajar a desayunar, Omar cogió de la maleta un par de fotografías que había sacado con su móvil el día del entierro de Carmela. En una de ellas un hermoso ángel custodio, que habían decidido que acompañase al difunto más allá de la vida, aparecía sentado sobre las piedras de un calvario con las alas desplegadas y su joven cuerpo desnudo. En la otra fotografía aparecía un nicho de esos que se apilan formando muros infranqueables y en su lápida, de un pulido mármol negro, podían leerse con claridad los nombres de Francisco Blanco, Dolores Vinuesa y Carmen Sanjoán bajo una pequeña cruz de metal incrustada. Omar miró pensativo ambas fotografías mientras se ponía la chaqueta, después, introdujo la del ángel custodio en un sobre y salió de la habitación.

Julia estaba sentada desayunando cuando entró en el comedor. Llevaba el pelo humedecido y una sonrisa amable en sus labios. A Omar le gustó que no hiciese referencia a su evaporación del día anterior y que tampoco le pidiese que la disculpase. No tenía que hacerlo.

—Buenos días, Julia —le deseó Omar mientras se sentaba después de pedir al camarero, atrincherado en la barra, que le trajese un café con leche caliente y un cruasán.

—Buenos días —contestó después de acabar de tragar una tostada con mantequilla y mermelada que masticaba apresuradamente. y de limpiar sus labios con la servilleta.

—Cuando me llamaste por teléfono y me dijiste que podías ayudarme, imaginé que sería haciendo llegar a Conde algún mensaje a través de tu marido, ¿es así?

—Sí, en alguna ocasión Sandro me ha dado en el vis a vis, una nota para entregar a alguien de afuera no es que esté permitido, pero no me ha costado sacarlas. Si lo que quieres es entregar algo, la cosa se complica porque los vigilantes siempre le echan un vistazo y si es alguna cosa de las que están prohibidas, la retienen hasta que te vas.

Omar sacó el sobre de su bolsillo y lo deslizó sobre la mesa hasta dejarlo junto a la mano de Julia. Ella fijó su mirada en el pequeño sobre blanco dudando si debía dar ese primer paso o disculparse por su ofrecimiento.

—Si no estás decidida, déjalo, no lo abras. No tengo ningún derecho a implicarte en mis asuntos.

—Soy yo quien me ofrecí y tampoco creo que corra ningún riego con lo que hayas puesto en su interior.

—No, no creo que te meta en apuros, es solo una foto, si hubiera algo más comprometedor no te lo hubiera dado. Ábrelo por favor.

Julia se sorprendió al ver al hermoso ángel desnudo con sus enormes alas desplegadas y miró a Omar que la observaba atraído por la expresión de sorpresa de su rostro.

—¿Y esto? —le preguntó Julia mirándole fijamente a los ojos y esperando que esta vez no la dejase de nuevo en sin una explicación convincente—, ¿qué significa?, ¿no estarás amenazándole?

—No, nada de eso, simplemente sabrá que soy yo porque en alguna ocasión nos hemos encontrado junto a esa escultura y también sabrá que puede contactar conmigo, siempre que tu marido no corra ningún riesgo y pueda hacernos llegar su mensaje.

—No creo que los vigilantes pongan ninguna traba ni siquiera en cuanto al contenido del sobre, además, tampoco saben para quién es.

Julia acudió, después de desayunar, a la visita concertada y aprobada por la dirección del centro. La registraron de arriba abajo antes de entrar y sentarse en una pequeña sala amueblada con una mesa y un par de sillas. Llevaba en su mano el pequeño sobre blanco, abierto y con la fotografía dentro, que los vigilantes le habían autorizado que entregase a su marido. Sandro entró por otra puerta, metálica, que chirrió al correrse el cerrojo y girar sobre sus bisagras. Una pequeña abertura en la parte superior permitía al carcelero mantener la vigilancia. Sandro llevaba puesto un chándal azul marino, camiseta y bambas blancas cuando se sentó frente a Julia después de besar sus labios y de intentar compensar con su sonrisa los cambios en su aspecto después de algo más de tres años de encierro y abandono personal.

—Hola, Julia, ¿qué tal estás? —se adelantó Sandro al darse cuenta de que al verle en esas circunstancias se le caía el cielo encima una vez más.

—Bien, ¿y tú?

—Yo bien, voy haciendo..., bueno ya sabes, la rutina de siempre, pesa más el aburrimiento que otra cosa, aunque últimamente debido al ingreso de celebridades la cosa se está animando

—¿Sabes algo del abogado?

—Sí, vino a verme hace un par de días —le dijo Sandro con una expresión en su rostro que lo decía todo.

—¿Malas noticias?

—Han rechazado mi nueva apelación.

—Así, ¿sin más?

—Sí, si el dinero no aparece no aflojarán.

—¿Y?

—Pues ya sabes lo que pienso, me toca aguantar lo que haya que aguantar —respondió levantando los hombros—, el dinero nos estará esperando cuando cumpla la condena o cuando se cansen y me dejen salir de este agujero.

—Y yo qué, ¿es que no te importo?, ¿crees que tengo suficiente viniéndote a ver una vez al mes?

—Ya sabes que sí Julia, pero tendremos que esperar.

—Esperar qué, siete años más, limitar nuestra relación a sentarme en esta silla cada vez que vengo, dime Sandro, esperar a qué.

Sandro guardó silencio y Julia sujeto su cabeza apoyando los codos sobre la mesa y cerrando los ojos. Al abrirlos se fijó en el sobre blanco sobre el que habían caído un par de lágrimas y lo deslizó sobre la mesa hacia él.

—Una persona me ha pedido si le puedes hacer llegar este sobre a Conde.

—¿Quién es?

—No sé —mintió Julia mientras recordaba la nota de Omar dándose a conocer—, supongo que un amigo..., o un conocido de Conde.

Sandro, pensativo, pasó la mano por su barbilla, miró la pequeña ventana con barrotes entre los que se colaba la luz y el perfil de las montañas de la Sierra del Guadarrama. Giró la cabeza y volvió a mirar el sobre.

—¿Qué hay dentro? —le preguntó a Julia sin intención de cogerlo.

—Una fotografía.

Sandro cogió el sobre, lo abrió y extrajo la fotografía que había en su interior. La miró con mucha atención, pasó los dedos sobre la superficie para comprobar si había algo grabado y buscó en el ángel y en el resto de los elementos si había algún detalle añadido que pudiese contener un mensaje. En el dorso no había nada escrito y estaba liso como una patena.

—No, lo siento, devuélvesela —le dijo corriendo el sobre hacia ella.

—Es un favor Sandro, —insistió Julia sin poner en ello un interés que pudiese delatarla y sin retirar el sobre que permanecía frente a ella—, quizás un día tú necesites también un favor y ojalá haya alguien que pueda hacértelo.

El vigilante entró en la habitación para avisarles de que el tiempo de visita había concluido. Se quedó de pie junto a Sandro dándole a entender que tenía que despedirse ya y que no iba a saltarse las normas. Sandro cogió las manos de Julia y las besó durante unos segundos mientras viajaban a su cerebro las volátiles partículas aromáticas del perfume que tanto le gustaba. Se levantó sin prisas dando a entender al vigilante que no era necesario que insistiera y después de susurrarle al oído que la quería, cogió el sobre y salió de la habitación. La fría puerta metálica que separaba sus vidas volvió a chirriar al cerrarse y al pasar el cerrojo.

19

Al regresar del patio Conde encontró sobre la pequeña mesa de su celda un sobre blanco pisado por una moneda de un euro. Se asomó al pasillo y no vio a nadie poco antes de que el centenar de puertas de las celdas del módulo que le habían asignado empezaran a cerrarse. Las agujas de su reloj marcaban las ocho y media de la tarde y, como cada día desde que ingresó en Soto del Real, la soledad sería su única compañía hasta las ocho de la mañana del día siguiente.

Acostumbrado a campar a sus anchas por donde quería y a la hora que le daba la gana, la situación actual se le hacía insoportable. Sin mujer ni hijos y sin amigos, solo le quedaban compañeros que, con la mayoría de ellos, había tenido una relación huérfana de respeto y cordialidad. En cuanto a sus enemigos y los que había heredado por vía paterna alcanzaban, sumándolos, un resultado superior al número de personas que suele haber en las colas de una oficina de empleo pasadas las navidades o en las entradas de los grandes almacenes con el inicio de las rebajas. Su única compañera había sido durante toda su vida la soledad, con ella se llevaba bien y se sentía cómodo, pero la soledad de ahora tras los barrotes y sin libertad de movimientos era como un plato sin comida, nada.

Allí, en Soto del Real, no se relacionaba con ningún preso, ni siquiera con aquellos con los que habían cometido los mismos delitos por los que estaba allí encerrado, ni con los que compartió silla en el parlamento o con los que se sentó cada semana para aprobar decretos de gobierno, aunque no le importara nada de lo que allí se trataba. Lo único que le importaba a Conde era el poder y el dinero y de ambas cosas, anduvo sobrado durante algún tiempo. Cuando tres agentes de la guardia civil, cumpliendo con órdenes del juez de la Audiencia Nacional, le detuvieron al intentar pasar la frontera, oculto bajo unas rastas que no hacían juego en absoluto con su traje gris habitual, perdió el poder y con él todos los privilegios de los que gozan los altos mandatarios y, sobre todo, perdió la libertad para poder seguir metiéndose en los bolsillos el dinero de los demás.

Ahora "su dinero" estaba en un banco suizo y en manos de Omar, un negro caboverdiano llegado en patera a través del Estrecho y que, a pesar de sus rarezas, no le había fallado en ninguna ocasión. Partiendo de esa base, Conde pensaba que era más segura la pasta que estaba en manos de Omar que la que estaba en Suiza o en cualquier Paraíso Fiscal. Por otro lado, nadie sobre la faz de la tierra se atrevería contemplar la posibilidad de que tal ingente cantidad de dinero estuviese en manos de semejante espécimen.

Apartó el euro que había sobre el sobre y sacó una fotografía de su interior, *«Omar»,* susurró mientras la observaba y recordaba las veces que se habían encontrado junto al ángel custodio. Tras la primera ojeada dedujo que era un mensaje directo, claro, subliminal *«Si reconoces este sitio sabrás que soy el ángel que custodia tu alma y guarda silencio como una tumba...»* Se censuró por haber situado en reiteradas ocasiones el cerebro de Omar al nivel del de los primates y de no haber elogiado suficiente su honestidad, su palabra, su... Sus pensamientos se detuvieron y volvió a mirar la foto del ángel..., sin colores..., sentado sobre una tumba y esta vez interpretó el mensaje de manera diferente *«Ahora tú lo tienes negro, soy el ángel que tiene tu pasta y con mis hermosas alas blancas me largo volando mientras tú te quedas ahí pudriéndote ¡cabrón!»* Se levantó bruscamente de la silla y tiró la foto al aire como si quemase sus manos, después profirió un grito ensordecedor *«¡Negro..., te voy a matar..., hijo de puta...!»*, que se escuchó en los catorce módulos para privilegiados del centro penitenciario de Soto del Real.

Durante las tres semanas que permaneció castigado en el módulo de aislamiento por alteración del silencio nocturno con el agravante de insultos al funcionariado, estuvo dándole vueltas a ambas posibilidades y llegó a la conclusión de que el pacto *«Yo me preocupo de ti y tú de mí»*, estaba vigente y de que Omar nunca había hecho ni haría nada que indicase lo contrario. Si la primera semana la utilizó para aclarar sus dudas respecto a Omar, las otras dos las dedicó exclusivamente a pensar en cómo hacerle llegar un mensaje teniendo en cuenta que las estrictas normas de seguridad obligaban a los carceleros a inspeccionar hasta el mismísimo ojete. Cumplido el castigo salió del módulo de aislamiento y en las horas libres que paseó por el patio de punta a punta y una vez tras otra, no dejó de darle vueltas a cómo llevar a cabo el contacto.

—¿Haciendo ejercicio? —le preguntó un preso que se le acercó y comenzó a caminar a su lado.

—Si no te importa, ves a tomar el sol un ratito —le respondió Conde mientras le indicaba una hilera de bancos adosados a la pared—, no ves que estoy ocupado.

—Como quieras, me voy con el ángel a otra parte—le dijo Sandro Barcés sin dar un paso más.

La palabra "ángel" hizo que Conde se detuviera en seco, giró la cara y miró a Barcés de reojo. Sabía quién era y porqué estaba en prisión, pero no había tenido desde que entró ningún interés en charlar con él. Barcés se aproximó sin prisas, sonriente, con las manos en los bolsillos, como un torero que envite al toro antes de clavar su estoque en el hoyo de las agujas. Cuando le tuvo suficientemente cerca para que viese con claridad los detalles, saco la mano serrada del bolsillo y la acercó a su cara, Conde fijó su mirada en el puño sin decir palabra instantes antes de que Sandro dejase al descubierto el euro que escondía dentro.

—Ya —dijo Conde mientras sacaba el euro que Sandro había colocado sobre la foto para devolvérselo—, gracias.

—De nada, pero el cambio es mil más como este —le concretó mirándole fijamente a los ojos.

—¿Mil? —dijo sorprendido Conde nada acostumbrado a pagar cuando requería un servicio.

—Aquí los favores se pagan.

—De dónde quieres que saque mil euros si aquí me dan ochenta para todo el mes, no me da ni para comprar tabaco —respondió Conde sin tensar la cuerda más de lo conveniente.

—Eso no es problema, la cuestión es que estás forrado, lo demás corre de mi cuenta. Ya sabes, si quieres algo de mí, mil euros por servicio.

Omar y Julia regresaron en el mismo vuelo a Barcelona después de que Julia visitase a su marido y le entregase el sobre con la fotografía. Ahora había que esperar a que Julia recibiese una llamada ya que Sandro al ser su mujer tenía autorización para hacerlo sin demasiadas explicaciones, o esperar a la próxima visita dentro de quince días.

Eran las nueve y media de la noche cuando el avión aterrizó en la terminal del aeropuerto del Prat desde donde cogieron un taxi con destino a la ciudad.

—¿Ustedes dirán? —le preguntó el taxista con acento sureño después de introducir el equipaje en el maletero.

—Santa Amelia esquina Capitán Arenas —le indicó Julia sin dilación—, o prefieres Omar que te deje a ti primero.

—No, no, está bien —respondió sabiendo que en el recorrido podía apearse en Plaza Cataluña.

Circularon en silencio por las calles medio vacías de Barcelona bajo una lluvia intensa que hacía funcionar el parabrisas a toda velocidad. Las luces de los coches y de los semáforos se rompían en mil pedazos al estrellarse contra el suelo dejando marcadas sus quebradas siluetas sobre el asfalto. Las farolas trazaban luces y sombras en el rostro de Julia que miraba, ensimismada el correr de las gotas de agua por el cristal de su ventanilla. En una ocasión, colocó la yema de su dedo sobre una de ellas con intención de detenerla y pedirle que atravesase el cristal y penetrase por los orificios de su piel para saciar su sed, su necesidad de afecto.

—¿Me invitas a una copa? —le soltó a bocajarro Omar antes de que Julia bajase del taxi al llegar a su destino.

—¿No es un poco tarde? —respondió Julia sorprendida después del silencio guardado durante el recorrido.

—Para una copa no.

El sureño miraba a través del retrovisor, sin prisas, mientras el parabrisas le decía que la propuesta no iba a obtener una respuesta afirmativa y que el taxímetro continuaría sumando con el atrevido pasajero dentro, pero se equivocó.

—De acuerdo Omar, sube, tomaremos una copa.

Omar pagó al taxista, que le guiñó el ojo, y bajo del coche tras ella. Corrieron hasta el portal, para protegerse de una lluvia que no cejaba en su empeño de empaparlos.

—Pasa Omar, ahora te doy una toalla —le dijo Julia después de cerrar la puerta, quitarse los zapatos y dejar el bolso en el estrecho mueble del recibidor.

Omar se quedó plantado sin saber cómo evitar que el agua que caía por todo su cuerpo encharcase el cuidado *parquet*. Alzó la mirada y observó con atención la acogedora sala a la que se accedía directamente desde la puerta de entrada. No había escritos ni dibujos en la pared, como en su casa, con los que entretenerse en la soledad de la noche, pero supuso que la televisión, los libros que llenaban una estantería y un ordenador portátil sobre la mesa de centro, deberían cumplir la misma función.

—Dame la chaqueta, está empapada —le ordenó Julia después de darle la toalla—, la colgaré en una percha y si me das los zapatos los pondré también a secar.

—Lo siento Julia —le dijo mientras se secaba con la toalla—, te estoy dejando el *parquet* hecho un asco.

—No te preocupes, ponte cómodo, voy a darme una ducha rápida si no te importa, y después tomamos esa copa.

—No, no me importa, te sentará bien. Si quieres Julia dejamos la copa para otro día.

—No, solo me ducho, enseguida estoy.

Julia entró en la ducha y dejó que el agua caliente armonizase la temperatura de todo su cuerpo más tiempo del que había supuesto en un principio. El vaho en el cristal retenía las huellas de las palmas de sus manos mientras sus dedos masajeaban su cabello y el aromatizado jabón acariciaba su piel deslizándose hasta sus pies para formar una nube en la que flotar desnuda de pensamientos. Omar, sobrepasado ampliamente el tiempo de espera se acercó a la habitación y observó desde la puerta, tras los cristales humedecidos, la silueta de su cuerpo desplegado y hermoso como la vela de una chalupa cuando se echa a la mar. Durante unos instantes sus cuerpos desnudos, separados por el humedecido cristal, se observaron en silencio. Omar colocó las palmas de sus manos sobre el muro franqueable y ella levantó las suyas para casi tocarse, antes de que la puerta perdiese la compostura y le dejase entrar en el interior.

Omar estuvo aquella semana, antes de viajar a Francia, en el sótano de la calle Escudillers. En varias ocasiones pasó por delante del piso de la calle Unión sin atreverse a entrar. El bar La Carmela, permanecía con la persiana bajada y Lola había colocado un cartel sobre la persiana en el que podía leerse *«cierre por defunción»*. Julia volvió a la rutina del trabajo y Omar la fue a buscar algunas tardes a la salida del Hospital Clínico para ir a cenar y compartir el afecto que había brotado entre ellos desde su encuentro bajo la lluvia de la ducha. En una de esas tardes vio a Lola y a Julia abrazarse a la salida del hospital, como si no fuesen a verse por algún tiempo. Las vio intercambiar notas, probablemente direcciones y teléfonos, abrazarse una y otra vez, separarse entre besos, girarse y seguir despidiéndose con el balanceo de las palmas de sus manos.

—¿Una compañera? —le dijo Omar al encontrarse, como otros días de aquella semana, en la esquina de las calles Villarroel y Provenza para ir a cenar al Rey de la Gamba y caminar después, con los aromas del marisco y el agradable frescor de la noche de finales de verano, por el frecuentado paseo marítimo de la Barceloneta.

—Sí, la doctora Blanco, colabora con nosotros en proyectos de investigación del servicio pediatría —estuvo a punto de añadir *«yo saco niños y ella los revisa»,* pero se calló y prefirió darle un beso en la mejilla.

—Más que un "hasta mañana" me ha parecido un "hasta que volvamos a vernos" —le dijo Omar intentando hilvanar lo que había visto con lo que le había dicho.

—Sí, tardaremos en volver a vernos.

—¿Deja el hospital? —le preguntó Omar interesado en alargar la conversación sobre este tema.

—Sí, bueno, en realidad actualmente solo colaboraba en proyectos de investigación y ya no vendrá a Barcelona con tanta frecuencia, aunque si quieres que te diga la verdad, venía más por ver a Andrés, su pareja, que por cuestiones de trabajo.

—¡No...! —*«¡No me jodas!»,* estuvo a punto de escapársele por su comedida boca contrariado por la inesperada noticia. Afortunadamente solo fue un "no" aislado que no llegó a los oídos de Julia a causa del ruidoso tráfico—, supongo que la echarás de menos.

—Sí, es normal, Lola y yo nos conocemos desde hace años, trabajamos juntas hace algún tiempo, ya sabes ginecología y pediatría van muchas veces de la mano, y pasamos muchas horas en el hospital hablando mientras comíamos o durante las largas noches de guardia. Luego le dieron una plaza en el hospital de Avignon, cerca de donde vive su madre, y a partir de entonces nos hemos ido viendo cuando ha venido a Barcelona.

—Lo entiendo, perder amigos o seres queridos no es agradable, aunque a veces las circunstancias obligan a tomar caminos diferentes —*«¡Háblame de las circunstancias!»* le hubiera gritado para que fuese al fondo del asunto sobre lo que realmente le interesaba saber. No le preocupaba dejar de verla, sino a dónde debería ir para seguir viéndola porque allí viajaría, aunque fuese a la otra cara del universo.

—Sí, sobre todo cuando el amor llama a la puerta o lo tomas o lo dejas y Lola, desde que conoció a Andrés, ha optado siempre por lo primero.

—¿Y tú Julia, optaste también por lo primero?

—Con Sandro sí, aunque de puertas adentro la relación ha ido deteriorándose mucho y respecto a lo nuestro, es diferente, yo lo llamaría una bonita y agradable amistad. Tú no has llamado a mi puerta, has brotado en mi vida como una flor en primavera a la que he de agradecer su compañía y, aunque sea por un instante, también he de agradecerte que hayas acudido a mí cuando necesitaba un poco de afecto. Lo de Lola es diferente a lo mío con Sandro o a lo nuestro—prosiguió Lola mientras caminaban al ritmo de sus pasos—, Andrés es su pareja, su amor de siempre, se conocieron jóvenes, estudiaron lo mismo y trabajaron en el Clínico durante algún tiempo. Ahora a él le han dado una plaza fija en un hospital de Avignon en Francia y ella, ya no tendrá que venir a Barcelona con tanta frecuencia. Allí podrán ejercer su profesión los dos durante el tiempo que sea, pero lo importante es que se preocupen de lo que puede durar toda una vida, ¿no te parece?

—Si claro, mejor lo de toda la vida —respondió Omar sin el más mínimo deseo de interrumpirla ni de aportar ninguna reflexión personal sobre el tema.

—Además —continuó Julia sin prestar atención a su insustancial comentario—, como su madre tiene en una granja muy cerca de Avignon podrá pasar más tiempo con ella, ya es mayor y ha pasado demasiados años sola desde que perdió a su marido.

Omar guardó silencio sobre Lola, de no ser así, qué podría haberle dicho, que vive en su casa y duerme en su cama contemplando su chándal colgado de la tercera percha del armario y que no la conoce. Le diría que la quiere más que a su propia vida y que no sabe porqué; que no entiende por qué su corazón se expande como una esponja cada vez que la ve y que espera poder encontrarse algún día con ella en el abrazo y el beso; que quizás ese día pueda ayudarle a saber quién es, a mirarse en el espejo y a encontrar a ese otro que vive en él y que lo sabe todo pero guarda silencio; quizás..., siguió pensando mientras caminaba sin darse cuenta con los dedos de Julia entrelazados con los suyos.

—Te veo ausente —le dijo Julia sorprendida por el calor y la ternura que trasmitía la mano de Omar.

—No, perdona Julia —respondió Omar abandonando, de golpe, el laberinto de sus pensamientos—, bueno sí, un poco, me vinieron a la cabeza algunos temas que he de resolver y...

—¿Importantes?

—Sí, los son para mí.

—¿Y urgentes?

—No, pueden esperar esta noche y algunas más, o toda la vida, vete tú a saber.

Aquella noche, después de despedirse de Julia y de decirle que saldría de viaje, sus pies le llevaron hasta la calle Unión. Desde la esquina con las Ramblas, vio la luz que le esperaba en el balcón para decirle que Lola estaba allí. Omar se vio llamando a la puerta con sus nudillos y Lola preguntaría *«¿sí?»* y él respondería *«soy Omar», y* oiría como la llave giraba en la cerradura poco después de que se diese la vuelta para marcharse de nuevo. Pero la puerta se abriría y la luz del interior le deslumbraría al girarse y el contraluz solo le dejaría ver la silueta de Lola y oiría su voz invitándole a entrar y le ofrecería algo para tomar. Durante toda la noche hablarían de Sofie, de Andrés, de Carmela, de los dibujos de la pared y de los nombres que aparecían en ella. Lola le pediría que escribiese el suyo y él le diría que su nombre ya está escrito, que cada noche lo busca y nunca lo encuentra, pero le aseguraría que está ahí, que forma parte del cuadro, que transita en el laberinto de las especies junto a todos ellos, los que viven y los que murieron.

La luz del piso se apagó y desapareció Lola esfumándose la posibilidad de ese encuentro. Apoyado en el tronco de un frondoso plátano de sombra, con las manos en los bolsillos y distraído con ajetreo del paseo más bonito de la vieja Barcelona, supo antes de marcharse que observaría, una vez más y hasta el final de los tiempos, los dibujos y los nombres de la pared iluminados por la tenue y cálida luz de una farola.

20

Omar regresó a Saint Fiacre la semana siguiente después de que Julia le dijese que todavía no había recibido ningún mensaje de Sandro. Había transcurrido más de un mes desde que partió a Madrid dejando sobre la arena de la playa una barca bautizada, pintada y un embrionario contacto visual con Paco que le hizo suponer que la ansiada relación andaba por buen camino y que debería tomar decisiones drásticas si quería conseguir su objetivo, estar junto a él. Medio millón de euros fue suficiente para convencer a Kart Axmann de que lo que más le convenía para salir con buen pie de la Bretaña francesa era deshacerse en sus propiedades y esconderse en otro lugar.

—Ayer vendí la empresa y mi casa —le dijo Kart a Paco nada más entrar en el almacén para darle el dinero de la venta de alguna otra Danforth —me voy esta tarde y tú puedes recoger la mierda que tengas por aquí y largarte.

—La única mierda que he tenido aquí es la paga que acordamos y me debes más de la mitad —le respondió Paco con firmeza incrementada por la acumulación de años de paciencia y de silencio—, si quieres que me marche y si tú quieres irte, solo tienes que darme el dinero que me debes.

—Yo no te debo nada rata, hace años te hubiera metido con mis propias manos en la cámara de gas —soltó Kart Axmann, hijo de Artur Axmann, jefe de una división blindada de las SS durante la segunda guerra mundial, un exterminador destacado de las Schutzstaffel admirado y venerado por su hijo Kart a pesar de haber sido el responsable directo de la muerte de miles de judíos.

—Dame mi dinero y vete donde quieras —insistió Paco mientras agarraba una pala por el mango.

—Toma tu dinero —le grito Kart después de lanzarle a los pies los doscientos euros de la Danforth.

Paco recibió un disparo mientras se lanzaba sobre Kart profiriendo gritos ensordecedores y blandiendo la pala como si fuera la espada de un guerrero samurái. Kart cayó de espaldas sobre la uña de un ancla después de que Paco le golpease en la cabeza con la plancha de hierro de la pala. La punta había penetrado por la espalda, atravesado el tórax y salido junto a la base del esternón en cuestión de segundos. Su rostro reflejó miedo y cobardía a la hora de enfrentarse a la muerte. La última imagen que Kart vio en su vida fue la de la punta ensangrentada sobresaliendo en su pecho y la cara de Paco mirándole con desprecio. Después, su cabeza cayó a plomo hacia atrás con la mirada perdida y la boca abierta como un pez que acaba de morder la carnada clavada en la punta del anzuelo. Paco se mantuvo de pie unos instantes apoyándose con una mano en el mango en la pala, la otra, tapaba la herida de bala mientras su sangre corría entre sus dedos.

Cuando al día siguiente Omar entró en el almacén satisfecho y animado por la reciente adquisición, se encontró a Paco tirado en el suelo junto al cuerpo de Kart ensartado en el ancla. Paco, con la cabeza ligeramente alzada por una pequeña caja y esperando la llegada de la muerte, vio acercarse y arrodillarse junto a él al hombre que pintó la barca con los colores de la bandera de Cabo Verde y que tatuó en sus costados el nombre de "Tarrafal". Se miraron por un instante, Omar con sus ojos entristecidos y cuarteados por las lágrimas, Paco con los suyos entreabiertos, esforzándose en que sus párpados le permitiesen alargar ese último momento, mientras una breve sonrisa aparecía en sus labios antes de perder el conocimiento.

La bala que disparó Kart atravesó el cuerpo de Paco sin dañar ningún órgano vital para perderse entre una pila de residuos de embarcaciones acumulados en el fondo del cobertizo. Omar, impulsado por una necesidad imperiosa de salvarle la vida, cogió a Paco en brazos y se dirigió a la pequeña oficina que Kart tenía en el almacén. Le echó sobre un destartalado sofá, arrancado de las entrañas de algún navío, y rasgó su camiseta ensangrentada dejando a la vista su esquelético cuerpo. Limpió la herida con alcohol, una y otra vez, como si quisiera borrarla de su cuerpo y la taponó con su mano hasta que dejó de sangrar. Se acercó a su rostro y un ligero soplo calentó sus labios, *«respira»,* se dijo mientras sus dedos encontraban el pulso en la yugular y escuchaban los latidos de su corazón. *«Está vivo»,* volvió a decirse mientras se sentaba junto a él convencido de que los colores del amanecer llenarían su estado de ánimo de buenos augurios.

Omar estuvo despierto toda la noche confiando en que el cerebro de Paco pasase directamente del estado de *shock* al sueño profundo y reparador. Se acordó de Lola, del atentado en Marrakech, del calor de su mano sobre la suya, de su sangre saliendo por el catéter para desembarcar en su corazón. Esa larga y angustiosa noche, en la que la sangre coagulada de Paco se aferraba a la palma de su mano escondiéndose entre las líneas de la vida, del corazón, de la cabeza y de la suerte, sintió lo mismo que con Lola, que su vida no tendría ningún sentido sin Paco, sin ellos.

Una vez más el maltratado cuerpo de Paco hizo frente a la adversidad, aunque nunca había estado tan cerca de la muerte ni tan bendecido por la suerte como en esta ocasión. Al amanecer, sus perezosos parpados se abrieron lo suficiente para que Omar renovara su optimismo y para que una breve sonrisa floreciera en sus labios. Durante todo el día los ojos de Paco ojos se abrieron una y mil veces sin ver y se cerraron viendo en sus sueños como corría hacia Kart, con la pala levantada mientras la bala penetraba en su cuerpo. Omar le abrigó con restos de una vela para mantener el calor en su cuerpo, refrescó sus labios y apartó los enredados cabellos de su frente para colocar su mano esperando que la fiebre no subiese más y que sus sienes continuasen reproduciendo los latidos de su corazón. Al anochecer le cogió en brazos y le llevó hasta su barca, Tarrafal, restaurada y preparada para llevarlos, a golpes de remo o de vela, hasta la Îlle du Renard, la propiedad que había comprado a Kart dos días antes y que estaba situada a menos de trescientas cincuenta millas marinas del cementerio de barcos de Rostellec.

Ayudado por un cabestrante manual arrastro el ancla desde el almacén hasta la orilla con el cuerpo de Kart clavado en la uña. Un sendero de sangre le llevó desde el almacén hasta la pequeña Tarrafal que flotaba, gracias a la pleamar, esperando el momento de alzar su vela al viento por segunda vez. La luna, menguando para armonizar con el muerto, pintó de plata el camino a seguir hasta llegar mar adentro. Omar, después de colocar a Kart sobre la cubierta, despegó la vela latina rescatada de una embarcación desguazada y se ayudó con los remos para lanzarse agua. Se sentó junto al timón y tensó la vela lo suficiente para que el viento patease su vientre preñado y la proyectase rumbo al improvisado destino. Una hora con viento a favor les alejó lo suficiente del *finis terrae* para que el cuerpo anclado de Kart, sin cortejo fúnebre que le acompañase por los caminos del agua, llegase a donde jamás fuese encontrado.

Al abrigo de la Îlle des Morts, arrió la vela y dejó que la barca les meciese en el agua. Al ver el cuerpo de Kart insertado en el anzuelo recordó las tardes en las que su padre, Ahmed, le llevaba a pescar al alba. Omar, sin prisas, abrió en canal con un afilado cuchillo su vientre, como hacía su padre con los peces para extraerles las entrañas. Le arrancó el corazón y lo lanzó a los cuatro vientos para que las gaviotas que revoloteaban a su alrededor saciasen, en memoria de las víctimas del holocausto que cayeron en sus manos, su hambre de justicia y de venganza.

No se despidió de Kart, ni suplicó al cielo el perdón por sus pecados y su admisión en algún paraíso celestial. Tampoco quiso cerrar sus ojos para que viese desde los pórticos del más allá su cara de desprecio mientras su cuerpo, con medio millón de euros en el bolsillo, se hundía en las profundidades del mar.

Paco estuvo en cama recuperándose de la herida causada por la bala algo más de dos semanas. Omar cuidaba de él como lo hace una madre, del amanecer al ocaso y de la cabeza a los pies, para que sus músculos y articulaciones no durmiesen demasiado y para que la herida fuese poco a poco borrándose de su esquelético y desatendido cuerpo. Como haría una madre que desea recuperar al hermoso retoño que parió y ayudó a crecer, redujo casi a la nada sus largos, sucios y enredados cabellos, afeitó su desatendida barba y lavó con entusiasmo cada milímetro de su ajado cuerpo. Con la paciencia de una madre le alimentó, cucharada a cucharada, con las mejores sopas que fue capaz de encontrar en Crozon y que supuso que, a tenor de la larga etiqueta de los envases, contenían todas las vitaminas e ingredientes necesarios para favorecer su recuperación.

Paco, instalado en un permanente agotamiento debido a la pérdida de sangre, dormitaba ayudado por antibióticos las veinticuatro horas del día. En ocasiones al abrir los ojos veía como Omar reparaba su cuerpo como hizo con la barca. En sus ensueños le vio pintando en su cuerpo un ancla con el corazón de Kart insertado en la uña. A medida que pasaban los días empezó a notar el sabor de la comida, el olor del mar que entraba por la ventana abierta de par en par, las manos de Omar lavando o masajeando su cuerpo. A medida que pasaban los días, sus ojos permanecían más tiempo abiertos observando la habitación, sumergida en la niebla, en la que se encontraba y esperando el momento de poder leer en los ojos de Omar el porqué de tanto afecto, porque solo del afecto podía nacer tanta atención.

—Gracias —fue la primera palabra que pronunciaron sus labios desde que fue herido y la primera que escucho Omar desde que le vio por primera vez.

—De nada —respondió Omar emocionado mientras desviaba su mirada hacia la herida que estaba curando para que Paco no se preguntase sobre el porqué de su emoción.

—Me llamo Paco.

—Sí, lo sé —respondió después de dejar la herida y de lanzarse a flexionar sus rodillas a masajear sus gemelos—, yo soy Omar, el que pintaba la barca en la playa…

—Sí, te vi, quedó bien, la resucitaste de entre los muertos…, como a mí.

—Bueno, no será para tanto —respondió Omar que abandonaba los gemelos para masajear los pies—, los dos no estabais en tan malas condiciones. Ahora descansa, prepararé algo de cena y quizás podamos sentarnos a la mesa y cenar juntos. Me alegro de que estés mejor.

—Gracias

—De acuerdo, las acepto, pero no me las des más, por favor —le dijo Omar al salir de la habitación.

Aquella noche fue una de las más felices de su vida, cenaron sin prisas y charlaron hasta el amanecer sentados en el porche, escuchando el mar y disfrutando, en la oscuridad más absoluta, de las brillantes estrellas del firmamento. Omar le explicó que había comprado la empresa a Kart y la Îlle du Renard en la que ahora se encontraban y le animó, cuando estuviese recuperado, a que le ayudase a renovar la empresa y los alrededores, porque desde su punto de vista un cementerio de barcos debería diferenciarse de un vertedero. Compartieron la idea de que aquellas embarcaciones eran merecedoras de un mejor final y en que si algunas de ellas o partes de ellas podían ser restauradas habría que tener la obligación moral de hacerlo y devolverlas a la mar. Estuvieron también de acuerdo en que las condiciones de trabajo, el ambiente, el entorno, los materiales y medios eran algo fundamental dada la importante cantidad de horas que uno dedica al trabajo a lo largo de la vida. Aquella noche las palabras estaban llenas de amistad y afecto, de entendimiento, de ganas de vivir el presente y de forjar un futuro que mereciese ser vivido.

Olvidado sobre una estantería, la tonadilla, *String Quintet in C Mayor no. 6, Pp. 30* de Luigi Boccherini, del teléfono volvió a sonar una vez más sin que Omar se apercibiese de ello. Entusiasmado por cómo se había iniciado su relación con Paco y por las buenas perspectivas de futuro, llenaba cajas de cartón con todo lo que encontraba a su alcance. Quería vaciar la casa, desparasitarla del virus maligno que Kart llevaba en su sangre para convertirla en la antesala del paraíso. La bonita casa y la pequeña isla, se merecía una segunda oportunidad y Omar estaba dispuesto a dársela.

Paco merodeaba por la casa ayudándole en la medida de sus posibilidades. La herida parecía haberse curado y aunque no estaba recuperado del todo su estado de ánimo obraba milagros. Su aspecto había cambiado favorablemente a pesar del corte de pelo y de barba a tijera suelta, pero podía intuirse que, en unas cuantas semanas con unos kilos de más y unos retoques en sus cabellos, su atractiva apariencia alteraría el sueño a más de una damisela.

Poco antes de cenar volvió a sonar el teléfono y Omar supuso que era Julia, la otra persona, además de Conde, que conocía el número. Descartó a Conde porque estando preso y controlados sus movimientos, no sería tan estúpido como para poner en manos de la policía judicial una pista que permitiese localizar a Omar, el ángel custodio de su dinero.

—Hola, Julia —le dijo Omar al descolgar el teléfono.

—Hola, Omar, te he llamado varias veces y...

—Lo siento, he estado liado con un montón de cosas y ni lo he oído, ¿sabes algo?

—Sí, mañana por la mañana cojo un vuelo para Madrid a las ocho y quería saber si vendrías.

—Estoy en Francia, imposible llegar a ese vuelo. Miraré de salir lo antes posible, ¿vas a quedarte algunos días?

—Esperaré que vengas. Estaré en el hotel de siempre.

—De acuerdo Julia, nos vemos allí.

—Hasta mañana, Omar.

Omar cogió un vuelo Rennes-Madrid la tarde del día siguiente, después de que Paco le diese su palabra de quedarse en la casa y continuar ayudándole en la medida de sus posibilidades.

Le convenció de que volver al Hêtre en estos momentos no era lo mejor para su salud y Paco, que hacía años que no disfrutaba de una compañía agradable excepto cuando le visitaban Sofie y Julia, estuvo de acuerdo.

Omar llegó a Soto del Real al anochecer y encontró a Julia cenando en el restaurante del hotel. Dejó la pequeña maleta en la habitación y bajó a cenar con ella. Al besarla en la mejilla la fragancia del perfume, que no fue capaz de identificar a pesar de los amplios conocimientos adquiridos en su época de "mantero", despertó su apetito amatorio.

—¿Cenará algo? —le preguntó el camarero al darle la carta de postres a Julia.

—Si, por favor, tráigame lo mismo que a ella. Ah, y una copa de vino por favor.

—¿Castillo de San Diego?

—Sí, por favor —le respondió sorprendido de que se acordase después de casi un mes.

Julia estaba imponente. Se había cortado el pelo a lo *garçon* y sus cabellos sueltos, con mechas que jugaban entre el claro y el oscuro, revoloteaban sobre su cabeza enviando a los cuatro vientos un mensaje de mujer desinhibida y con alto nivel de autoestima. Omar se sorprendió de que su arrumaco fuese el responsable directo de tan agradable transformación y se prometió, que, si de él dependía, Julia podía contar con su colaboración para potenciar y desarrollar su proyecto de mutación personal siempre que quisiera.

—Estás preciosa, con ese corte de pelo —le dijo Omar mientras su mirada caía de la cabeza al escote en el que una lagrima de cristal azul turquesa había encontrado cobijo entre un par de moderadas, pero firmes prominencias.

—Bueno, no será para tanto —respondió Julia esperando que volviera a regalarle el oído.

—Es cierto, te sienta bien —insistió Omar mientras afloraba en él un apetito descontrolado—, y no es porque quiera irme directamente a la cama contigo, que también...

La cena quedó en el plato, los sillones vacíos y las luces del restaurante apagadas instantes después de subir a la habitación del hotel. Una insubordinada fogosidad, devastadora de valores, principios y convenios, expandió y contrajo sus cuerpos bajo las sábanas entre besos y abrazos desde la oscuridad de la noche hasta las primeras luces del alba. Cuando la pasión entró en la fase menguante, Julia se quedó dormida y Omar, que tuvo toda la noche la mosca cojonera pegada a los oídos, se levantó y abrió el sobre que contenía el mensaje de Conde que Julia había dejado sobre la mesa.

«Querida Mar, espero que estés bien, goces de buena salud y sigas manteniendo intactas tus cualidades personales que tantos beneficios aportaron a nuestra relación. Recuerdo la primera vez que nos despedimos en la estación de Francia, me hubiera gustado ir contigo, pero no pudo ser, te fuiste sola y yo, te entregué mi corazón porque confiaba en ti. Confió plenamente en tu saber hacer y en tu discreción sobre los secretos que compartimos, claves para nuestra futura relación y para hacerme más soportable esta desafortunada situación en la que me encuentro y que espero se resuelva pronto.

Gracias por darle a Hans mis recuerdos. Cuando le vuelvas a ver y espero que sea lo antes posible, dile de mi parte que te dé todos los sellos que nos guarda, tú tienes las claves para ordenarlos y darles el mejor cuidado hasta que podamos vernos. Es muy importante que te hagas con ellos porque los coleccionistas están buscando por todas partes. Estos sellos tan especiales son para mí como las hojas de un misal y me sabría mal que cayesen en sus manos. Dale recuerdos a todos y para ti, querida Mar, un beso muy fuerte en esos labios gruesos que tanto adoro. Tu Luis

P. D. Un compañero me ha pedido si puedo colaborar con mil euros a ayudar a su familia. Yo cobro ochenta euros al mes y me es imposible, pero tú sí que puedes y te pido que lo hagas. Dáselos a la persona que te entregue esta carta»

Omar observó a Julia que dormía plácidamente. La cabeza abandonada sobre la almohada, sus finos dedos perdiéndose entre sus cortos cabellos y su hermoso cuerpo dibujando sus contornos sobre la sábana. Dejó la carta sobre la mesa y volvió a buscarla entre los colores del alba y ella, abrió los ojos y los volvió a cerrar para que él la condujera hasta donde su pasión deseara.

Dos días después Omar regresó a Barcelona, al sótano de la calle Escudillers, a perderse en el laberinto de notas que colgaban del panel de corcho adherido a la pared. Escribió el nombre Julia en un *postic* y lo colgó en una esquina del panel aunque pensaba que, salvo la relación con Lola, nada tenía que ver con el resto de nombres y lugares escritos: Carmela, Dolores, Francisco, Lola, Sofie, Paco, Andrés, Pedro, Conde, Suiza, Hans, Avignon, Le Mas du Coq, Saint Fiacre, Rostellec, Tarrafal, Cabo Verde, Îlle du Renard, Soto del Real... Julia se quedó en Soto del Real esperando el día de visita para llevar la carta que Omar le había dado para que se la entregaran a Conde. *«Mi marido es un cabrón, a este no le rehabilita ni la Santísima Trinidad»* le dijo

Julia a Omar rechazando los mil euros que le entregaba tal como le pedía Conde en su carta.

En la soledad de la celda Conde abrió el sobre, sacó la carta y junto a ella una nueva fotografía tomada en el cementerio de Montjuic en la que aparecía un nicho con los nombres de Francisco Blanco y Dolores Vinuesa, grabados bajo un pequeño crucifijo en la losa de mármol negra.

«Hola, cariño, sé que lo estás pasando mal y que te gustaría tenerme entre tus brazos como antes, pero tendremos que esperar algún tiempo. Recuerdo nuestra despedida en la estación y quiero que sepas, que siempre guardaré tu corazón en el mío hasta que pueda entregártelo. Iré a ver a Hans y le diré lo de los sellos, aunque tú, tendrás que esperar algún tiempo para ver la bonita colección que tenemos.

Hans dice que me expliques lo que sucedió a Dolores y a Francisco, quizás la foto que te envío con esta carta te ayude a hacer memoria. No sé por qué está tan interesado en ellos, pero me aseguró que, si no tiene noticias tuyas sobre este asunto, que te vayas olvidando de los sellos, así que no te hagas el sueco y dime algo.

Yo también confío en ti, en tu capacidad para contener tus habituales salidas de tono y tus continuas expresiones de afecto. No todos tienen la santa paciencia que tengo yo contigo, por lo que te recomiendo que tengas cuidado en la ducha no sea que vayan a confundir tu culo con una canasta. Siempre tuya, Mar»

21

Soplaba el Harmatán, un viento alisio seco y moderado cargado con polvo del Sáhara que limitó la visibilidad del piloto al aterrizar en el aeropuerto internacional Nelson Mandela de Praia. Era final de noviembre y los veintiséis grados de temperatura contrastaban con los siete que hacía en Barcelona cuando despegó el avión en el que viajaba Omar con destino a Cabo Verde.

Al bajar por la escalerilla y sumergirse en una nube de aire enrojecido que le obligaba a entornar los ojos para protegerlos de las partículas de arcilla, constató que le sobraba toda la vestimenta de invierno que llevaba puesta, incluidos los gruesos calcetines y los zapatos. Por eso, lo primero que hizo después de coger una habitación en el hotel Santiago, fue proveerse de ropa ligera en el popular mercado de Sucupira, pues presumía que su estancia podría alargarse algunas semanas.

Omar, por primera vez desde hacía algo más de treinta y cinco años, puso los pies sobre la tierra del país en el que nació y vivió alrededor de diez. Sus recuerdos, caminaban errantes por el laberinto de la memoria sin encontrar una salida que les permitiese hacerse presentes. Tan solo algunos de ellos, imágenes difuminadas por un espeso y rojizo Harmatán, accedían al escenario de sus pensamientos en el que se representaban todas sus vivencias. Sin embargo, tuvo la agradable sensación de volver a casa, con los suyos, con los que visten su mismo color y transitan sin que nadie en algún momento les llame por la pigmentación de su piel. Pero todo pasa y todo cambia, fue consciente de ello cuando en la recepción del hotel Santiago le preguntaron su nombre. La segunda pregunta fue sobre el país de origen y al ver que en el formulario marcaba la casilla de "extranjero", se dio cuenta de que el acento criollo le había perdido por completo durante todos esos años y con él, otros usos y costumbres que le hicieron sentir durante los primeros días un auténtico forastero. Pero Omar no era un extranjero, había nacido Praia, capital de la isla de Santiago a sotavento del archipiélago de Cabo Verde.

—¿En qué puedo servirle? —le preguntó el funcionario de la oficina del registro civil del ayuntamiento de Praia al acercarse Omar a la ventanilla.

—Buenos días, —le contestó Omar esforzándose en imitar el acento criollo—, estoy interesado en consultar el libro de registro de nacimientos del año mil novecientos ochenta y uno.

—Tendrá que rellenar esta solicitud —le dijo después de echarle un vistazo que confirmaba que su acento no había superado la prueba y de entregarle el formulario pertinente y un bolígrafo—, ah, y deberá abonar la tasa municipal de ciento diez escudos caboverdianos.

Omar recogió el impreso y el bolígrafo y se sentó a rellenarlo en una mesa auxiliar que había en la austera oficina del registro.

Nombre: Omar Habí Ceesay
Fecha de nacimiento: 1 de septiembre de 1981
Lugar de nacimiento: Praia, isla de Santiago
Nacionalidad: caboverdiana y española
Nombre del padre: Ahmed
Nombre de la madre: Anisa

Motivo de la consulta: Solicitar partida de nacimiento.

Fechado y firmado se lo entregó al funcionario junto con las tasas municipales. El funcionario le dio un perezoso vistazo, después miró su reloj y rodeó con el bolígrafo el año de nacimiento.

—Mil novecientos ochenta y uno —le dijo sin levantar su mirada del formulario.

—Sí, el año que nací —confirmó Omar—, ¿tiene algo de especial ese año?

—No, no, solo que ha pasado mucho tiempo.

—Demasiado —añadió Omar sin saber que más decir que pudiera ser de utilidad al funcionario.

—No teníamos ordenadores.

—Sí, nadie tenía ordenadores.

—Pues me va a tocar buscar en los archivos —soltó resoplando como si tuviese que dedicar horas extra a encontrar el maldito año—, tendrá que volver la semana que viene.

—Mejor paso mañana —respondió Omar con un tono de voz más exigente—, si no tiene inconveniente.

Aprovecho la tarde para merodear por la ciudad en busca del pasado, de escenarios que le ayudasen a recordar sus primeros años. Descartó la ciudad nueva porque entre altos edificios y anchas avenidas no había nada que buscar y optó por alquilar un coche y dirigirse a la Cidade Velha. Caminó toda la tarde y empezó a tener sensaciones que le acercaban a su infancia. Sus pies reconocían las calles empedradas y se veía corriendo y jugando por ellas; sus ojos, reencontraban las casas bajas y sencillas de piedra o encaladas, con tejados de caña, con las puertas y ventanas pintadas de azul holandés; los olores del mar y los vivos colores de las barcas con sus aparejos de pesca descansando sobre la arena negra de la playa. Unos niños que jugaban a pelota y otros que transportan sobre sus cabezas cubos de agua avivaron escenas de aquellos años. Se cruzó con mujeres y hombres sentados sobre bancos de piedra bajo la sombra de un sicomoro o de una acacia que le hicieron sentir que fue querido por personas que no conseguía recordar sus rostros. Sentado a los pies de un calvario, monumento a los esclavos que traían de África camino de las Indias, se alegró de haber viajado hasta aquí y aunque no era capaz de recordar aquellos años de su vida, estaba convencido de que los próximos días le ayudarían a aproximarse a ellos.

Mientras regresaba al hotel, acompañado por una colorida puesta de sol dominada por el ocre del Harmatán, recordó a su padre Ahmed explicándole los orígenes de sus antepasados. Capturados en tierras de Gambia eran trasportados como animales en carabelas que hacían escala en la tierra que hoy pisaba, para abastecerse de víveres y continuar hacia el nuevo mundo para ser vendidos como esclavos.

—Buenos días —le dijo Omar al funcionario del registro después de concederle gran parte de la mañana del día siguiente para localizar el documento—, ¿ha habido suerte?

—No mucha —respondió con más amabilidad que el día anterior—, encontré el año y los registros de ese año, pero su expediente está clasificado como reservado y requiere otras formalidades.

—Bueno, dígame cuáles y asunto resuelto.

—No, no es tan rápido, tiene que rellenar una solicitud y enviarla al juez para que éste autorice la consulta. La cuestión es que no es una tramitación rápida, puede demorarse algunos días, incluso semanas.

—Imposible, no dispongo de tanto tiempo —respondió Omar contrariado—, ¿no habría una solución más rápida?, una tasa adicional o...

—Lo siento, si la tuviese en mis manos le ayudaría, pero ya le digo, no depende de mí.

—Solo sería un vistazo, aquí mismo, delante suyo o dónde usted me indicase... —Omar observó que sus pupilas se dilataban y decidió insistir un poco más—, quizás, si le diese una propina por sus molestias...

El funcionario demoró su repuesta y Omar aprovecho para poner sobre su mesa cincuenta mil escudos caboverdianos, unos quinientos euros, probablemente el sueldo de un mes.

—Vuelva mañana, a ver qué puedo hacer —respondió mientras miraba a su alrededor y guardaba el dinero en el cajón de su mesa.

Al día siguiente no mediaron palabra, el funcionario se limitó a entregarle un sobre que por el grosor debía de contener varios documentos.

—Se lo agradezco de verdad —le dijo Omar al coger el sobre—, he hecho un largo viaje y si le parece me siento en ese banco a leer el informe.

—Son fotocopias, se las puede llevar y no hace falta que me las devuelva, ah, y por favor, no las enseñe a nadie.

—No se preocupe —le dijo Omar antes de salir de la oficina para dirigirse directamente al hotel.

El primer documento era un certificado de nacimiento, expedido en el día de hoy, en el que aparecían los datos que le facilitó en el formulario y que el funcionario, agradecido por la generosidad de Omar, le había extendido para que allá donde fuese no le pusieran ningún inconveniente. Omar leyó atentamente los datos esenciales y estos no aportaban ninguna información que él desconociera, *«Omar Habí Ceesay, varón, nació el 1 de septiembre de 1981 a las 14:30, en Praia, Cabo Verde. Hijo de Ahmed Habí y de Anisa Ceesay...»* El segundo documento que sacó del sobre era un informe del médico que asistió el parto, el doctor Juan Armengol. En él decía que el parto se había producido a término, que era un varón sano, con un peso y una altura ajustados a la normalidad y que respondió satisfactoriamente en la prueba de Apgar. Que era la primera vez que atendía a la parturienta que dijo llamarse Margaret y Pol el padre, ambos de raza blanca y al parecer de nacionalidad inglesa. Que el padre no reconoció la paternidad del recién nacido, concretamente por la pigmentación de su piel y que ambos abandonaron el país sin ningún aviso ni comunicado. Que el doctor Armengol solicitó la custodia provisional del recién nacido para atender sus necesidades básicas y que fue autorizada por el juez Antonio Da Barca hasta que se presentase una solicitud formal de adopción. Que el doctor Armengol, con residencia y consulta médica en la localidad de Tarrafal, registró provisionalmente al niño con el nombre de Yaco.

Omar salió del hotel sin rumbo fijo, acompañado de un triste y prolongado silencio. La noche se adueñaba del día mientras el sol huía por el horizonte dejándole sin el calor que en esos momentos necesitaba. Los coches encendían sus faros y circulaban deprisa por llegar a sus destinos, sus hogares, a las cenas en familia o a las tertulias con los amigos. Omar caminaba con las manos en los bolsillos, cabizbajo, entre gente que iba y venía con bolsas llenas en las manos. No quería mirar sus rostros ni que nadie se fijase en el suyo. No quería oír saludos ni ver sonrisas en los labios. No quiso responder a un joven que le preguntó la hora ni pararse cuando cruzaba la calle obligando a los coches a frenar y a tocar insistentemente sus bocinas. Se sintió profundamente triste y decepcionado al conocer el nombre de unos padres biológicos de piel blanca y alma mezquina. Solo y desconcertado con sus orígenes y su raza, se sentó entre dos barcas de la playa de Cidade Velha a más de quince kilómetros del hotel, se acurrucó entre ellas y se quedó dormido con la reconfortante música de las olas que rompían y removían, una y otra vez, la arena de la orilla.

Al regresar a hotel entrada la mañana, sacó del sobre el tercer documento. En él se explicaba que el matrimonio caboverdiano, Ahmed Habí y Anisa Ceesay con residencia en Assomada, solicitaron la adopción del pequeño Yaco y que fue concedida por el juez Da Barca, quedando pública y legalmente adoptado e inscrito en el registro civil de Praia con el nombre de Omar Habí Ceesay.

Metió en la maleta las pocas cosas que llevaba, pagó la cuenta y pidió un taxi en la recepción para que le llevase al aeropuerto. El primer vuelo para España salía cuatro horas más tarde y no tuvo más remedio que cargarse de paciencia. Se sentó en la cafetería del aeropuerto con la intención de comer, pues desde el desayuno del día anterior no había probado bocado.

—Buenos días —le dijo la camarera entrada en años cuando se acercó a la mesa en la que esperaba Omar—, ¿le apetece tomar algo?

—¿Qué tiene? —preguntó Omar mientras observaba el bloc de notas y el bolígrafo sostenido con sus arrugadas manos.

—Yo le recomendaría *cachupa.*

—*¿Cachupa?*

—Si no hay *cachupa* no hay *morabeza*

—*¿Morabeza?*

—Es alegría, sentimiento, afecto, la sangre que circula por el cuerpo de los caboverdianos. La *cachupa* le gustará, lleva maíz, carnes, frijoles, salchichas, verduras y si añadimos un huevo frito le levantará el ánimo..., perdone, no quería...

—No, no se disculpe —dijo Omar sorprendido de que se notase tanto su abatimiento—, tráigame una buena ración de *cachupa* por favor, la necesito.

La *cachupa* le trajo olores y sabores que reconoció y que hicieron aflorar imágenes de su niñez. No conseguía detenerlas, se mezclaban como el maíz, los frijoles, la verdura..., en el laberinto de su pensamiento. No era capaz de separar unas imágenes de otras. Se sucedían, se superponían sin que fuese capaz de retener un rostro, de fijar su mirada en otros ojos o de poner un nombre a quienes, en un momento u otro de su vida, compartieron la misma mesa.

—Parece que le ha gustado —le dijo la camarera al acercarse y ver el plato completamente vacío.

—Sí, estaba muy rico, creo que mi nivel de *morabeza* habrá subido ligeramente.

—Usted es de aquí, se lo veo en sus ojos, aunque el acento lo haya perdido quién sabe dónde, ¿me equivoco? —le dijo después de traer un par de cafés y sentarse frente a Omar.

—No, no se equivoca. Lo cierto es que nací y viví aquí los primeros años de mi vida, una larga historia.

—¡Y la que le queda por vivir!, si Dios quiere —respondió mientras elevaba sus ojos al cielo y se santiguaba.

—No me ha dicho como se llama —le dijo Omar intentando corresponder a su amabilidad.

—Me llamó Assomada, Somada en criollo, como el pueblo donde nací hace setenta años, ¿y tú?

—Omar Habí, y viví cerca de Assomada con mis padres hace unos cuantos años incluso, creo recordar, fui a la escuela del pueblo. En mi memoria veo que alguien me llevaba de la mano al colegio. Debería ser mi padre, pero no estoy seguro, era muy pequeño y quizás fuese otra persona.

—Quizás una temporadita en la isla le ayudaría a recordar, a reencontrarse con los suyos, aunque ya sé que no siempre es posible.

—Debería intentarlo, hacer lo que me dice, pero he de regresar a Barcelona. Aunque la verdad es que me gustaría quedarme unos días más.

—Qué casualidad, yo trabaje para un médico que vino de Barcelona hace años, le limpiaba la consulta y le preparaba algo de comer, un hombre y un médico extraordinario, Juan Armengol se llamaba, Dios le tenga en su gloria.

—La mano era de Juan —soltó Omar a bocajarro.

—¿Qué mano? —preguntó Somada.

—La mano de Juan, el hombre que me llevaba a la escuela —respondió mientras el rostro difuminado de Juan luchaba por perfilarse su memoria.

El nombre de Juan se repetía insistentemente en su cerebro sin que Omar pudiese construir un mínimo relato que redujese el desasosiego que sentía en esos momentos. Tenía la sensación de que se le escapaba el último tren y que con él desaparecerían para siempre todos los recuerdos sin haber podido alcanzarlos, aunque solo fuese para despedirse de ellos.

—¿Cómo murió? —le pregunto mientras la miraba a los ojos suplicando una respuesta que le ayudara.

—En el mar. Unos pescadores encontraron su cuerpo flotando al amanecer con los brazos en cruz sobre la superficie del agua. Cuentan los pescadores que tenía los ojos abiertos, que en sus pupilas llevaba tatuadas las primeras luces del alba y que sus labios regalaron una sonrisa a la muerte cuando vino para llevárselo. Después, su familia lo enterró en el cementerio de

Tarrafal y no hubo habitante del archipiélago que no acudiese a despedirse.

—¿Vive alguien de su familia?

—La mujer que le cuidó durante años, María, y su hijo Joao también médico, siguen viviendo en Tarrafal.

El avión con destino a Barcelona despegó del aeropuerto Nelson Mandela media hora después de que Omar alquilase un coche para dirigirse a Tarrafal.

22

Una hora después de conducir, por una carretera que ascendía lentamente hacia Serra Malagueta, cruzó sin detenerse en la localidad de Assomada impaciente por llegar a Tarrafal antes del anochecer. Iba recuperando su habitual buen humor a medida que avanzaba y eso, facilitaba que todo empezase a resultarle familiar, como si hubiera vivido allí toda la vida. El aire que entraba por la ventanilla le traía un olor de mar que se mezclaba con imágenes de sí mismo corriendo tras las olas cuando se retiraban mar adentro y luego escapando de ellas cuando le perseguían para alcanzar sus pies. *«¡Yaco, Yaco...!»* volvió a escuchar su nombre perdido en el tiempo, le llamaban y él corría y se lanzaba sobre unos brazos que le zarandeaban en el aire y le hacían girar y volar como en un tiovivo.

Aparcó el coche junto a la iglesia de Santo Amaro y preguntó por el consultorio médico, *«na praçá de Tarrafal, ou mercado Velho»* le dijeron indicándole con la mano la dirección. En la puerta leyó *Dr. Joao De Melo, Medicina General,* miró a un lado y a otro de la calle, giró el pomo de la puerta lentamente, como si estuviera abriendo una caja de sorpresas, y entró en una pequeña sala de espera.

—Enseguida le atiendo —le dijo alguien tras una puerta entreabierta.

Omar se sentó dándole vueltas a qué le iba a decir cuando saliese de la consulta *«Buenas tardes doctor..., hola, Joao, soy*

Omar, no, Yaco...» no, demasiado directo. No encontraba las palabras adecuadas y el tiempo pasaba tan lentamente que hubiera podido levantarse y dejar el encuentro para otro día. Un joven acabó con sus dudas al salir de la consulta con el brazo enyesado mientras oía como alguien se lavaba las manos en el consultorio.

—Pase y siéntese, por favor, enseguida estoy con usted —oyó que le decían desde el interior.

Omar se sentó frente a la mesa de un despacho que contenía, a primera vista, todo lo necesario para atender a sus pacientes. Sobre la mesa un pequeño cuadro con una fotografía en la aparecía un matrimonio con dos niños. El doctor De Melo, ataviado con su bata blanca, le daba la espalda mientras se quitaba de las manos restos de yeso de la reciente intervención. Le pareció algo más alto que él, igual de delgado, llevaba el cabello muy corto y la pigmentación de su piel se situaba, como la de él, entre la gama de colores que va del "chocolate con leche" al "chocolate negro".

—Usted dirá —le dijo el doctor mientras se sentaba y retiraba algunos expedientes de encima de la mesa.

—Pues..., no sé por dónde empezar —respondió Omar mirando a uno y otro lado evitando la mirada directa del doctor.

—¿Quizás por el principio?

—Uf, el principio, pero por dónde empieza el principio.

—¿Está de vacaciones?, quizás le apetezca empezar por ahí —le dijo el doctor dando por sentado que no era un vecino de la isla de Santiago ni de las otras nueve habitadas del archipiélago.

—No, de vacaciones no, más bien asuntos personales.

—¿Importantes? —le pregunto mientras con la mano le invitaba a que continuase, a que siguiese hablando.

—Sí, importantes —Omar le miró a los ojos con la esperanza de que pudiese reconocerle. Sus dedos entrelazados, dejaban a los pulgares libres para girar uno sobre el otro en un sinfín predecible—, me llamo Omar Habí, bueno ese es mi nombre actual, hace años me llamé Yaco...

—Yaco qué...

—Yaco solo..., me abandonaron cuando nací.

—Lo siento, la vida es complicada...

Omar se quedó callado, sin escuchar lo que le decía, con la mirada perdida entre imágenes que se agolpaban a las puertas de su memoria. Ahora sabía que Joao, el doctor sentado ante sus ojos, era el niño algo mayor que él con el que jugaba en la playa, su compañero de habitación, el hermano fortuito que tuvo aquellos primeros años de infancia. Lo admiró aquellos años y le seguía admirando hoy. Recordó a su hermano, un niño decidido, valiente, protector y ahora, le seguía viendo igual, pero convertido en un adulto maduro y un profesional capaz de curar, si se lo propusiese, todas las enfermedades del universo.

—Joao, soy yo, Yaco, tu hermano pequeño durante algunos años, ¿te acuerdas de mí?

Joao se le quedó mirando, boquiabierto, hurgando entre sus recuerdos cualquier cosa que le ayudase a volver al pasado. En milésimas de segundo su cerebro había procesado millones de datos que se sostenían sobre una base sólida de memoria consolidada a fuerza de rememorar recuerdos. Las imágenes llegaban a su lóbulo frontal iluminando con sus destellos intermitentes los circuitos neuronales. Una orden tajante y precisa del cerebro activa sus pulmones, se tensan sus cuerdas vocales y su especializada musculatura para que sus labios respondan a una pregunta insólita *«¿te acuerdas de mí?»*

—No puede ser, Yaco murió con sus padres hace años, cuando se hundió la patera con la que pretendían cruzar el Estrecho hacia España.

—Sí, murieron Anisa y Ahmed mis padres, yo nadé hasta reventar, pero conseguí alcanzar la costa y...

Las lágrimas brotaron a borbotones de sus ojos mientras se abrazaban con fuerza. Imágenes del pasado se fundían recordándoles los abrazos en el agua, las luchas encarnizadas revolcándose sobre la arena de la playa o durmiendo en la misma cama después de que Joao acudiese a ayudar a Yaco a ahuyentar fantasmas.

Caminaron, brazos sobre hombros, por las empedradas calles hasta la casa en que vivía Joao con su esposa Ana, sus dos hijos Manuel y Santiago, y la madre de Joao. Espectadores atentos de los relatos que María les había contado una y otra vez recibieron a Omar, o Yaco, con la boca abierta. Yaco era para los niños como un héroe que regresa de una larga batalla después de combatir y derrotar al minotauro en las profundidades del Estrecho. Allí, en el brazo de mar que separa dos continentes, acababa la triste historia que la abuela les contaba sobre el niño que amamantó, crió y amó como a su propio hijo, pero la aparición de Omar aquella noche la obligaba a cambiar el final del relato de aquella trágica historia.

Omar cayó de rodillas ante María, su primera madre, y colocó la cabeza entre sus arrugadas y envejecidas manos, tan cálidas y acogedoras como las que le mecieron cuando necesito ternura para seguir viviendo. Aquellos días conoció por boca de María que su marido Jacinto De Melo, disidente político, murió en el campo de concentración de Chão Bom cerca de Tarrafal y que Joao no llegó a conocer a su padre; que ella y el niño fueron acogidos por el Juan Armengol cuando la familia del doctor, Sofie y sus hijos Lola y Paco, regresaron a Francia pocos meses después de la trágica muerte de Ciriaco; que nueve meses después nació él, en el hospital de Praia, que le abandonaron sus padres biológicos y que el doctor Juan Armengol le acogió provisionalmente con la esperanza de poder adoptarlo. Fue él quien le puso de nombre Yaco en memoria del abuelo de Lola, un marinero español que vivió en Tarrafal y que tuvo un hijo con su querida Asha, una nativa caboverdiana que falleció al dar a luz al pequeño Ciriaco...

Aquellos días supo que fue un niño privilegiado por todo el amor que recibió de aquellas personas y en particular de Juan Armengol, aunque no llegaba a entender el porqué de tanto afecto. Le hubiera gustado conocer a Juan, abrazarle y llenar el vacío que quedó en su corazón cuando partió, con sus padres Ahmed y Anisa, hacia Gambia. El relato de María llenó muchos espacios vacíos en su memoria y aunque le ayudaron a reconstruir lo sucedido durante aquellos primeros años, seguía sin saber el porqué de su interés por Sofie y por sus hijos Lola y Paco.

* * *

Querido lector, esa noche Omar me pidió que le llevase con Juan Armengol, y yo, que con mi pluma le había procurado tanta felicidad y desdicha, como un Dios creador y deletéreo, le concedí solamente un sueño, una pesadilla cargada de dolor, de sufrimiento y de afecto.

Le acosté sobre la cruz y extendí sus brazos hasta casi desgarrarlos. Los clavé a los extremos del madero y presioné la corona de espinas sobre su frente hasta que gritó «¡maldito seas!» y yo, proveedor de sufrimientos, levanté la cruz y la clavé sobre la arena de la playa. Omar, aceptó ese sufrimiento, levantó su rostro ensangrentado y abrió con su mirada y su deseo de saber las puertas del cielo, «¡Padre!» gritó mientras navegaba en su cruz por un océano de aguas transparentes mientras una niña, con el rostro de Lola, corría por la playa llamando a Sofie: ¡mamá, mamá...! Gotas de agua golpeaban el cristalino de sus ojos penetrando por sus pupilas dilatadas mientras la muerte que anhelaba su vida se convertía en estatua de sal. Bajó de la cruz y caminó por el laberinto de las especies hasta el inalcanzable centro vedado para la mayoría de los mortales. Juan, resplandeciente y hermoso como un ángel querubín, se dirigió hacia Omar abriendo en canal su pecho para que entrase dentro. Le meció en la cuna de sus entrañas y dejó que su corazón le hablara. Con cada latido un beso, con cada latido un abrazo, con cada latido un recuerdo, con cada latido un cosmos de felicidad que inundaba cada rincón de su cuerpo. Nunca se había sentido tan querido, tan amado, tan cerca de Juan como en ese momento.

Antes de despedirse, Juan le acompañó al laberinto de su memoria, apartó con sus manos la cortina de axones de sus neuronas y dejó que viese, en el escenario de su corazón, a Yaco, un avezado marinero, dando de comer a las gaviotas mientras Asha, su amada virgen negra, le dejaba un niño blanco en sus brazos. Omar vio crecer a ese niño que llamaron Ciriaco y como dibujaba en las paredes mientras la cálida luz de una farola entraba por un balcón entreabierto. Sintió como el corazón de ese joven se llenaba de amor cuando una mujer con el rostro de Sofie le abrazaba con sus alas blancas y le convertía en un padre que acurrucaba entre sus manos las manitas de Lola y de Paco. Sintió como tatuaban en la retina de sus ojos la imagen de su mujer y sus hijos sobre la arena de la playa, cuando una bala de cabeza hueca le arrebataba la vida.

Juan cogió la mano de Omar, como cuando era un niño, y la puso sobre el cuerpo del hombre que permanecía arrodillado sobre la arena de la playa. Mientras las manos temblorosas de Omar acariciaban su rostro, sintió que estaba acariciando su propio cuerpo.

* * *

Las campanas de la parroquia de Santo Amaro llamaron a misa y María, que tenía una especial devoción por el santo que navegó por el océano hasta el Paraíso Terrenal, les pidió a todos que la acompañasen aquella mañana soleada de domingo. Quién mejor que el santo, aventurero incansable, para entender el peculiar acontecimiento que les sobrevino aquellos días. El regreso de Omar de una corta estancia entre los muertos obligaba a dar las gracias a Santo Amaro, merecedor de unos fervorosos rezos y de unos alelíes que adornasen sus pies descalzos.

«El amor de Dios Padre esté con vosotros» dijo una vez más el padre Javier a los congregados al salir de la sacristía con la casulla verde habitual de los domingos. María y su familia estaban sentados en las primeras filas, Joao a su derecha con su mujer y sus hijos y Omar a su izquierda. María mantuvo la mano de Omar cogida durante toda la ceremonia y él, distraído con el Cristo Crucificado suspendido en el ábside, se preguntaba si con su infinito poder podría ayudarle a entender su enmarañada existencia. *«Acuérdate también de nuestros hermanos que murieron con la esperanza de la resurrección y permíteles contemplar la luz de la vida a través de otros ojos»,* oyó que decía el padre Javier mientras detenía su mirada en él. *«¿Estarían sus ojos mirando lo que otros ojos no pueden ver?»,* se preguntó mientras acariciaba la envejecida mano de María.

—Me gustaría hablar con usted —le dijo Omar al padre Javier al finalizar la misa.

—¿Quieres confesarte?

—No padre, demasiados pecados para tan poco tiempo.

—Entonces, acompáñame, nos sentaremos y hablaremos frente al océano.

Caminaron durante algo más de media hora bordeando la costa hacia el norte. El padre Javier, jesuita, le habló de los muchos años que llevaba en la isla desde que la orden le envió a predicar el evangelio lejos de Barcelona, la ciudad en la que nació, creció, estudió y se ordenó como sacerdote. Aunque se carteaba con el padre Anselmo, amigos desde que se conocieron en el seminario de la calle Caspe, estaba deseoso de tener noticias frescas sobre la ciudad y sobre la crisis política que azotaba a los ciudadanos en estos momentos. Omar, sin demasiado interés en hablar de política y menos en profundizar en sus cuestionables actividades, pasó de puntillas sobre el tema y se explayó en los cambios de la ciudad, principalmente en la Barceloneta y en el barrio del Raval. Poco interesado el padre Javier sobre donde se ejercía en la actualidad la prostitución en la moderna Barcelona y sobre los movimientos de la mafia china y senegalesa relacionados con el tráfico de drogas y venta de artículos falsos de importación, le invitó a contemplar el océano.

—Este es uno de mis lugares favoritos —le dijo el padre Javier después de sentarse sobre unas grandes piedras al borde de un acantilado—, cada vez vengo menos por la edad y muy pocas veces acompañado. Me gusta ver el mar, me relaja, me inspira, me acerca a los que viven y a los que ya se fueron, y a ti, ¿te gusta el mar?

—El mar sí, me encanta, aunque la experiencia en el Estrecho no fue nada agradable.

—Dios tenga en su Gloria a Anisa y a Ahmed, excelente pareja, cariñosos padres y muy amigos del doctor Armengol. Sabes, es una de las pocas personas que se sentó aquí conmigo, le encantaba el mar y le gustaba compartir el silencio. Hubo una época, cuando vendieron la plantación de Assomada donde trabajaban tus padres y os fuisteis a Gambia, que veníamos cada tarde. Juan estaba hundido, demasiadas personas queridas fallecidas y otras que se habían ido muy lejos. Sí, una espina clavada en su corazón cuando perdió a su compañera sentimental Dolores y al marido de ella, Francisco. No es que yo aprobase como sacerdote aquella relación triangular, pero como amigo llegué a entenderla, incluso me atrevería a decir que fue conveniente para compartir el afecto que tenían por Ciriaco. También tuvo que superar el vacío que dejaron Sofie y sus hijos cuando regresaron a Francia y lo que ya no pudo superar fue perderte.

—He estado varias veces en la tumba de Dolores y Francisco en el cementerio de Montjuic en Barcelona, lo que no sé es porqué Conde, un agente de policía con el que tramitaba algunos asuntos, me citaba allí.

—¡Conde! —repitió enormemente sorprendido el padre Javier—, ¡José Conde!

—No, Luis Conde, su hijo.

—José Conde fue quién asesinó a Ciriaco en la playa de Tarrafal. Vino de Barcelona expresamente para matarle, pero no salió vivo de la isla.

—¿Quién acabó con su vida? —le preguntó Omar que empezaba a encontrar respuestas a muchas de las preguntas que se formulaba una y otra vez en el sótano de la calle Escudillers.

—No se sabe o nadie quiso hablar. Fueron todos los habitantes de Cabo Verde y el juez cerró el caso. Enviaron el cuerpo a Barcelona en un ataúd metálico sellado con soldadura de estaño sin una cruz que le acompañase y sin que me permitiesen perdonar sus pecados.

—¿Y Sofie?

—Sofie se casó con Ciriaco después de llegar a Tarrafal con Juan huyendo de las amenazas de muerte de Conde, una larga historia que algún día ya conocerás. Yo los casé aquí, en Santo Amaro, y también bauticé a sus hijos Lola y Paco. Fueron unos años muy felices hasta que se produjo el terrible asesinato el día de fin de año de mil novecientos ochenta, nunca olvidaré esa fecha.

—Yo nací en mi novecientos ochenta y uno, nueve meses después, ¿no le parece una casualidad?

—Hombre sí, bastante, pero qué quieres decir con eso.

—En la misa usted ha dicho *«Acuérdate también de nuestros hermanos que murieron con la esperanza de la resurrección y permíteles contemplar la luz de la vida a través de otros ojos»* ¿cree que es posible la resurrección?, ¿cree que través de mis ojos un muerto pueda contemplar la vida?

—La resurrección es el símbolo de la trascendencia, la base del cristianismo, pero salvo la resurrección de Jesús, la iglesia no ha confirmado ningún otro caso. Quizás sea mejor que te olvides de ello, no sea que vayan a encerrarte en un psiquiátrico.

—Entonces padre, ¿por qué mi interés obsesivo por Sofie y por sus hijos Lola y Paco?

—La vida está llena de casualidades, nacisteis aquí, y aunque no lo recuerdes convivisteis algún tiempo antes de que Sofie regresara a Francia, quién sabe.

Los comentarios del padre Javier fueron razonables, pero no consiguieron distraer la atención que Omar ponía en este tema crucial que anidaba en su cerebro desde hacía mucho tiempo y que, a su entender, explicaba el porqué de su propia existencia. *«Tendré que convivir con ello»* se dijo mientras volaba hacia el aeropuerto internacional de Madrid-Barajas después de pasar uno de los días más felices de su vida y de asegurarles que volvería y que quizás un día, quién sabe, se establecería allí.

Si Somada, la camarera del aeropuerto de Praia, no se hubiera sentado a tomar un café con él, hubiera regresado aquella misma mañana a España anímicamente tocado y casi con toda seguridad hubiera tirado la toalla y abandonado su permanente obsesión por Sofie y sus hijos. Pero no fue así, tuvo que ser Somada, una desconocida, la que un inesperado instante pusiera la piedra que le permitía reconstruir un pasado hasta ahora inalcanzable. María, Joao, el padre Javier, el difunto Juan Armengol, Asomada y hasta el funcionario del registro civil del ayuntamiento de Praia quienes le habían echado una mano proporcionándole información para seguir avanzando y ahora le tocaba a él, porque solo él podía acabar de unir los aparentemente datos inconexos y construir un relato que pudiese asumir como definitivo y definitorio de su propia existencia.

«¿No están en nosotros las personas que conocimos y quisimos?» —se dijo, y si lo están, *«¿no pueden estar viviendo y viendo a través de nuestros ojos?»* No encontró dificultad en aceptar que los seres que quisimos anidan en nuestro cerebro, que seguimos viéndolos como si estuviesen vivos, que pensamos y hablamos en ocasiones en nombre de ellos, pero, y si son ellos los que mantienen su propia existencia en el interior de la nuestra y utilizan nuestro cuerpo y nuestros sentidos para seguir viviendo. Si fuese así, Ciriaco estaría sirviéndose de sus ojos, de sus manos, de su cuerpo entero para seguir viviendo más allá del momento en que una bala de cabeza hueca disparada por el agente Conde, con su revólver de nueve milímetros Parabellum, atravesase su cuerpo en la playa de Tarrafal arrebatándole su vida y separándole de sus seres queridos.

Si a él le había sido permitido enlazar el pasado con el presente y vivir en esa dualidad de identidades, debería pagar un precio por ello y este, no podía ser otro que guardar silencio sobre su otra identidad. La mayoría de los mortales que transitan por el laberinto de las especies tienen el poder de elegir y tomar sus propias decisiones, pero cuando la responsabilidad sobre una vida es compartida por entidades distintas no puede basarse en el libre albedrío ni en la unilateralidad, sino que ha de consensuar, con el otro, todas y cada una de las decisiones. Ciriaco y Omar, Omar y Ciriaco no tardaron en acordar y en comprometerse a amarlos como fueron amados, a estar junto a ellos como estuvieron una vez, a vivir con intensidad y pasión esta vida regalada y a no revelar nunca la identidad de quién comparte los latidos de su corazón inquieto, ve lo que ven sus ojos y habla por la misma boca. Pero antes de alcanzar ese estado de gracia, Omar debía resolver algunos asuntos pendientes.

23

Omar colgó una foto sobre el panel de corcho vació en la que aparecía él junto a María, Joao, Ana y sus hijos Manuel y Santiago. El padre Javier la había tomado a la salida de la iglesia de Santo Amaro el día en que juntos agradecieron al santo el regreso de Omar a la isla de Santiago. Para ellos, que le habían dado por muerto fue un milagro, un hecho que sería recordado por las generaciones futuras.

Sobre una estantería de obra adosada con firmeza a la pared, había una pequeña toalla, utensilios para el aseo y un rollo de papel higiénico. Una pequeña mesa escritorio, una silla de policarbonato compacto, un inodoro, un pequeño lavabo y una litera era todo lo que había tras los barrotes de la celda, de no más de diez metros cuadrados, de la prisión de Soto del Real.

Omar, miraba la foto echado sobre la litera una semana después de presentarse, voluntariamente, en las dependencias de la Dirección General de la Guardia Civil a escasa distancia del aeropuerto Adolfo Suárez Madrid-Barajas. Su declaración y su puesta automática a disposición judicial determinaron el ingreso inmediato en prisión, acusado de colaboración en los hechos delictivos relacionados con el cobro de comisiones ilegales por altos cargos de las administraciones públicas. Lo que resultaba insólito para la guardia civil y para el juez, no lo era para Omar, para él, no solo era la única manera de tener un encuentro directo con Conde, sino que también dispondría del tiempo que fuese necesario para completar una historia del pasado que le impedía centrase en el presente y aspirar a un futuro digno de ser vivido. Tras una semana en el módulo de nuevos ingresos, Omar fue trasladado a una celda del módulo cuatro, el de presos preventivos.

—Te traigo carne fresca Conde —le dijo el carcelero después de que se abriese la puerta de su celda.

—Vete a tomar por culo López —le respondió Conde desde su litera sin darse la vuelta ni mostrar ningún interés por el nuevo compañero.

—Qué disfrutes con la compañía, ya sabes lo que dicen de los negros.

—¡Negro! —gritó Conde saltando de la litera como si se hubiera prendido fuego mientras Omar dejaba sobre la estantería la toalla, los útiles de aseo y un tubo de lubricante con sabor a fresa gentileza de los carceleros de turno.

—No abras la boca o te rompo el cuello —le soltó Omar mientras sacaba las pertenencias de Conde de la cama inferior y las tiraba, literalmente, en la litera de encima— y no abras la boca hasta que yo te lo diga.

Conde se quedó embobado sin saber que paso le tocaba dar o qué coño debería decir en una situación como esta, mientras Omar se echaba sobre el colchón ignífugo y le daba la espalda. Se quedó dormido escuchando a Conde caminar de un lado a otro de la celda y viendo la foto que estaba adherida a la pared junto a la cabecera de su litera. En un principio le pareció que era Conde, con su habitual traje gris y su pose chulesca, pero al observarla mejor vio que el sujeto era más alto, más corpulento, más chulo y con una mirada más fría y peligrosa que la mala copia con la que compartía celda. No tardó en llegar a la conclusión de que el personaje que tenía frente a él era José Conde, el padre de Luis, el agente asesino que regreso a Barcelona en un ataúd metálico sellado con soldadura de estaño.

Durante toda una larga semana Omar estuvo ignorando a Conde, no le dirigía ni una sola palabra ni gesto que indicara que era consciente de su presencia. Conde atribuía su actitud al cambio tan brusco que supone la pérdida de libertad y la entrada en prisión, aunque le sorprendía que descendiendo como descendía de esclavos no hubiese recibido unos genes más adaptativos. La suya, no fue nada fácil, incluso tuvo que pasar un par de semanas en una celda de aislamiento hasta que recobró la cordura, hasta que se dio cuenta de que allí no era más que un preso privado de hacer lo que le viniese en gana.

Durante esa larga semana aguantó los desaires de Omar como arrancar la foto de la pared de su sacrosanto padre y lanzarla a los cuatro vientos, viéndole sentarse al extremo opuesto de la mesa en el comedor, dando vueltas por el patio como un monje tibetano alrededor de una estupa, echado sobre la cama durmiendo o mirando una fotografía que sacaba y volvía a colocar debajo de la almohada.

—Tenemos que hablar —le dijo una noche Conde mientras zarandeaba su hombro para que se despertase.

—De qué quieres hablar —le respondió Omar en su litera sin darse la vuelta.

El tono de voz era diferente, más sosegado, lo que animó a Conde a reactivar su carácter testicular y a recuperar su habitual papel dominante.

—A ti que te parece, del color que vamos a pintar la celda o quizás de la cena de esta noche —soltó Conde incrementado el volumen mientras avanzaba la frase.

—No, mejor me explicas porqué me han detenido y me han traído aquí y por qué te has ido de la boca.

—Yo, irme de la boca, yo no he soltado nada, ni siquiera el color de tu piel, además, porqué iba a hacerlo.

—Tú sabrás.

—A mí me interesas fuera, solo tú sabes los códigos para mover la pasta si fuese necesario. Alguien de la consejería ha hablado demasiado o quizás algún empresario descontento o algún "salvapatrias" honesto.

—Lo tenemos jodido —le dijo Omar mientras se levantaba y colocaba la fotografía en el tablón.

—No, no lo tenemos jodido si el dinero no aparece. En el juicio me acusaran del cobro de alguna comisión y si la pasta no aparece, saldré como mucho en un par de años y a ti, no veo por dónde pueden cogerte.

—Eso, si no empieza a cantar todo el mundo.

—Ya lo intentó Balcells.

—¿Y?

—Se despeñó en la Costa del Garraf, al parecer no le funcionaron los frenos.

—Joder Conde, eres un cabrón de cuidado.

—Fuera Omar, está todo atado y bien atado, como diría el mismísimo generalísimo.

Durante la semana siguiente la rutina del día a día y la falta de libertad de movimientos cayó como una pesada losa sobre Omar. Estaba allí para que Conde le hablase de su padre, de todo lo que supiese sobre el viaje a Tarrafal, de los motivos que le impulsaron a buscar y asesinar al hijo de Dolores Vinuesa y Francisco Blanco. Pero también encontró la oportunidad de reflexionar sobre su vida y sobre cómo iba a orientar sus pasos después de su excarcelación. Su interés por Sofie, por Lola y Paco, lejos de atenuarse se había incrementado a raíz de su viaje a Tarrafal. Había algo que les unía y que iba más allá que la coincidencia en la isla durante unos años, habían compartido el afecto de personas como Juan Armengol, María de Melo o del padre Javier. Con Joao, Omar había tenido la oportunidad y la suerte de haber recuperado esos años de su vida perdida en el laberinto de su memoria, pero con Lola y Paco todavía estaba pendiente de resolver, aunque el camino para llegar hasta ellos estaba trazado y solo le quedaba andarlo una vez recuperada de nuevo la libertad. En cuanto a Sofie, los pelos se le erizaban tan solo con pronunciar su nombre, algo más allá del raciocinio humano merodeaba en su cerebro configurando relaciones inverosímiles sin que Omar tuviese la más mínima intención de dejar de tenerlas en cuenta en sus reflexiones sobre su futuro. Cada vez con más frecuencia y con mayor intensidad sentía que el motivo de su temporal estancia en este mundo era ella, Sofie.

—¿Te dieron la carta que me pedías? —le preguntó una mañana Conde mientras daban vueltas al patio, ajenos a la trifulca que se había organizado a saber en esta ocasión por qué estupidez.

—¿Qué carta?

—La que te explicaba lo que sé referente a los enterrados en el cementerio de Montjuic.

—No —respondió Omar interrumpiendo el aburrido paseo matutino—, ni he recibido ninguna llamada ni me han entregado nada, ¿quién la tiene?

—Me imagino que Barcés, si es que no se la ha dado a su esposa Julia. Hablaré con él.

Mientras tomaba el sol, sentado en un banco del patio junto al conocido y corrupto político Álvaro González, vio a Conde hablar con Sandro Barcés y recordó sus encuentros con Julia. La tibia temperatura del sol sobre su rostro le recordó la calidez de su cuerpo mientras se perdían entre abrazos y besos en la modesta habitación del hotel de Soto del Real. Una atracción y amistad fortuita les había arrastrado a satisfacer una necesidad de compañía y afecto fruto de vacíos impuestos por circunstancias ajenas a sus deseos. Ambos sabían que su relación se mantendría hasta quién sabe cuándo, pero también sabían que podría acabar en cualquier momento.

—Barcés me ha dicho que su mujer, Julia, intentó varias veces ponerse en contacto contigo pero que no cogías el teléfono, ¿dónde te habías metido?

—Estaba fuera.

—¿Dónde?

—No es asunto tuyo.

—Pues si no es asunto mío, cuando salgas de aquí dentro de unos años vas y se la pides —le dijo Conde mientras se daba la vuelta con intención de continuar paseando solo.

—Pues cuando salgas tú, si es que sales algún día, me buscas y te explicaré lo de tus cuentas, —le soltó Omar haciéndole parar en seco.

—¡Qué quieres decir negro cabrón! —gritó Conde mientras se lanzaba como un kamikaze sobre Omar, descontrolado de boca y de unas manos que se aferraban a su cuello impidiéndole respirar.

Un golpe de porra dejó a Conde tendido en el suelo inconsciente, mientras un grupo de presos aprovechaba la ocasión para lanzarse sobre los guardias y para desahogarse, una vez más, de las tensiones que provoca el no poder campar por sus fueros. La nueva batalla de Soto del Real acabó con contusionados y heridos de todo tipo, unos fueron recluidos en sus celdas, otros trasladados a la enfermería, Omar y Conde encerrados en celdas de aislamiento durante quince días. Sandro Barcés, espectador ileso de la algarabía, optó por deshacerse de la carta de Conde haciéndosela llegar a Omar a través de un guardia que solía completar su sueldo mensual de funcionario con bonificaciones de presos por favores recibidos.

«Querida Mar, no sé a qué coño viene tu interés por el nicho de Montjuic, espero que está nueva extravagancia no te distraiga de lo que realmente nos une. De todas maneras, si tanto interés tienes, te diré que los enterrados allí eran delincuentes comunes que mi padre tuvo a bien poner a buen recaudo. Si no hubiera sido él hubiera sido otro, aunque su hijo no lo supo entender y provocó que, a una persona respetable del cuerpo, el inspector Márquez, le friesen los sesos en el psiquiátrico. Mi padre, hombre justo y resolutivo, tuvo que coger al toro por sus cuernos y doblegarle hasta hacerle añicos. Por tal acto de justicia encontró la muerte en el cumplimiento de su deber y yo, le di entierro después de recibir su cuerpo en un ataúd metálico sellado con soldadura de estaño.

Espero que sea suficiente para satisfacer tu curiosidad, pero si quieres más detalles no tengo ningún inconveniente en hablar de ello cuando nos veamos.

Tu Luis.

P. D. De mi culo ya me ocupo yo, tú preocúpate de lo nuestro»

Omar salió de Soto del Real, custodiado por la guardia civil, a petición del juez instructor de la causa contra Luis Conde por el cobro de comisiones ilegales. En la breve reunión en el despacho del juez, Omar cumplió con su palabra y le facilitó todos los datos sobre las cuentas ocultas de Conde en Suiza, excepto los de una de ellas que había cancelado en uno de sus viajes y puesto el dinero a salvo y a su entera disposición en el sótano de Escudillers. Por su parte el juez cumplió con la suya y le entregó un documento en el que se dictaba el sobreseimiento de la causa contra Omar Habí y su puesta inmediata en libertad, por falta de pruebas sobre su colaboración con el acusado Luis Conde en el tema del cobro de comisiones ilegales.

Luis Conde, que fue condenado unos meses más tarde a diez años de cárcel, recibió una nota de Omar que decía: *«Querido mío, no siento en absoluto dar por finalizada nuestra relación. Tu carácter como el de tu padre no son buenos compañeros de viaje. Mar»*

24

Sobre el alféizar colocó un ramo de crisantemos blancos con el que quiso mostrar a Dolores Vinuesa y Francisco Blanco su más sentido respeto y afecto. Era el uno de noviembre, día de Todos los Santos, y Omar leía de nuevo con las yemas de sus dedos las letras grabadas sobre la placa de mármol negro. No necesitaba que Conde le diese muchos más detalles porque la historia podía reconstruirla, con relativa facilidad, después de su viaje a Cabo Verde. En las conversaciones con María, Joao y el padre Javier, en el encuentro en un sueño con Juan Armengol, en las conversaciones con Carmela y en los dibujos en la pared del piso de la calle Unión, estaban los motivos de su obsesión por acercarse y proteger a Lola, a Paco y de sus viajes a Avignon para ver una y otra vez a Sofie. Las palabras del padre Javier, en la iglesia de Santo Amaro, se repetían en su cabeza frente a la lápida del modesto nicho del cementerio de Montjuic *«... murió con la esperanza de la resurrección..., contempla la vida a través de otros ojos»* Sintió, de nuevo, el abrazo de Juan mientras borbotones de lágrimas incontroladas alcanzaban sus labios a través de las comisuras de su rostro.

Esa mañana de otoño, de espaldas al mitológico Mediterráneo en el que las infinitas especies están al albur del compasivo y despiadado minotauro, mecido por un viento alisio que viajaba sin prisas hacia los trópicos, reafirmó su convicción de que él, era el portador de una entidad transferida la noche de fin de año de mil novecientos ochenta, a una pareja inglesa que navegaba frente a la playa de Tarrafal a sotavento del archipiélago de Cabo Verde. Esa templada mañana de noviembre comprendió el porqué de su regreso al laberinto de las especies. Omar, o quién fuese que vistiese su oscura piel, estaba en el camino que le conducía a compartir el resto de sus días con los seres que perdió, después de que le arrancasen la vida la noche de fin de año de mil novecientos ochenta. Aferrado con ambas manos al alféizar del nicho después de clavar sus rodillas en tierra se decía, que si eran sorprendentes las conclusiones a las que había llegado, más sorprendente sería desandar el camino andado. Por otro lado, si lo que había perdido era el juicio *«¡Bendita sea la locura!»* se decía, por haberle traído hasta aquí. Con las palmas de sus manos sobre la lápida prometió a vivos y muertos, que cumpliría con su misión en este mundo y que no retrocedería ni un solo paso en su empeño de recuperar lo que le fue arrebatado por la fuerza.

Lola, que acababa de llegar minutos después de Omar, no quiso acerarse a él y mantuvo una distancia conveniente para pasar inadvertida. Le sorprendió ver a un desconocido, anclado frente al nicho, poner ese bonito y cuidado ramo de crisantemos y caminar con sus dedos por los surcos de los nombres de Dolores y Francisco. *«Muy joven para ser un amigo de sus abuelos. Quizás el hijo de alguien, un pariente lejano... Demasiado sentimiento para ser un extraño...»,* se dijo poco antes de que su rostro se hiciese visible al girarse.

Omar, sumido en mil pensamientos, dio un par de pasos y se quedó de nuevo varado al ver a Lola taponándole la salida e impidiéndole que se esfumase una vez más. En el escaso tiempo que vive un segundo, decenas de imágenes de ella desfilaban antes sus ojos componiendo un relato que se remontaba hasta la infancia. La vio cuando la cogía en brazos y la aupaba a su modesta barca de pesca; cuando la montaba en sus hombros y cabalgaba al galope sobre la arena de la playa de Tarrafal; cuando besaba su frente con las buenas noches mientras cubría su pequeño cuerpo con la sábana; cuando hablaba con su chándal colgado del armario y leía sus papeles esparcidos sobre la mesa en el piso de la calle Unión; cuando memorizaba cada detalle de su rostro tras la cortina del bar de Carmela; cuando mezclaba su sangre con la de ella en el hospital de Marrakech suplicando por su vida al Todopoderoso... Para Omar, Lola era el motivo por el que seguir viviendo, una oportunidad regalada de volver a ver a quién un día perdió entre las astillas de un cráneo destrozado por una bala de nueve milímetros de cabeza hueca. Todo lo que sabía de ella se concentraba en un número insignificante de imágenes que no le permitían recuperar los años perdidos, pero se alegró de tener la esperanza de vivir un futuro que en otro tiempo le fue arrebatado. Sabía que eso sucedería si era capaz de recorrer, con prudencia y habilidad, los sorprendentes caminos por recorrer en el laberinto de la vida. Omar, dibujó una complaciente sonrisa en sus labios y levanto su mano a modo de saludo mientras se acercaba a Lola empujado por los alisios.

—Hola —le dijo Omar conteniendo sus emociones y el impulso de fundirse en un abrazo tantas veces deseado.

El rostro de Lola reflejaba el asombro de un cerebro sumido en el desconcierto e incapaz de suministrar información coherente que le permitiese clarificar la inesperada situación.

—Perdona, ¿nos conocemos de algo? —le preguntó Lola frunciendo ligeramente el ceño y manteniéndose fuera del círculo reservado para las relaciones personales.

Le hubiera gustado decirle un simple sí y comentarle la imagen que le sobrevenía en ese momento «... *estaba de rodillas en la orilla con los brazos abiertos y tú, mi pequeña Lola, corrías con tu vestidito blanco desplegado como una vela y te lanzabas sobre mí, confiada, tierna y dulce como un algodón de azúcar»* pero se mordió la lengua, para no perderla, hasta sentir el dulce dolor del silencio.

—Soy alguien que conociste cuando eras niña, soy una casualidad hoy y una posibilidad en el futuro.

—No te entiendo

—Perdona Lola, a veces hablo para mí mismo.

—¿Cómo sabes mi nombre?

«Tu madre y yo te lo pusimos, como tu abuela» hubiera sido la respuesta breve y concisa que le hubiera gustador dar, pero, afortunadamente, no salió de sus labios, porque de haber sido así Lola no hubiera tardado un segundo en salir corriendo.

—Sé quién eres por Carmela, en alguna ocasión te vi con ella en el bar. Yo soy el que vive en el piso de la calle Unión cuando tú no estás y el que desaparece cuando tú llegas a Barcelona. Me llamo Omar, Omar Habí —le dijo ofreciéndole su mano.

—¿Omar? —respondió Lola mientras recordaba sus conversaciones con Carmela y distendía la totalidad de sus músculos preparados para la huida—, sí, alguna vez me habló de ti.

—Espero no haber sido una molestia, bueno, ya sabes, el piso es algo muy personal y quizás...

—No no —respondió mientras apartaba un precioso mechón de su frente—, si a Carmela le pareció bien a mí también, puedes ir siempre que quieras.

—Gracias, eres muy amable. Ahora tengo otro sitio donde dormir, pero me gustaba cenar con Carmela y después subir al piso y contemplar la pared de los dibujos, sobre todo al anochecer, cuando la luz de una farola se cuela por el balcón para iluminarlos. ¿Te gustan esos dibujos?

—Cómo no me iban a gustar, es mi museo preferido. No me canso de volver una y otra vez a ver la única obra que se expone, la de mi padre cuando era niño. La pena es que no pueda llevarme la pared en la maleta —dijo mientras esbozaba una sonrisa que Omar imitó satisfecho por la manera en que progresaba la conversación.

Le hubiera gustado contarle que aquellos dibujos de la pared los había hecho él cuando fue un niño con otra piel, cuando su madre, Dolores o Lola para sus amigas prostitutas del Raval, despedía al último cliente y se sentaba junto a ella. Cuando su padre, Francisco o Paco "El Carterista", y el doctor Juan Armengol, médico y amante de su madre, compartían mesa y cerveza después de que él regresase del colegio. Le hubiera gustado decirle que cuando miraba los dibujos volvía a sentir el inmenso cariño que le dieron y lo afortunado que fue al crecer junto a ellos. Le hubiera gustado contarle todo eso y más, pero no lo hizo porque de haberlo hecho, un silencio de nueve milímetros con cabeza hueca hubiera atravesado otra vez su cuerpo desde la cabeza a los pies. La demora en pronunciarse Omar sobre el tema provocó que Lola cambiase de tercio.

—¿Has dicho que nos conocimos cuando éramos niños? —le preguntó Lola con la intención de recabar más información sobre el sujeto surgido de la nada más absoluta.

—Sí, así es, es una larga historia y quizás un día, si te parece bien, podamos hablar de ella.

—Si claro, algún día —respondió Lola después de echar una mirada buscando la complicidad de su reloj—, hoy he de coger un tren a Avignon y todavía tengo que resolver algunos asuntos y...

—Lo siento, me parece que te estoy entreteniendo, han pasado tantos años que no vendrá ahora de unos días, o unas semanas.

—Bueno, pues pondré estas flores a mis abuelos y...

—De acuerdo Lola —le dijo Omar tendiendo la mano para despedirse muy a su pesar por no saber cuándo tendría otra oportunidad de volver estar con ella—, me ha gustado charlar contigo, te deseo un buen viaje.

Omar podría haber añadido *«saluda a Sofie de mi parte»* peo se dio la vuelta y bajó lentamente por el camino sembrado de nichos custodiados por ángeles, arcángeles y calvarios. Lola le siguió con la mirada con la extraña sensación de que una parte de ella querría irse con él. Los alisios soplaban con más fuerza obligándole a subir el cuello de su parca y meter las manos en los bolsillos, mientras su espalda se curvaba como una vela desplegada y los pantalones se abrazaban a sus espinillas consiguiendo enlentecer su marcha. Por un momento Lola pensó que no le volvería a ver y su corazón se llenó de llanto como al ver morir a su padre cuando apenas tenía cuatro años.

—¡Omar! —gritó instintivamente mientras levantaba la mano como si quisiera detenerle.

Su voz detuvo su caminar y sus pensamientos, giró ligeramente la cabeza y la recordó con su manita alzada llamándole cuando regresaba a la puesta del sol, con su barca de pesca, entre encendidos rojos, amarillos cadmio y magentas. Esta vez, Lola se acercó lentamente, aunque él la vio correr y echarse en sus brazos.

—Siento si he sido un poco seca, solo quería decirte que a mí también me gustaría un día charlar contigo, quizás cuando regrese encontremos un momento que te vaya bien.

«¡Un momento!, toda una vida si de mí dependiera» pensó conteniendo el abrazo que esperaba volverle a dar algún día.

—Si te parece te dejo mi número de teléfono, llámame a la hora que quieras, estaré encantado de volver a verte —*«Más de lo que te imaginas»,* se dijo Omar mientras volvía a despedirse y a estrechar de nuevo su mano.

25

Boccherini, despertó a Omar a primera hora de la mañana, pero dándole vueltas a quién podía llamarle de las tres personas que conocían su número, Conde, Julia y Lola, se volvió a quedar dormido. Había estado hasta entrada la noche en el Café de la Opera charlando con Pedro y viendo pasar la variopinta jauría de turistas gozando de una temperatura otoñal y de unas encomiables sonrisas ibéricas que bien les gustaría tener en sus países de origen. Quería despedirse de él porque sabía que los años seguirían pasando indiferentes a todo lo que acontecía en el laberinto de las especies y que tendría pocas o nulas posibilidades de volver a verle. Aquella última noche Pedro colgó su mandil de camarero y se sentó con Omar, un cliente *vip* merecedor de atención especial, para disfrutar de su compañía y de los recuerdos. Entre taco de tortilla y sorbo de San Miguel, sin alcohol, Omar quiso agradecerle los años de amistad desinteresada y de ayuda en momentos complicados. Con pocas personas había tenido una relación tan cordial, casi familiar, como con él y con Carmela, pero a Carmela la había perdido por imperativo divino y a Pedro iba a perderle por conservar su pellejo. Envejecido como el final del otoño y cojeando por los desmanes del inquilino del ataúd con soldadura de estaño, Pedro conservaba el atractivo de la simpatía hacia todo aquel se cruzase en el corto y único trayecto que recorrió, durante más de cincuenta años, desde el interior hasta la terraza del Café de la Ópera. De la caña pasaron a las jarras para instalarse definitivamente en el Castillo de San Digo, un vino blanco con tonalidades de principios de otoño, aromático como el cuerpo de una mujer y sabroso como la uva palomino de las tierras de Cádiz. Con las ventanas del corazón abiertas de par en par Pedro, con incontinencia verbal provocada por los trece grados del Barbadillo, se recreó recordando a Dolores, codiciada por su belleza, su ternura y generosidad profesional; a Francisco, por sus habilidades manuales en los transportes públicos y por la brevedad y sencillez de su verbo *«unas jarritas para el doctor y para mí, ah, y un helado de vainilla y chocolate para el niño»;* al doctor Armengol, catedrático del saber estar, amante comedido y cerebro al que aferrarse cuando sopla el frío, seco e impetuoso cierzo; a Ciriaco, el bien amado, azucarillo indispensable en las relaciones trigonométricas y resolutivo a la hora de coger al minotauro por los huevos.

—Y de ti, Omar, qué puedo decir.

—Depende, yo diría que después de las cervezas y del par de botellas que nos hemos trincado, que soy la versión en negro de *E.T.*, o...

—Eso —interrumpió Pedro mientras apuraba una nueva copa de uva palomino despalillada, macerada, fermentada y embotellada—, un extraterrestre de nariz ancha y labios gruesos.

—Y un "pito descomunal" anhelo de los blancuchos terrícolas mortales —añadió mientras agarraba el distendido molusco que albergaba entre las piernas.

—Envidia de nuestro amigo Conde.

—El aspirante a la perpetua.

—Mala raza la de Conde —concluyó Pedro mientras se ponía de pie e invitaba a Omar a brindar por la larga estancia del consejero en el reformatorio de Soto del Real.

Caminaron Ramblas abajo, abrazados, zigzagueando y cojeando hasta el malecón del puerto donde se deshicieron del elixir, amarillo pálido con reflejos verdosos, que amenazaba con hacer estallar sus vejigas.

El viejo mercante Santo Antao, que seguía navegando bajo bandera caboverdiana, soltaba amarras para echarse a la mar mientras ellos se disputaban en el regate una cajetilla vacía de tabaco. El capitán se despedía de Barcelona con la bocina y un marinero desde cubierta observaba su torpe juego distraído de sus obligaciones. Ellos, interrumpieron la contienda y se quedaron mirando como el veterano navío viraba a estribor hacia la salida del puerto.

—Hace años Ciriaco se fue en este barco —dijo Pedro mientras se despedía moviendo su brazo en el aire—, fue la última vez que le vi.

—Lo sé —respondió Omar como si se despidiese de nuevo desde la cubierta del Santo Antao—, gracias, Pedro por tu amistad.

El número que aparecía en la memoria de llamadas era el de Julia, *«Solo Julia, como su hermoso cuerpo, desnudo de apellidos»*, pensó mientras se preparaba un café con leche. Pensando en ella tuvo la impresión de no haber sido la persona que quizás ella necesitaba para expandir los ventrículos de su encogida alma o quizás estaba equivocado y lo que hubo entre ellos fue un respetuoso quererse sin amarse. La imagen de su cuerpo volvió a presentarse con mayor intensidad aumentando su nivel de testosterona y como consecuencia de ello haciendo aparecer el deseo de verla, de acercarse, de abrazarla y de perderse de nuevo entre las nubes de cualquier cielo.

—¿Julia? —preguntó después de marcar el número y nada más oír coger el teléfono.

—No, soy Sandro, ¿quién la llama?

La testosterona le cogió con el cerebro débil en reflejos y no se le ocurrió otra cosa que interrumpir la llamada y soltar un "joder " que casi le arruina el desayuno.

—Perdona, he colgado sin querer —le dijo cuando Sandro volvió a descolgar el teléfono—, soy la persona que contacta con Conde.

—¡Y de paso te tiras a mi mujer!

—¿Te ha dicho eso Julia?

—No, no hace falta que me lo diga, pero...

—Mira, no tengo ningún interés en hablar contigo, pero ya que estás aquí, ¿tienes algo para mí de Conde?

—Sí, tengo algo para ti y también tengo un par de bolsillos para que metas pasta. Mañana se me acaba el permiso y vuelvo a Soto del Real, o sea, que, si quieres la carta, espabila o se la devuelvo al remitente.

—De acuerdo, nos vemos en un par de horas.

—Tú trae tres mil euros para cada bolsillo y tendrás la carta.

—Por lo que veo, el tema de tu rehabilitación contigo hace aguas. A las siete te espero en el Café de la Ópera, frente al Liceo —le dijo Omar antes de colgar el teléfono.

No mediaron más que seis palabras, sin un hola ni un adiós, cuando Sandro y Omar se encontraron a las siete de esa tarde desapacible de principios de noviembre.

—¿Traes la carta?

—¿Tienes la pasta?

«¡Menudo espécimen!», se dijo al verle marchar bajo la lluvia con las manos en los bolsillos. Omar se quedó sentado con

su café y un sobre cerrado sobre la mesa. Gruesos lagrimones serpenteaban por los cristales difuminando las siluetas de los paraguas y las prisas de los transeúntes. Pedro no había ido a trabajar y él, todavía resacoso, se quedó sentado en la mesa del rincón. Después de pedir al joven camarero pakistaní otro café, abrió la carta de Conde.

> *«Amada mía, gracias por mostrarme el camino para salvar mi alma, seguir tus pasos va a permitirme llegar al paraíso que tú has alcanzado. Cuando mi espíritu angelical emprenda el vuelo, llevará entre sus alas la pesadilla que me ha atormentado cruelmente cada segundo de este retiro espiritual. Liberado por fin de estas ataduras temporales, surcaré tierras y mares hasta encontrarte y allí, donde quiera que estés y cuando menos te lo esperes, con las primeras luces del alba o con los colores del anochecer, pondré fin al dolor que padece mi corazón por la confianza ultrajada. Ansío con obsesión ese dulce momento que ni el mismísimo Todopoderoso podrá impedir y solo entonces, podré sentir lo que mi venerado padre y maestro sintió en la cúspide de su carrera cuando su rayo fulminante atravesó, de la cabeza a los pies, el funesto cuerpo del despreciable Satanás. Encomiéndate al Santísimo porqué cuando acabes de rezar las cincuenta y nueve cuentas del rosario, habrás llegado al Calvario, el final de tu viaje. Ni la restitución de los bienes sustraídos ni la evaporación de tu negra alma en la oscuridad de una noche sin luna cambiaran mi firme determinación. Tu pesadilla, Luis»*

No hacía falta la firma porque el contenido de la carta fotografiaba con exactitud a Conde. A Omar no le sorprendieron sus palabras, a fin de cuentas, la relación con él siempre había sido un "toma y daca" o un "estira y afloja" sin visos de caducidad. Pero en algo se equivocaba Conde, nunca había sido ni iba a ser una pesadilla para él. Seguía lloviendo y su cuerpo no estaba para carreras por lo que optó por pedir al camarero una cuartilla, un bolígrafo y una San Miguel, "sin alcohol".

«Hola, de nuevo cariño, me alegro de que conserves tu pellejo y tu refinado humor para seguir con las bravuconadas de siempre, que por ser lo habitual en ti, ni me sorprenden ni me inquietan lo más mínimo. Me alegro de haberte mostrado el camino para poner a salvo tu maltratado culo y para que emprendas, en tu nueva vida, esa cruzada que me temo va a alargarse en el tiempo y que, a buen seguro, va a hacerte regresar con el rabo entre las piernas. Consciente de que puedes necesitar alguna ayuda para tan largo viaje, te abriré una modesta cuenta que espero sepas administrar, porque no te va a permitir ningún tipo de despilfarro. En cuanto al hijo de perra de tu padre, me alegro de que esté a buen recaudo en su caja de cinc soldada por los cuatro costados. No puedes imaginarte la alegría que he sentido al saber que semejante espécimen ya no transita por el laberinto de las especies y que el ser clonado que deja sobre la faz de la tierra no es más que una burda imitación. Bueno, cariño, tu negrita favorita tiene cosas más importantes que hacer por lo que, si no tienes inconveniente, va a dejarte para otra ocasión si es que hay que tenerla. Tu caja de ahorros, Mar»

—Hola, Omar —oyó que le decía Julia después de interrumpir de nuevo la melodía de Boccherini de su móvil—, me ha dicho Sandro que llamaste esta mañana.

—Hola, Julia —respondió mientras doblaba la carta dirigida a Conde—, quería verte, hablar contigo. He estado fuera y quizás...

—¿Deberías haberme dicho algo?

—Sí, debería haber hecho eso.

—Pero no lo hiciste —insistió Julia.

Se produjo un incómodo silencio sin que ninguno de los dos tuviese el más mínimo interés en colgar el teléfono.

—Acabo de estar con Sandro —reanudó Omar—. Me ha dado una carta de Conde.

—¿A cambio de dinero?

—Sí, algo de dinero.

—¡Qué cabrón!

—Tengo que verte esta noche. Tengo una carta para Conde y Sandro me ha dicho que mañana regresa a Soto del Real.

De nuevo el silencio se adueñó del momento mientras Julia masajeaba su frente y Omar apuraba su taza de café.

—De acuerdo, dónde nos vemos.

—En la recepción del hotel Majestic dentro de una hora, a las nueve, —le soltó a bocajarro sabiendo que corría el riesgo de que le colgase el teléfono.

La respuesta se demoró en el borde de sus labios, temerosa de caer en la soledad de la noche o de alcanzar las voluntades del alma. Un pequeño empujón con la lengua y el "no" la llevaría a la soledad de la noche, o un "si", volvería a hacerla sentir la ternura del beso y el calor del abrazo.

—Salgo del Clínico a las ocho, mejor quedamos a las diez.

—A las diez, perfecto.

—De acuerdo —y colgó el teléfono.

En la recepción del hotel le indicaron que el señor Habí la esperaba en la *suite* Majestic, en el primer piso. Omar quería despedirse a lo grande de Julia y de la ciudad, porque tanto con ella como con la ciudad moriría una parte de sí mismo. Y qué mejor ocasión para vestir el mejor traje y vestirla con el vestido más bonito que encontró en la *boutique* del hotel, para cenar a la luz de las velas y disfrutar de la bonita vista de la Casa Marfá y del distinguido Paseo de Gracia donde, años ha, plantó su manta con los espectaculares Christian Lacroix, los atrevidos Just Cavalli, los distinguidos Michael Kors, los clásicos Ralph Lauren, los sugerentes Love Moschino y los provocadores Patricia Pepe de color fuxia, para goce y deleite de los transeúntes.

Se sentaron junto a la ventana, a la luz de las velas y rodeados del *glamur* de una *suite* donde hasta el más pequeño detalle se mostraba de una manera atractiva, refinada, ennoblecida y teatralizada. Disfrutaron de una cena de ensueño, de príncipes y princesas de cuentos de hadas. Julia preciosa con el vestido rojo escarlata que le esperaba sobre la cama y Omar con su traje gris pizarra y camisa blanca. Las palabras fluían naturales sin halagos superfluos ni reproches atosigantes, sin anclajes en el pasado ni proyectos de futuro. La conversación transitó por el camino de la amistad, de una amistad que nace cuando se aspira el aroma del afecto y que acaba anidando en un lugar privilegiado del laberinto de la memoria.

Tenía que ser un emigrado de la tierra de los esclavos resucitado de las aguas del Estrecho, purgatorio de especímenes que aspiran a alcanzar el cielo, quién la sentara como se sienta a una dama, la regalara el oído con hermosas palabras, la tratara con la suavidad de un caramelo de miel y la abrazara con la dulzura de un ángel querubín. Tenía que ser ella, una erudita doctora cargada de humanidad y de un enorme potencial afectivo latente como un sueño perdido, quien le obsequiara con un amor conmovedor, suave y cálido como los apeliotes que al soplar hacen madurar los frutos y pasajero como el tiempo de un reloj de arena fina y rojiza de las dunas de Merzouga.

El elegante vestido rojo escarlata quedó dormido sobre la cama cuando dejaron la *suite* a media mañana. Hacía un día espléndido, el cielo estaba despejado y las calles repletas de tráfico. Estudiantes universitarios se agrupaban ante la Casa Marfá y los taxis, amarillos y negros, esperaban pacientemente a los generosos clientes que salían del hotel. Julia y Omar optaron por caminar un rato, bajaron charlando por Paseo de Gracia entre tiendas de marca y terrazas de bares repletas de turistas, negociantes y jubilados afortunados. La guardia urbana sacaba de un cajero a un indigente que dormía plácidamente con su carrito de compra, hogar de todas sus pertenencias; hileras de "manteros" obstaculizaban la marcha con su repetitivo género desplegado sobre lonas preparadas para la huida rápida, y una pareja de *gais,* cuidadosamente adornados, reclamaban su derecho al besuqueo mientras esperaban que el semáforo les diese paso. Inmersos en el bullicio, sus manos se cogían y se dejaban con la secuencia de un mantra destinado a forjar un recuerdo imperecedero.

—Mañana saldré para Saint Fiacre —le dijo Omar al llegar a plaza Cataluña—, y probablemente no volveré a Barcelona.

—Lo sé —respondió Julia—, quizás sea mejor así, que no pierda sabor esta bonita historia con el tiempo.

—Crecerá en el recuerdo y cuando se haga presente mirando el océano o al calor del fuego, volveremos a encontrarnos y a abrazarnos en el silencio.

—Espero que encuentres todo lo que te fue arrebatado en la playa de Tarrafal —le dijo Julia cogiéndole las manos y colocándolas sobre sus mejillas—, recuperaste la vida, ahora solo te queda recuperarlos a ellos.

—Gracias Julia por creer lo increíble y por compartir mi secreto. Espero que Conde me encuentre lo más tarde posible y por favor, hazle llegar esto de mi parte —después de besar sus manos saco la carta había escrito en el Café de la Opera la tarde anterior y se la entregó a Julia.

Se quedó mirando como sus pies se la llevaban en andas con las manos en los bolsillos y la cabeza alta. Las palomas alzaban anclas y revoloteaban a su alrededor despeinando sus cabellos con el movimiento de sus alas.

26

Paco le vio llegar por la estrecha lengua de tierra que une Saint Fiacre con la Îlle du Renard cuando el sol y la luna tienen a bien menguar el nivel de las aguas del mar. Omar conducía bajo un chaparrón que le obligaba a encender los faros y a conducir con precaución. Cuando se detuvo delante de la casa, Paco ya estaba esperándole en el porche con un enorme paraguas de pastor, de palo grueso y puño ancho, abierto de par en par.

—Échame una mano Paco —le dijo desde la ventanilla bajada.

Paco le saludó con la otra mano y se acercó sorteando charcos hasta el Toyota. Sostuvieron sus miradas escuchando el repicar de la lluvia sobre la capota y el paraguas y compartiendo la alegría del reencuentro.

—Venga Paco, llevemos estos paquetes a casa, —le dijo mientras bajaba del todoterreno y desligaba la lona que cubría la parte trasera.

Paco cerró el paraguas y dejo que la lluvia le empapase como a él mientras las trasportaban. Treinta años menos y se hubieran abrazado y revolcado en los charcos hasta quedar convertidos en estatuas de barro porque, aunque la relación se había reiniciado recientemente, la sintonía que había entre los dos parecía remontarse a la que hubo en los albores de sus vidas cuando fueron casi hermanos o mucho antes, cuando Ciriaco aprendía a hacer de padre.

Habían pasado once meses desde que Omar dejó a Paco a cargo de la destartalada empresa que le compró a Kart y de la casa en la pequeña Île du Renard. A pesar del tiempo transcurrido Omar no había olvidado ninguno de los momentos que estuvo con él, cuando curaba su herida, arreglando su abandonado cuerpo, dándole de comer o velando sus largos periodos de sueño. Sobre todo, recordaba la noche antes de irse, una de las más felices de su vida, sentados en el porche después de cenar escuchando la música del mar y disfrutando de las estrellas del universo. Aquella noche, antes de coger el avión al día siguiente para volar a Madrid, se sintió orgulloso de Paco y ahora que regresaba de encuentros trascendentales, con Lola en Barcelona, o con María, Joao y el padre Javier en Tarrafal, su afecto por él se había incrementado de manera sustancial. Entendía mejor a Paco y el porqué de su abandono y su ajetreada existencia. Perder a su padre a los dos años fue un golpe tremendo, pero recuperarlo con el color cambiado, a pesar de su mente abierta, podría ser mortal para unas neuronas menguadas por el traqueteo de su historia.

—¡Menudo cambio! —le dijo Omar después de dejar la última caja sobre el suelo a la entrada de la casa y de recordar los trastos de Kart entorpeciendo el paso, la suciedad y la sensación de abandono que reinaba en el ambiente. Sin duda la casa había recuperado su esplendor, como Paco, durante sus largos meses de ausencia.

—¿Te gusta? —le preguntó Paco confiando en que su esfuerzo y dedicación servirían para mostrar su agradecimiento por las atenciones que le había dado. Durante los meses que estuvo fuera se preguntó una y mil veces sobre los motivos de la aparición de Omar en Rostellec, sobre la restauración de la barca, sobre la compra de la empresa y de la isla, sobre su implicación en la muerte de Kart, sobre cuál debería ser el motivo por el que un desconocido había aparecido en su vida interesándose por él.

—La verdad, es que estoy sorprendido —dijo Omar mientras recorrían la casa fijándose en todo y celebrando hasta el más mínimo detalle—, te felicito, has hecho un trabajo impresionante.

—Gracias, tú tampoco te quedaste corto conmigo. Ahora estamos en paz y puedo volver al Hêtre en Rostellec si es que quieres que siga trabajando, aunque si quieres mi opinión, te diré que para hacer lo que hacía Kart más vale prender fuego a todo y largarse.

Aunque solo fuera por oírle hablar, a Omar no le pasaba por la cabeza ni cerrar la empresa ni hacer ninguna otra cosa que le alejase de él y menos ahora que estaba entusiasmado por tal como había encontrado a Paco.

—Desde luego para seguir como Kart más valdría hacer lo que dices, pero si le prendiésemos fuego y nos marchásemos perderíamos la oportunidad de cambiar las cosas y por mi parte no voy a tirar la toalla y espero que tú me acompañes en este viaje. Por otra parte, he decidido venir a vivir aquí y me gustaría que fuese por el resto de mis días.

—¿Aquí, a Saint Fiacre? —le pregunto sorprendido—, yo vine a aquí para perderme, para distanciarme de todo, para intentar cambiar mi vida, ¿pero tú?

—Pues, si quieres que te sea sincero, por lo mismo que tú y por algunas cosas más que me gustaría contarte —le dijo Omar mientras bajaban la escalera después de cerrar la puerta de lo que iba a ser su habitación por decisión de Paco—, pero esta noche no, tenemos toda la vida por delante.

—Perdona Omar —le dijo Paco deteniéndose en seco al entrar en el salón—, ¿eres homosexual?

—¿Lo has notado? —respondió Omar después de soltar una sonora carcajada—, claro que sí, ¡y con un rabo que asusta!, según me recordaba con insistencia un conocido. No, era una broma, espero que no te hayas molestado. Pero está bien que me lo hayas preguntado porque iba a pedirte que te quedases aquí. La casa es muy grande, hay sitio de sobra para los dos y todavía hay habitaciones para ir dando vida a esta bonita mansión y a esta isla de ensueño. Paco, esto es el paraíso, créeme.

Le cogió tan de sorpresa que no supo qué responder. Si se había hecho preguntas sobre el sujeto que había irrumpido en su vida de esta manera tan singular, en estos momentos se multiplicaban por diez, y aún se quedaba corto.

—Lo pensaré —respondió Paco—, había empezado a adecentar al Hêtre, ya sabes, el barco en el que vivo, y la verdad es que no está quedando mal.

—Bueno Paco, no hay prisas, ya te he dicho que hay toda una vida por delante —le dijo para no insistir—, si te apetece, comemos algo y mañana será otro día.

Ni en el peor restaurante le hubieran dado una bazofia semejante. Aparte de las sobras de quizás un par de días, los espaguetis que cocinó Paco y puso sobre la mesa estaban sin salsa alguna, pasados y sosos. Era evidente que Paco comía para sobrevivir y que su afición por el arte culinario era inexistente. No es que las habilidades de Omar fuesen dignas de una Estrella Michelin, pero las veces que había ayudado a Carmela a preparar las frecuentes cenas, sencillas pero apetitosas, le habían servido para desenvolverse aceptablemente es estas lides.

Aquella noche fue, como la de antes de regresar a España, una de las más felices de su vida y no precisamente porque estuviese comible aquel sancocho, sino porque habían recuperado la relación amistosa que iniciaron meses atrás. Omar le recordó, palabra a palabra, la conversación de aquella noche en la que le decía que *«...cuando estés recuperado, me gustaría que me ayudases a renovar la empresa...»* y coincidían en que su cementerio de barcos debería diferenciarse de un vertedero. En aquella ocasión compartieron la idea de que aquellas embarcaciones eran merecedoras de un final mejor y en que si algunas de ellas o partes de ellas podían ser restauradas, tenían la obligación moral de hacerlo y devolverlas a la mar.

A la mañana siguiente después de desayunar, poco y caducado, cogieron la pequeña Tarrafal para cruzar hasta Rostellec ayudados por el *bise*, un viento frio y seco que inflaba la latina. Omar se alegró de encontrar a Paco en excelentes condiciones, con iniciativas, resolutivo, físicamente en forma, seguro en el manejo de la caña del timón y hábil orientando la botavara para aprovechar al máximo la fuerza del viento. Su ausencia durante todos esos meses había producido efectos positivos, había forzado a Paco a escoger entre navegar sin rumbo fijo o coger al astado por los cuernos y dar un giro de ciento ochenta grados a su vida. A tenor de lo que había visto hasta el momento, era evidente que había optado por el cambio y quizás no porque fuese mejor o peor, sino porque simplemente iba a procurarle nuevas experiencias en vez de quedarse varado sobre la arena de la playa.

Ya no había restos de la herida en el costado de su cuerpo ni barcas desmembradas en el cementerio de Rostellec. Las algas llegaban con la pleamar, y se iban cuando bajaba la marea sin que ninguna cuaderna o armatoste marino en proceso de extinción las retuviese en la playa. El Hêtre ya no era el mismo, había perdido las muletas que le permitían mantener la verticalidad sobre la arena de la playa y se mecía en el agua amarrado a un bolardo del renovado embarcadero. Su nombre, sobre el recuperado y pintado casco, se leía con claridad a ambos costados de proa y la puesta a punto del motor le había permitido cruzar la bahía, una vez al día, para llevar en poco tiempo mercancías y pasajeros desde Rostellec a Brest.

El cementerio de barcos de Rostellec había dejado de ser un lugar donde se abandonaban los barcos, para convertirse en un lugar de interés comercial y turístico. En un anexo del renovado almacén, Paco había empezado a montar un pequeño museo para exponer diversos componentes de embarcaciones: anclas de diferentes tipos, ruedas de timón, campanas, brújulas, catalejos... En el almacén, las estanterías mantenían ordenado todo tipo de material proveniente del desguace para vender y también había montado un pequeño taller donde reparar todo lo que pudiese de nuevo volver a surcar los mares. Omar estaba asombrado y emocionado con lo que veían sus ojos y la boca se le hacía agua oyendo hablar a Paco sobre las numerosas ideas que desbordaban su mente.

—Otra posibilidad —le dijo Paco que no paraba de hablar de todo aquello que le había dado vueltas durante todos esos meses—, si te parece bien, sería abrir una pequeña cafetería en el pueblo donde puedan tomar algo la gente que viene a comprarnos, los que tienen amarrado algún barco o los turistas que nos visiten. También podríamos...

Omar le escuchaba atento mientras le ayudaba a colocar en el almacén anclas, timones, poleas, electroválvulas, salvavidas, mosquetones y no sé cuántos artilugios más. Al atardecer, cansados y hambrientos, regresaron en la pequeña Tarrafal a la isla.

Omar se fue a comprar a Crozon después de pedirle que se quedase a cenar con él. Después de poner la nevera al día, cocinó una tortilla de patatas con cebolla y beicon, "*made in* Carmela", y la puso sobre la mesa junto a una tabla de quesos, patés variados y unas rebanadas de pan tostado de payés untadas con tomate, ajo y un poco de aceite virgen de oliva. Un económico tinto Château Beaumont, que soltaba la lengua e invitaba a las neuronas a viajar al desvarío, los acompañó a lo largo de toda la velada.

La noche avanzaba sin tregua ni descanso presionando a Omar a pronunciarse en algún sentido, el que fuese, pero que acabase aclarando alguna de las cuestiones que se había planteado Paco durante todos esos meses sobre su extraña aparición en su vida,

—Seguramente te habrás preguntado de dónde he salido yo y sobre que hago aquí —le dijo Omar después de avivar el fuego de la chimenea.

—Lo cierto es que alguna pregunta me he hecho desde que te fuiste —le respondió acomodándose en el sillón y dispuesto a escuchar todo lo que quisiera contarle.

—No es sencillo, son tantas cosas que no sé por dónde empezar —le dijo mientras tres escuetas palabras *«estoy convencido de que soy tu padre»* se bañaban desnudas en el Château Beaumont retenido en su boca.

—Quizás por el nombre de la barca, Tarrafal, nada corriente por estos mares.

—Veo que recibiste mi mensaje —respondió Omar esbozando una mueca de satisfacción—. La pinté y le puse este nombre para llamar tu atención, de hecho, estoy aquí por ti porque ninguna otra cosa se me ha perdido por estos lugares. Nací en Tarrafal como tú, en la isla de Santiago, dos años después de que nacieras..., después regresasteis a Francia con tu madre y tu hermana tras la muerte de tu padre...

Omar le habló de su viaje a la isla de Santiago, de María de Joao y de sus hijos, del doctor Armengol, del padre Javier, de sus padres adoptivos Anisa y Ahmed, de su marcha a Gambia, de la patera hundiéndose en el estrecho y de su llegada a Barcelona escondido en los ejes de un camión. Le hablo de sus abuelos enterrados en el cementerio de Montjuic y de Carmela, dándole cobijo en el piso de la calle Unió, el piso en el que se alojaba su hermana Lola cuando estaba en Barcelona. Le habló de la pared de los dibujos y del interés que despertaban en él hasta obsesionarse con las coincidencias que había con su vida. Le contó que otras cosas que había hecho en su vida carecían de interés pero que no le importaría hablarle de ellas, ya que se había entrometido en tu vida y tenía derecho a saber todo lo que quisiera sobre él.

Paco le escuchó con atención, sin interrumpirle en ningún momento. Algunas de las cosas le traían recuerdos a los que no había querido acercarse desde hacía mucho tiempo por su carácter desestabilizador y otras, sorprendían a su inteligencia por su carácter causal, haciéndole regresar a los años en los que estudiaba en las clases de filosofía *«la conexión necesaria de los fenómenos y el condicionamiento de la causa sobre el efecto...»* en la Universidad de la Sorbonne.

Optaron por irse a dormir cuando del fuego solo quedaba brasa, cuando a través de los cristales les llegaban las primeras luces del alba y después de acordar seguir hablando de todo ello hasta que estuviese sobre la mesa la última palabra, aunque Omar sabía que la última, su otra identidad, nunca pondría ponerla sobre la mesa.

27

La pequeña Îlle du Renard, conectada por un estrecho istmo artificial que permite el acceso a pie cuando la marea baja, se esconde en la bahía de Saint Fiacre de las bravas aguas del Atlántico y de los fuertes vientos con olor a salitre que hinchan las velas de los barcos y limpian el cielo de unas nubes que insisten, un día tras otro, en asentarse en estas tierras como hicieron épicos marinos de todas las épocas,

Al último ocupante de la isla, Kart Axmann, se le llevó un viento fuerte del noroeste mar adentro para compartir las profundidades del mar, con cuatrocientos españoles portadores del virus de la cristiandad que perdieron su vida en una desequilibrada contienda contra cinco mil ingleses y franceses partidarios de otros credos. Ahora la Îlle du Renard despojada del parásito criminal nací por la fuerza de los hechos se preparaba, por derecho a un periodo de existencia gloriosa, para dar cobijo y gozo a los nuevos propietarios.

Un bosque de pinos *halepensis*, de más de veinte metros de altura y poca frondosidad, se extendía por todo el perímetro de la isla dando sombra y relajado paseo a quien tuviese la fortuna de habitar y la sensibilidad para disfrutar en este paraíso antesala del cielo. En el centro, una amplia explanada de un luminoso verde ofrecía a la vista, cuando se cansaba de mirar al mar, un paisaje de ensueño durante las diferentes estaciones del año. Paco y Omar caminaron por la alfombra de acículas secas, rojizas, finas y puntiagudas durante las semanas siguientes, observados por el musgo y los líquenes adheridos a los cuarteados troncos de los árboles. Tenían mucho que contarse porque la distancia y el silencio se habían adueñado de sus vidas durante muchos años.

—He tenido una vida un tanto complicada —le dijo Paco en uno de sus paseos por el bosque mientras rodeaban la isla.

—Algo sé de esa vida —le respondió Omar decidido a poner el mayor número posible de asuntos sobre la mesa.

—¿Qué quieres decir? —le preguntó Paco haciendo un alto en el camino.

—Pues que cuando me enteré por Carmela que nacisteis en Cabo Verde como yo y que el piso que ocupaba era de tu hermana Lola cuando ella se ausentaba, se despertó en mí un interés casi exclusivo por vosotros, por conoceros, saber cosas de vuestras vidas. Ese es el motivo por el que estoy aquí y también por el que pedí información sobre ti al servicio de inteligencia.

—¿Al CNI? —preguntó sorprendido Paco.

—Trabajé durante algún tiempo para algunos miembros del gobierno y me fue fácil, porque me debían favores, pedir su ayuda para localizarte. No quería entrometerme, te lo aseguro, solo quería saber algo sobre esos nombres que se cruzaron en mi camino y reclamaban toda mi atención. Mi intención era dar respuesta a mi inquietud, pero tal como ha ido evolucionando todo solo puedo decirte que no te puedo pedir perdón y que no me arrepiento, porque todo esto que me esté sucediendo es el motivo por el que merece la pena seguir viviendo.

—No me importa que conozcas mi vida —dijo Paco mientras pinchaba con una puntiaguda acícula la palma de su mano—, solo me sorprende que alguien, excepto Lola y mi madre, tenga ese interés por mí. Siempre, quizás por el hecho de presenciar la muerte de mi padre, he vagado física y mentalmente lejos de los parámetros de lo que puede llamarse vida normal. Era una manera de no volver a sentir el inmenso dolor que debí sentir en ese momento. Me hubiera gustado la compañía de ese padre para tener estas conversaciones, para que me escuchara y me hablara de él. Estoy convencido de que, conociendo mi complicada vida, como ahora la conoces tú, no me juzgaría ni me reprocharía nada.

—Estoy seguro de que sería así y espero que mis padres hiciesen lo mismo. Sabes Paco, yo tampoco he tenido una vida fácil —le dijo mientras volvían a la alfombra de acículas secas, rojizas y puntiagudas que silenciaban sus pasos. Como te dije, tenía dieciocho años cuando perdí a mis padres, Anisa y Ahmed, cruzando el Estrecho en busca de una vida mejor. Recuerdo como si fuese hoy las olas crecidas por la bajamar y los fuertes vientos de poniente, como golpeaban con fuerza el casco de la patera empujándola mar adentro. Las más de cincuenta personas que íbamos en ella balanceábamos la barca más que las olas, presos del pánico, hasta que volcó. Los cuerpos se esparcieron por la superficie del mar por la fuerza de las olas, los vientos y las fuertes corrientes de ese brazo de mar que separa España de Marruecos. Mi madre, que no sabía nadar, se agarraba al cuello de mi padre y él intentaba mantenerse a flote mientras me gritaba "¡Sálvate, Omar, por Dios, sálvate!". Fueron las últimas palabras que escuché de él, segundos más tarde, un remolino, producido por el choque de las de corrientes de levante y de poniente, se llevaba sus cuerpos hacía el fondo sin dejarme acercar un solo centímetro a ellos. Dejaron de luchar y se abrazaron mientras yo, impotente, los vi partir girando como en un baile hacia las entrañas del remolino. Abatido física y emocionalmente, me ofrecí al mortífero minotauro del laberinto de los mares para que dispusiera a su antojo de mi existencia. Desperté sobre la arena de

Tarifa en las costas de Cádiz acunado por la corriente de pleamar enviada por los dioses desde el Mediterráneo. Nunca había hablado de ello con nadie hasta este momento.

—Me alegro Omar de que estés aquí y no me importa el camino por el que has llegado.

Caminaron en silencio bajo la sombra de los *halepensis* hasta llegar a casa. Omar, agradecía al Supremo Hacedor y a la virgen María Madre del Amor Hermoso la oportunidad del reencuentro, aunque fuese tarde y vestido de negro. Paco, disfrutaba con la compañía de Omar como se disfruta de la compañía de un amigo, un hermano o un padre después de años de soledad y abatimiento.

Una maleta de tamaño considerable contenía los trajes de vestir más elegantes que habían encontrado, una semana antes de viajar a Avignon, en una *boutique* de Quimper, la capital del departamento de Finisterre en la Bretaña Francesa. Hacía años que Paco no había salido de los ochenta kilómetros cuadrados de la península de Crozon y la mayor parte de ellos los había pasado en la pequeña localidad de Rostellec.

El viaje a Quimper fue para Paco como regresar a la civilización de la que huyo por sus mermadas capacidades para adaptarse a ella. Se sentía aturdido por el bombardeo de estímulos que llegaban a sus sentidos y que generaban un estado de tensión que le impedía caminar al lado de Omar con la tranquilidad que observaba en otros transeúntes.

—¿Te encuentras bien? —le preguntó Omar al ver el rostro desmejorado de Paco y su caminar monótono y aburrido como si se tratara de un *zombi* o de un extraterrestre después de viajar durante mil años luz desde su galaxia.

—Demasiada comida para una boca cerrada —respondió Paco sorprendiendo a Omar con su respuesta concluyente y definitoria de su estado de ánimo.

Enfrentarse a las compras por las que habían viajado a Quimper en ese estado de ánimo era como jugar un partido de futbol después de haber corrido la maratón. Era evidente que lo primero era recuperarse y a Omar no se le ocurrió una idea mejor que entrar en Yves Rocher, un establecimiento que se cruzó en su camino en ese momento y que publicitaba en su cristal *«Abandónese usted en las manos nuestros expertos en salud y estética»*.

Lo más parecido que habían pisado ellos a lo largo y ancho de sus vidas era, salvando las enormes distancias, una peluquería de barrio, en las que el barbero demostraba su veteranía regalando unas palmaditas en los mofletes para reactivar la circulación sanguínea después del afeitado.

—Buenos días —saludó la recepcionista al verlos entrar ensimismados con la esmerada decoración y la relajante ambientación del vestíbulo —, ¿en qué podemos ayudarles?

—Pues si quiere que le diga la verdad —respondió Paco intentando disimular su desconocimiento sobre los servicios de un centro de este tipo—, estamos dudando sobre qué tipo de corte de pelo nos conviene para una boda.

—Pues han acertado ustedes, precisamente tenemos un estilista especializado en bodas *gais* que les orientará sobre...

—Perdone, no me he explicado bien, nosotros no vamos a casarnos, estamos invitados a una boda y...

—Entiendo su discreción, disculpen —interrumpió la recepcionista mientras les regalaba una sonrisa cómplice, en la que los ojos decían más que la mueca de los labios y les mostraba una carta de servicios—. Podemos asesorarles sobre el corte de cabello, también tenemos un servicio de manicura, depilación, masaje tailandés...

—Y el masaje tailandés que ustedes ofrecen, ¿en qué consistiría? —preguntó Omar después de mirar de reojo a Paco que hacía cara de preguntarse cómo iba a acabar todo esto.

La señorita sonrió al escuchar su pregunta favorita, la que le permitía recitar, como un actor desde encima del escenario, las virtudes de la especialidad del centro: *«El masaje tailandés es un masaje dirigido a aliviar las tensiones del cuerpo, las zonas que más sufren en el día a día, el cuello, los hombros, la espalda, los pies. El estrés emocional se concentra en esas zonas y el masaje mejora el riego sanguíneo y libera el estrés mental»* Si le hubieran pedido que lo repitiese una o mil veces más, lo hubiera hecho utilizando las mismas palabras y en el mismo orden.

—Muy interesante, ¿no te parece Paco?

—Sí, sí, parece muy completo.

—Pues vamos a ponernos a su disposición señorita, empezaremos por el masaje tailandés, después corte de pelo, manicura..., bueno, creo que todos sus servicios nos irán bien.

Cuando por la tarde fueron a comprar los trajes, camisas, zapatos y demás complementos para asistir a la boda parecían otros. Las mujeres se giraban para mirarlos y las sonrisas aparecían en sus labios mientras ellos, ciudadanos tocados por la mano de Dios, caminaban flotando sobre el asfalto satisfechos de haberse liberado del estrés mental, de los dolores musculares, del pelo abandonado a su suerte, de las cejas desperfiladas y hasta del vello púbico que se expandía sin control más allá de las ingles.

28

Dos únicas palabras, *«sí, quiero», de* entre más de doscientas ochenta mil de la lengua de Cervantes fueron suficientes para reorientar el curso de unas vidas que fluían separadas y que juntas configurarían la evolución de posteriores generaciones. En ese proceso de creación permanente se encontraban todos los asistentes a la boda y habían llegado hasta aquí como resultado de hechos acontecidos en el pasado, en un pasado reciente o en un pasado remoto, encerrados ambos en un laberinto en cuyo centro se encuentra el origen de la humanidad y que, sobrevivido como tal tras liberarse, una vez tras otra, de las fauces del deletéreo minotauro. Una sola palabra o un solo hecho produjeron cambios en las vidas de los asistentes como se producen cuando se estampa una firma, cuando se unen un óvulo y un espermatozoide o cuando las falanges del índice aprietan el gatillo de un revólver.

Omar estaba sentado allí por "negro", porque si hubiera sido de color blanco seguramente estaría navegando con Pol y Margaret por las apacibles aguas del Mediterráneo o de cualquier otro de los siete mares; Sofie estaba allí, porque Ciriaco llamó a la puerta de su casa tras perderse en un bosque cerca de Avignon una noche en que la niebla campaba a sus anchas; Ciriaco estaba allí, en el cuerpo de otro, porque una bala atravesó su cráneo cuando regresaba de pescar y eso no hubiera pasado si el doctor Juan Armengol no hubiera estampado su firma en un informe que decretaba el ingreso del inspector jefe Márquez en psiquiátrico donde un *electroshock* fue suficiente para freírle los sesos; María, Joao, el padre Javier y todos los otros invitados estaban allí por dos conceptos "familia" y "amistad" y los que no eran portadores de estas etiquetas, continuaban transitando por el laberinto de las especies ajenos e indiferentes a lo que allí se celebraba.

Una boda fue suficiente para reunir a familiares y amigos de distintos lugares de procedencia y también, a aquellos que perdieron la vida pero que la siguen viviendo a través de otros ojos. Un hecho tan singular, que algunos especímenes reducen a un simple cambio de condición "soltero" o "casado" en el registro civil, Lola y Andrés habían decidido convertirlo en un acontecimiento memorable digno de ser recordado y capaz de generar emotivos recuerdos en generaciones futuras. No les falto el apoyo de Sofie en calidad de madre de la novia ni el de Omar, después de que Lola le propusiese como padrino, cosa que él aceptó con un sí rotundo antes de que acabase de hacerle la propuesta.

Había pasado mucho tiempo desde que Ciriaco se despidiera de Sofie antes de salir a echarse un día más a la mar. Sus últimas palabras *«me llevo a Lola a pescar, volveremos al atardecer»* continuaban vivas en la memoria de Sofie, pero Omar prefirió no referirse a ellas para no estropear el feliz acontecimiento. *«Todo a su tiempo»* se dijo, aunque quizás no fuese a llegar ese día nunca.

Sofie agradeció a Omar las atenciones que había tenido con Paco porque el cambio que había observado en él superaba a lo largo y a lo ancho las previsiones de los psiquiatras de la clínica Beau Rivage. Excepto la depilación del bello de las ingles, que Paco y Omar estuvieron de acuerdo en no hacer mención, no hubo parte de su aspecto exterior o interior que no fuese elogiado por ella y por Lola.

—No sé cómo agradecerte lo que has hecho por Paco durante estos últimos meses —le dijo Sofie mientras caminaban por los campos de Mas du Coq en los que seguían pastando las vacas como hace treinta y cinco años. Ella, como entonces, llevaba un chubasquero amarillo y unas botas de color verde vejiga y Omar caminaba a su lado, como hizo Ciriaco hace treinta y cinco años, con la misma intención de cogerle la mano.

—La verdad Sofie es que son las casualidades los artífices de todo y también las que han hecho que hoy estemos aquí, paseando como dos viejos amigos —le comentó Omar mientras la cogía del brazo para ayudarla a cruzar un insignificante arroyuelo.

—Dirás, paseando con una vieja amiga —puntualizó Sofie consciente de los años que les separaban—, todavía recuero el día en que Juan Armengol te trajo a casa y te tuve entre mis brazos. Había pasado un año desde la muerte de mi marido, estaba hundida y aquel bebé me cogió el dedo con su manita y sus ojos, los tuyos Omar. En aquel momento sentí que me decían *«tienes dos hijos Sofie, algo por lo que luchar»*. Después regresé a Francia, aquí, a Mas du Coq, para hacerme cargo de la granja tras la muerte de mi padre.

—Quizás fueron mis ojos Sofie, pero el mensaje estoy convencido que era de tu marido. A veces los seres queridos se comunican con nosotros después de su muerte, aunque no sepamos de qué manera lo hacen.

—Quizás tengas razón. Hay cosas que están sucediendo de tal manera que a veces pienso que Ciriaco me está echando una mano. A pesar de los años que han pasado no ha habido un solo día que no me acordase de él.

Hubiera sido fácil preguntarla si conservaba la bata roja a cuadros de su padre, si recordaba la noche que vinieron de la *gendarmerie* a buscarle o, tan solo expresarle su agradecimiento por su ayuda para escapar a Cabo Verde. Cuatro sencillas frases serían suficientes para decirle que Ciriaco formaba parte de él y que su vida sin él no tendría sentido. No pudo decírselo porque ¿qué especie sobre la faz de la tierra aceptaría un hecho tan singular?

—Volviendo al tema de la boda —dijo Omar con la intención de dejar aparcada una conversación que de seguir en ella cabía el peligro de conducirle a revelar su doble existencia—, tú sabes mejor que yo la boda que le gustaría a Lola y a mí, me gustaría que fuese uno de los días más felices de su vida.

—Lo sería si estuviese su padre, era la niña de sus ojos, *«un regalo del mismísimo Creador»* decía él.

—Bueno, de una u otra forma él está aquí, quizás podamos hacer que sienta su presencia.

—¿Cómo?

—Haciendo lo que haría él, no dices que era la niña de sus ojos, pues entonces organiza la mejor boda que puedas imaginar y no te preocupes del gasto, de eso me ocupo yo.

—Ya has hecho bastante comprando la empresa donde trabajaba Paco y la casa en esa pequeña isla.

—Solo ha sido una buena inversión y el tema de los barcos me encanta. Además, gracias a Paco las cosas están yendo muy bien, y como dice él, sopla viento de popa y hay que seguir navegando.

—Solo un padre haría todo esto por un hijo.

—Bueno, también lo haría un familiar o un conocido que anduviera solo por este laberinto de vida.

La voz de la soprano Sandra Pastrana acompañó los acordes de piano de la marcha nupcial de Mendelssohn cuando Lola entró, del brazo de su hermano Paco, en la abadía cisterciense de Sénanque. Estaba hermosa como el campo de lavandas que rodeaba el monasterio y resplandeciente como el sol que se vestía de gala aquella mañana de primavera. Tras ella iba Sofie del brazo del padre Javier, párroco de Santo Amaro y portador oficial de las almas de Ciriaco y de Juan Armengol, que había llegado unos días antes desde Cabo Verde con María, Joao, su esposa Ana, y los pequeños Manuel y Santiago. De Barcelona, además de la familia y amigos de Andrés, estaba presente el padre Anselmo en calidad de portador de las almas de Dolores, Francisco y Carmela, acompañado de Pedro, que ladeaba su cuerpo al andar a causa de una ligera cojera, y que representaba a todas las prostitutas y carteristas del barrio del Raval, porque a la boda de la nieta de la mítica Dolores, "Lola", y el escurridizo carterista Francisco, "Paco", no podían hacerle un feo.

A Omar le hubiera gustado llevarla del brazo al altar, pero ante la imposibilidad de presentarse con la identidad de Ciriaco aceptó de buen grado que fuese Paco, hijo de ambos, quién asumiese ese papel que el protocolo nupcial otorga al progenitor. Por otro lado, pensó que Paco mejoraba la escenografía gracias a las actuaciones de los estilistas de Quimper que habían conformado una apariencia mucho más atractiva y rica en detalles visibles que la de él, en quién las precisas pinceladas del artista pasaban más desapercibidas tras el color chocolate su piel.

Omar se sentó junto a María, Joao, Ana y sus hijos, no porque fuesen del mismo palo de la baraja, que lo eran, sino porque dónde mejor le ubicaba Sofie era en ese grupo de amigos llegados de Cabo Verde a los que reservó los primeros bancos. En los de al lado se sentó Julia, amiga de Lola y de Andrés, que llegó de Barcelona la misma mañana de la boda con algunos compañeros del hospital amigos de ambos.

Julia se quedó muy sorprendida al encontrarse de sopetón con Omar allí, en la abadía de Sénanque y por el trato tan familiar que tenía con Lola y con su familia. Solo habían podido intercambiar un breve saludo acompañado por un gesto de Omar con la mano con el que le decía que aplazaba para más tarde las explicaciones, lo que no pudo impedir es que se reactivase en su memoria el recuerdo de la esplendorosa noche que pasaron juntos en el hotel Majestic.

El murmullo de los asistentes cesó cuando el padre Javier salió de la sacristía con la casulla de seda blanca adamascada bordada con hilo de oro. Antes de dirigirse al altar se acercó a los novios y les estrecho cariñosamente las manos, después de pedir a los asistentes que se sentaran leyó un párrafo de la carta Pablo de Tarso a los corintios.

«Nuestro Señor empezó su ministerio terrenal asistiendo a una boda y Él, usó el matrimonio para ilustrar su amor para su iglesia y nos enseñó que la base para todo matrimonio debe ser el amor. El amor es sufrido, es benigno, el amor no tiene envidia, el amor no es jactancioso, no se envanece, no es indecoroso, no busca lo suyo, no se irrita, no guarda rencor, no se goza de la injusticia, más se goza de la verdad. Todo lo sufre, todo lo cree, todo lo soporta. El amor nunca deja de ser...»

Omar dejó de escuchar al padre Javier que continuaba con la liturgia pertinente para una boda y ancló sus cinco sentidos en Sofie. Sentada junto a su hijo Paco en el banco de delante, iba vestida con un bonito traje de chaqueta azul turquesa a conjunto con un bolso de Lolita Blu que le hizo recordar a Omar sus primeros trabajos para la mafia senegalesa o cuando reclamaba en las iglesias los porcentajes por las concesiones fraudulentas de la administración. Pensó en Conde, en la colosal cantidad de dinero que le guardaba, junto con el suyo, en una caja de cartón en el almacén de Rostellec, Sonrió al pensar qué nivel alcanzaría su cabreo si supiese que hasta el más pequeño rincón de la iglesia estaba adornado con la flor del amor la rosa blanca, que los pétalos de las orquídeas tapizaban un pasillo de color blanco con tonalidades rosadas que llevó a los novios en andas hasta el altar, que los viajes de los invitados incluidos los gastos de hotel, manutención y hasta el más pequeño detalle de la boda se estaban pagando con su dinero.

Sandra Pastrana interrumpió sus pensamientos cuando entonó el *Ave María* de Schubert y su voz inundó de música los austeros espacios de la abadía, mientras los pequeños Manuel y Santiago, caminaban por la alfombra de flores llevando los anillos en almohadillas blancas.

—Y tú, Lola Blanco Legrand, ¿quieres recibir a Andrés Valls Estrada como esposo y prometes serle fiel en la prosperidad y en la adversidad, en la salud y en la enfermedad, amarle y respetarle hasta que la muerte os separe? —le preguntó el padre Javier poco después de preguntárselo a Andrés.

—Sí, quiero —respondió Lola mientras los invitados sacaban sus pañuelos para secar alguna lágrima que se negaba a abandonar la comisura de sus ojos.

—Por el poder que Dios me otorga, yo os declaro marido y mujer.

Omar no pudo evitar que su mano se posase dulcemente sobre el hombro de Sofie, ella cerró los ojos y sintió que aquella mano era la de Ciriaco y que con su presencia bendecía la unión en matrimonio de su queridísima hija Lola.

La celebración continuó en el jardín de Mas du Coq. Una empresa de prestigio especializada en organizar eventos, que Omar contrató y Conde pagó, se encargó de todo lo necesario para que los novios y todos los invitados disfrutasen de ese día. Montaron pérgolas adornadas con flores y farolillos; mesas con manteles blancos, vajilla y cubertería de diseño; hermosos centros de flores que aromatizaban a los comensales y hasta una pequeña orquesta amenizó la fiesta desde su inicio al medio día hasta altas horas de la noche.

Sofie quiso que Omar se sentase a su lado en la mesa de los novios en la que también se encontraba Paco y los padres de Andrés. Ciriaco estuvo presente en la boca de todos los asistentes y en especial en la de Sofie, que después de ponerse en pie y levantar su copa «*Quiero dedicar este brindis a mi marido, Ciriaco, el amor de mi vida. Siento su presencia y sé que él está observando la boda de su querida hija a través de mi corazón y mis ojos...*» Cuando se sentó después de que todos brindasen, Omar cogió su mano y la llevó a sus labios para dejar sobre su palma un beso cargado de amor y de ternura.

29

Omar regresó a Mas du Coq un mes después de la boda de Lola, sin haber podido dejar de pensar en Sofie ni un solo instante. Durante ese mes recorrió una y otra vez el camino de pinaza que rodeaba la isla a la sombra de los *halepensis* dándole vueltas a la esquizofrénica idea de la resurrección. El raciocinio apartaba de su pensamiento la idea del renacimiento de la carne tan distinta de color de la de Ciriaco, pero ¿y el alma, la mente o la esencia, ¿cómo podían desaparecer al no ser materia y por tanto indestructibles? Quizás la mente humana no esté preparada para entender la presencia de los ausentes o quizás sea simplemente la incapacidad de aceptar que alguien, como un virus invasor, se adueñe de nuestro ser y condicione nuestras decisiones. Si el ser humano recibe patrones de conducta de sus semejantes como el mamar, el gatear, el andar con los pies, el escribir con las manos..., ¿porqué no puede recibir de los ausentes sus recuerdos y sus sentimientos?

Su negro cuerpo había sido el vehículo escogido, por el Dios creador, la naturaleza o por quién quiera que fuese, para albergar el alma de Ciriaco. Ese día, en que una pareja de británicos navegaba en un velero frente a las costas de Tarrafal, la esencia de Ciriaco encontró cobijo en el útero de Margaret, después de que su cuerpo perecedero cayese abatido sobre la arena de la playa atravesado por una mortífera bala de nueve milímetros disparada por el agente de policía José Conde.

Aceptar compartir su intimidad con Ciriaco fue lo más hermoso que le había pasado en su vida y esa última noche de reflexiones profundas, antes de su viaje a Mas du Coq, Omar y Ciriaco o Ciriaco y Omar, *se* prometieron bajo un cielo cubierto de estrellas caminar juntos por el laberíntico mundo de las especies hasta que el deletéreo minotauro pusiera fin a sus vidas.

Esa noche llamó a la puerta de Mas du Coq como hizo Ciriaco cuando tan solo tenía dieciocho años. Había llegado al anochecer después de conducir durante todo el día ansioso por andar con Sofie por el camino de rosas que ya había recorrido con Lola y con Paco y que tanta dicha le había procurado. Dejó la ranchera aparcada junto al letrero del camino de acceso, en el mismo sitio que le dejaba el taxi cuando le recogía en la estación de Avignon o cuando iba con su *VeloSolex* desde su apartamento en la ciudad. Esta vez no caminaría entre los álamos en la oscuridad de la noche ni se quedaría en el porche escondido mirando a Sofie tras los cristales. Esta vez Póker le esperaba en la entrada, con la boca abierta y moviendo el rabo satisfecho por el acierto de su olfato, para acompañarle cruzándose en el camino una y otra vez y dando vueltas a su alrededor hasta llegar a la casa, después, se sentó y esperó que Omar golpease la puerta con los nudillos. Como hace algo más de cuarenta años, se encendió una luz en el porche e instantes después Sofie abrió la puerta.

—¡Omar! —dijo Sofie al verle bajo la luz del porche junto a Póker que, sentado sobre sus nalgas y meneando el rabo, debería haberla avisado de la llegada de un intruso que en opinión del perro no debería ser catalogado como tal y que una vez abierta la puerta ambos coincidirían en ello.

—Hola, Sofie, perdona que me presente a estas horas...

—Pasa Omar, pasa —le interrumpió Sofie para no dejar plantado como un pasmarote a quién había tenido tantas atenciones con su hijo y tanto interés por la boda de Lola.

—Gracias —le dijo mientras restregaba los pies en la alfombrilla de la entrada.

—¿Ha pasado algo?

—No, no, todo está bien, no ha pasado nada. La cuestión es que tenía que venir a Avignon a devolver las llaves de un pequeño apartamento y también a llevarme una *VeloSolex* que compré hace un par de años.

—¿Un apartamento en Avignon? —dijo Sofie de nuevo sorprendida mientras se dirigía hacia la sala de estar que tantas veces había visto Omar a través de los cristales.

—Bueno, hubo un tiempo que viajaba con frecuencia a Suiza y a veces paraba en Avignon..., una historia larga que me te contaré algún día.

Se sentaron y hablaron durante largo rato de lo bien que había ido la boda de Lola, del impresionante cambio de Paco de lo contenta que estuvo ella al volver a ver al padre Javier, a María, a Joao..., de lo divertidas que estuvieron las amigas del Raval, de Pedro...

—Charlando y charlando se nos ha ido el santo al cielo —dijo Sofie al levantarse del sofá—, prepararé algo de cenar y mientras seguimos hablando.

Omar se sentó en la mesa de la cocina frente a una ventana en la que reflejaba Sofie en los cristales mientras preparaba, de espaldas, algo de cena. Una imagen surgió de las entrañas de su cerebro como el destello de un *flash.* Se vio sentado en el mismo sitio de esa mesa observando a Sofie que, como ahora, preparaba algo para cenar vestida con una camisa blanca que sobrepasaba ligeramente sus muslos y transparentaba difuminada la silueta de su cuerpo desnudo. Ella, como hizo entonces y sin saber porqué, observó el rostro de Omar reflejado en el cristal y se dio cuenta de que la estaba mirando. Tuvo la sensación de que aquella situación ya la había vivido y no tardó en recordar que fue Ciriaco quién sentado en esa mesa se la comía con los ojos. Fue tan agradable ese recuerdo que continuó incorporando ingredientes a la ensalada para no perderlo.

Se sentó frente a él. Sofie llevaba un fino jersey de lana de color negro que hacía resaltar su piel ligeramente tostada y perfilaba la silueta de un cuerpo que mantenía la compostura a pesar de los años. Llevaba el cabello a lo *garçon*, corto, desigualado, con el cuello despejado y un peinado desenfadado que permitía que algunos mechones rompieran con la monotonía de la frente. Su color blanco enriquecido con una gama de grises que creaba volumen, le daban una apariencia juvenil y a la vez madura que la hacía más atractiva. Entre la lechuga y el queso Omar levantó la mirada y se perdió en sus ojos oscuros y en los pequeños pliegues en los costados que los hacían más interesantes; con el apio recorrió su nariz perfilada y con el tomate se fijó en su boca, en la comisura alegre de unos labios carnosos que invitaban al beso. De haber tenido más ingredientes la lechuga quién sabe dónde hubiera acabado el minucioso análisis.

—Una agradable ensalada —le dijo Omar consciente de que podía acabar incomodando a Sofie.

—A mis años, ya sabes, hay que cuidarse —respondió Sofie conocedora de su buen aspecto y quizás esperando que Omar lo corroborara.

—Picasso dijo una vez *«Uno empieza a ser joven a la edad de sesenta años»* cuando tenía noventa todavía seguía llenando de vida sus cuadros. Yo creo Sofie, que tú andas por el mismo camino.

Ese halago tan delicado no se lo esperaba y aunque pudo mantener el color en su rostro, no pudo evitar que las pupilas de sus ojos se dilatasen y que en sus labios apareciese una sonrisa de satisfacción y agradecimiento. Acostumbrada a la soledad, aquella noche volvió a sentir lo agradable que es la compañía, el poder conversar con alguien y sobre todo con quién le acercaba con cada palabra a sus hijos Lola y Paco, o a aquellas personas con las que compartió los años más felices de su vida. Desde el fallecimiento de Ciriaco y tras regresar a Francia, solo había tenido tiempo de dedicarse a sus hijos y a la granja que su padre, Pierre, le dejó al morir de un infarto fulminante pocos meses después de su regreso. Hoy se sentía satisfecha y con el deber cumplido y los años la habían obligado a reducir el volumen de ganado y el tiempo que les dedicaba.

Pasada la medianoche, más por decoro que por cansancio, Sofie le acompañó a la habitación que utilizaba Lola cuando venía a visitarla. Antes de dormirse, Sofie recordó su boda con Ciriaco en la parroquia de Santo Amaro de Tarrafal pocos días después de que ella y Juan Armengol desembarcasen en el puerto de Praia en la Isla de Santiago. Asomados a proa, vieron a Ciriaco esperándoles en el puerto dos meses después de que huyese de Barcelona en el Santo Antao para salvar su vida. También fue el padre Javier quién ofició la ceremonia a la que tan solo asistieron su tío Juan, Pierre, el padre de Sofie, y María De Melo. Ella llevaba un vestido de hilo con los contornos estampados con flores de vivos colores que María le había comprado en Praia y él, una camisa blanca de cuello Mao y un pantalón del mismo color sujeto a la cintura por un pañuelo adamascado que combinaba todos los rojos. Se quedó dormida con el beso de Ciriaco después de que el padre Javier les declarase marido y mujer.

Cuando Omar se levantó a la mañana siguiente se encontró una nota sobre la mesa de la cocina *«Te he dejado unas botas y un chubasquero a la entrada. Si te apetece, después de desayunar, ven a los establos. Póker te indicará el camino»* Se acercó a la ventana y vio a Póker en el porche moviendo el rabo ansioso de tanto esperar. El cielo estaba cubierto y un chirimiri caía sobre la capucha del chubasquero amarillo mientras caminaba siguiendo al avisado animal. Quizás su otra identidad, Ciriaco, le hubiera llevado por el mismo camino porque aquella mañana que dio un giro a su vida de trescientos sesenta grados había quedado grabada en su alma para trascender, como un reflejo heredado, a futuras generaciones. Omar la encontró como la encontró Ciriaco hace más de treinta y cinco años, entre balas de paja y arrastrando una carretilla que, a juzgar por la curvatura de su cuerpo, debía pesar lo suyo. Ella, giró la cabeza al oír ladrar a Póker y vio llegar a Omar enfundado en el chubasquero amarillo y las botas verde vejiga que le había preparado. Le recordó el día que Ciriaco se acercaba por el mismo camino con su camisa blanca y sin el chubasquero ni las botas que le había dejado junto a la puerta de entrada. No pudo impedir que una emotiva lágrima brotase en sus ojos después de dejar la carretilla y de sentarse sobre una de las balas para disfrutar de ese precioso recuerdo que dormía en su memoria.

—Buenos días, Sofie —le dijo Omar al llegar y después de darle un par de besos en cada mejilla—, he dormido como un tronco. Hacía años que no dormía tanto y tan profundamente.

—¿Desayunaste?

—Te he vaciado la nevera —respondió Omar sonriendo mientras se sentaba a su lado.

—Ahora, cuando venías por el camino con Póker me recordaste a mi marido cuando por casualidades de la vida sus pies le trajeron hasta la puerta de mi casa. No a todo el mundo le sirven la felicidad en bandeja, aunque tampoco a todo el mundo se la arrebatan de golpe.

—Solo se arrebata la vida Sofie, Ciriaco sigue y seguirá estando a tu lado.

—Gracias Omar, tienes razón, como decía Wordsworth *«la belleza siempre subsiste en el recuerdo»*

Omar la cogió la mano y ella la dejó relajada abrazada por el calor de la suya mientras Póker los miraba con la boca abierta, la lengua fuera y meneando el rabo. Cerraron los ojos y dejaron que sus pensamientos vagasen como las aguas del océano hasta perderse en el horizonte.

—El otro día, cuando llegué, te dije que había venido a devolver las llaves del apartamento —le comentó Omar animado por el éxito del encuentro—, lo que no te dije es que también he venido a pedirte algo.

—Si está en mis manos Omar —le respondió Sofie que mantenía sus ojos cerrados y quizás confundiendo su voz con la de Ciriaco—, pídeme lo que quieras.

—Pues, me gustaría que vinieses a vivir con Paco y conmigo a de Saint Fiacre.

Sofie abrió los ojos golpe y soltó la mano de Omar como si despertase de un profundo sueño y dudase de si lo que había oído formaba parte de uno o de otro lado de su consciencia.

—¡A Saint Fiacre! —dijo mientras le miraba a los ojos sorprendida por la propuesta.

—Bueno, es un lugar muy agradable —continuó Omar procurando no tener un "no" por respuesta.

—He estado en un par de ocasiones a ver a Paco, pero vivir allí no se me había pasado por la cabeza.

—A mí tampoco se me había ocurrido y sin embargo ahora estoy muy contento de estar allí. Estoy seguro de que a ti también te gustaría, Paco estaría feliz de tenerte a su lado y Lola podría veros a los dos cuando viniese.

—No sé qué decirte, mis hijos son muy independientes y yo, estoy acostumbrada a vivir sola.

—Yo también he estado solo muchos años y no sabes lo bien que me sienta la compañía de tu hijo.

—Y a él la tuya, lo que has hecho por él solo lo haría un padre.

—No exageres Sofie, cuando se tiene el corazón de Paco todo resulta sencillo y si vinieses a Saint Fiacre afianzarías los logros que ha conseguido. Tendrías que verle como lleva la empresa, tú que viste como estaba te sorprendería de los cambios que está llevando a cabo. Me siento muy orgulloso de su amistad y muy contento de compartir la vida con él.

—¿Y todo esto lo has hecho porque naciste en Tarrafal como ellos? No acabo de entender tu entrega y tu interés por todos nosotros.

Omar se quedó pensativo buscando una respuesta que le permitiese salir airoso de este envite. Su verdad, *«Ciriaco está dentro de mí»,* sería difícil de entender, imposible de aceptar y además acarrearía consecuencias contrarias a sus deseos de aproximación progresiva. La táctica seguida con Lola y con Paco había sido útil por lo que pensó que, por lo menos en estos momentos convenía mantenerla.

—Es difícil de explicar, pero creo que las casualidades tienen mucho que ver en ello. Conocer a Carmela, compartir el piso de la calle Unión con Lola, conocer a María y a su familia Tarrafal, las charlas con el padre Javier..., en fin, creo que todo en su conjunto me haya hecho sentir parte de una familia. Perdí a mis padres biológicos, a Juan Armengol que se hizo cargo de mí, a Anisa y Ahmed que me adoptaron unos años después y que murieron cruzando el Estrecho. Lo más parecido a una familia que tengo en estos momentos sois vosotros y me gustaría seguir disfrutando de esta nueva oportunidad que me da la vida. Quizás si vienes a Saint Fiacre sea también para ti una oportunidad que no debes desaprovechar.

Aquella semana Omar la estuvo ayudando en la granja sin que ninguno de los dos volviese a hablar de un tema que necesitaba silencio y reflexión. Durante el día Omar aprovechó para poner sobre la mesa todo lo acontecido en su vida, excepto el tema crucial de su doble entidad. Fue más allá de lo que había explicado a Lola y a Paco. La habló de la acogida de Carmela en el piso de la calle Unión, de su interés por Lola, por su trabajo y sus conferencias, del viaje a Marrakech, del atentado y de su donación anónima de sangre. La habló de lo bien que se sentía en el piso de la calle Unión contemplando la pared de los dibujos y disfrutando de las largas veladas con Carmela; de la mafia senegalesa y de su trabajo como mantero; de las citas con Conde, hijo del agente que mató a Ciriaco, para el que trabajó en casos de corrupción y de los viajes a Suiza y sus paradas en Avignon para verla a ella. Le habló del dinero que había acumulado trabajando para Conde, de la prisión de Soto del Real y de Julia, obviando entrar en detalles. La habló de su viaje a la isla de Santiago, de su expediente del registro civil y de Somada, la camarera del aeropuerto que hizo que se quedase en la isla y que le permitió conocer al padre Javier, a María y su familia. Le habló del expediente del CNI sobre Paco, de su viaje a Rostellec, de la compra de la empresa, de la casa del nazi Kart Axmann y de su muerte tras herir a Paco de bala. Le habló de las noches con Paco sentados en el porche a la luz de las estrellas y de su viaje a

Quimper para que un estilista pusiera en orden, desde la cabeza a las ingles, su descuidada apariencia.

Aquella última noche en Mas du Coq cenaron en el jardín a la luz de las llamas de unas velas que serpenteaban en el aire por el suave soplo de los alisios. Comenzaba el mes de septiembre, la temperatura de la noche invitaba a ponerse alguna prenda ligera de abrigo, a contraer sus cuerpos y a reducir la fluidez de las palabras después del alud de confesiones de toda la semana. Omar se había desahogado al poner sobre la mesa casi toda su vida con toda suerte de detalles y Lola le había escuchado con toda la atención que puede ponerse cuando alguien traspasa los límites de las relaciones sociales e invade el espacio personal. No estaba molesta por nada, pero sí desconcertada por la sinceridad de Omar y aunque había hechos que la ponían en un estado de alerta, otros, sin embargo, la tranquilizaban y la obligaban a expresar su agradecimiento.

Aquella última noche Omar le pidió si podía dormir en el sofá de la sala de estar y ella, sorprendida por el inusual deseo, no hizo ninguna objeción, le llevó una manta y se despidieron como todas las noches con un par de besos en cada mejilla.

—Buenas noches, Omar.

—Buenas noches, Sofie.

Echado sobre el sofá como la primera vez que Ciriaco estuvo en Mas du Coq hace treinta y cinco años, recordó la luz de la habitación de Sofie que se filtraba por debajo de la puerta y que le permitió ver, en la penumbra, que había otra vida posible más allá de la que estaba viviendo en aquellos momentos. Recordó que la puerta se abrió lentamente y que entornó los ojos mientras la silueta de Sofie se aproximaba al sofá como un espectro y que acercaba su rostro al suyo con la esperanza de que su aliento delatara sus sentimientos. Omar volvió a cerrar los ojos y volvió a sentir que un ángel le abrazaba con sus alas blancas inundando su corazón de un tierno amor y de ilusiones imperecederas. Como aquella noche, Omar cayó en un plácido y profundo sueño prometiéndose a sí mismo que amaría a Sofie en la prosperidad y en la adversidad, en la salud y en la enfermedad, y la sería fiel hasta más allá de la muerte.

Como aquella noche Sofie no apagó la luz de su mesilla extrañada por aquella coincidencia. En aquel sofá durmió Ciriaco, un joven de dieciocho años que se había perdido en la niebla y que llamó una noche a la puerta de su casa. En el mismo sofá hoy dormía Omar, una aparición inesperada en su vida que había abierto de par en par sus más íntimos recuerdos. Recordó la noche en que se amaron tiernamente poco antes de abrir la puerta, envueltos en una sábana, a unos gendarmes que buscaban a Ciriaco y de que se lo llevaran. Había pasado mucho tiempo, pero la misma fuerza de aquel entonces la hizo levantar de la cama, abrir la puerta y acercarse con sigilo al sofá donde dormía Omar. Sofie se sentó a su lado y cerró los ojos mientras escuchaba su respirar profundo, las lágrimas corrían por sus mejillas imparables como los años que habían pasado recordando a Ciriaco y por el ángel que Dios le había enviado en el atardecer de su vida. Aquella noche, a la luz de la misma penumbra, Sofie se prometió que esta vez nada de este mudo les separaría.

30

La tonadilla de Boccherini volvió a sonar una vez más y Omar se acercó a la repisa de la chimenea donde solía dejar el teléfono. Era un móvil nuevo que había comprado después de colocar en el bolsillo de Kart Axmann el que Conde le facilitó en una de las primeras citas en el cementerio de Montjuic. *«De poco va a servirle a Conde en el fondo del mar junto a la isla de los Muertos y en el bolsillo de un fiambre que no piensa atender la llamada»* pensó mientras recordaba sus demoras en contestar que le hacían perder los nervios.

—Hola, Julia, ¿qué tal estás? —le dijo al ver su nombre en la pantalla. Habían pasado seis años desde que se encontró con Julia en la boda de Lola y desde entonces no habían vuelto a verse, aunque solían llamarse con alguna periodicidad como hacen los buenos amigos.

—Bien, muy bien, ¿y tú?

—Bien, ¿pasa algo?

—No, solo quería saber si estás al corriente de las últimas noticias.

—Pues la verdad es que estoy bastante desconectado, salvo las destacadas que aparecen en los periódicos no estoy al corriente de nada.

—Probablemente en la prensa francesa no habrán publicado nada, por eso te llamo, se trata de Conde, salió de Soto del Real la semana pasada.

—Siete años le habrán ido bien para calmar sus nervios, y Sandro, ¿salió también?

—A Sandro le quedan todavía tres años y respecto a Conde, quería que supieras que vino a verme con la intención de que te hiciese llegar un mensaje.

—¿Y?

—Le dije que no sabía nada de ti, que desde entonces no nos habíamos vuelto a ver.

—¿Y se lo creyó?

—Creo que no, tengo la sensación de que me ha estado siguiendo, me pareció verle una noche a la salida del hospital, ¿ten cuidado?

—No te preocupes Julia, es como buscar una aguja en un pajar. De todas maneras, gracias y lo mejor, solo por precaución, es que no utilicemos nuestros teléfonos durante una temporada.

—De acuerdo, creo que es lo mejor. Si quieres algo llámame al hospital.

—Lo haré —le dijo mientras dudaba si debía añadir alguna cosa más—, me encantó conocerte y recuerdo a menudo los momentos que pasamos juntos, fui muy afortunado al recibir tu amistad y tu cariño.

—Gracias Omar por tu compañía en aquellos momentos difíciles, yo también guardo un grato recuerdo. Espero que algún día podamos volver a vernos y charlar un rato como hicimos en la boda de Lola.

—Seguro que sí Julia, no habrá una despedida para siempre, cuídate.

—Un abrazo Omar, volveremos a vernos.

El verano llegó a Île du Renard después de una larga primavera que había sembrado de amapolas silvestres el verde césped que cubría el corazón de la isla. Los altos *halepensis* seguían regalando sombra, un año más, a un camino mullido por las rojizas agujas de los árboles que rodeaban la isla. El sol alargaba su presencia antes de caer por el horizonte esparciendo a los cuatro vientos la borrachera de colores que la mano del Creador pintaba sobre la superficie del agua. La noche llegaba caminando lentamente por todos los azules con su vestido estampado de luminosas estrellas chispeantes provocando, en el privilegiado escenario de los ojos, entusiasmados bailes. El verano llegaba una vez más llamando a las puertas del espíritu sensible invitándole a la contemplación, a la exaltación de la belleza, al olvido de lo trivial y de lo pasajero, a la quietud y la placidez tantas veces perdida en el laberinto de las especies. El verano llegaba para favorecer el encuentro entre los que se aman y para poner en sus labios tiernas palabras.

El verano llegó para todos ellos con el viento que viaja hacia el Ecuador durante esta época del año. Llegó para Paco que se había casado con Alize, una maestra que daba clases en el colegio de Saint Fiacre, y para su preciosa hija María de tres años, una preciosa niña con unos grandes ojos de color turquesa y un cabello sembrado de tirabuzones de oro; llegó para Lola y Andrés, y sus dos hijos, Yaco de cinco años y Juan de tres que vivían en casa de la abuela, en Mas du Coq, a pocos kilómetros del hospital de Avignon donde trabajaban; para Sofie que accedió a irse a vivir a la isla un año después de que Omar viajase cada semana a Mas du Coq a verla y a insistir en que fuera a vivir con ellos; y también llego un verano más para Omar que no cejó en su empeño de acercarse a ellos para dar cumplida satisfacción a sus deseos y a los de la entidad con la que compartían el alma desde hacía cuarenta y cinco años.

Paco, su mujer y sus hijas vivían en la isla, en una casa que habían remodelado para dar cabida a todos y era durante los meses de verano y las fiestas de Navidad cuando colgaban el cartel de completo. Paco había convertido el destartalado cementerio de barcos de Rostellec en una empresa que crecía, creaba puestos de trabajo, invertía y daba asistencia a una comunidad apasionada por el mar y carente de unos servicios de mantenimiento de proximidad, y de transporte de mercancías y pasajeros por todos los puertos del departamento de Finisterre. Omar le echaba una mano cuando veía que el trabajo le desbordaba, aunque *«de esto no tengo ni idea»,* era la frase que más utilizaba para alejarse lo suficiente para que Paco hiciese y deshiciese lo que creyera conveniente. Omar prefería coger la pequeña mano de María y caminar hasta el colegio contándole historietas que la niña le pedía repetir, una y otra vez, desde que salían de casa.

Lola, Andrés y sus hijos iban a pasar las vacaciones a la isla y siempre que podían escaparse del trabajo. Desde que Lola tuvo al pequeño Yaco, había reducido su asistencia a congresos que supusieran largos viajes y días de estar lejos de Andrés y de sus hijos y si no tenía más remedio que asistir, Omar se ofrecía a acompañarla *«así estiro las piernas»*, solía decir, aunque no era necesario porque Lola estaba encantada de que le hiciese compañía.

Sofie se quedó a vivir en la isla un año después de la boda de Paco con Alize. Tenía aquel verano sesenta y cinco años, dos hijos, tres nietos y un amigo veinte años menor que ella que no la dejaba ni a sol ni a sombra. Desde que perdió a su marido no había tenido tanta compañía como hasta ahora. Los primeros años fueron muy duros y si superó esa etapa fue porque los niños no le daban tregua y ella encontró en Lola y Paco todo el cariño que necesitaba. Cuando crecieron y la dejaron sola en Mas du Coq, cayó en un estado depresivo que disimulaba delante de ellos cuando venían a visitarla y que superó con los años volcándose en el trabajo de la granja. Si ahora le preguntasen cuál era el momento del día que esperaba con más impaciencia, su respuesta hubiera sido *«cuando me siento con Omar y conversamos al otro lado de la isla después de caminar por la mullida alfombra de hojas de pino»*

Aquella tarde de verano Sofie y Omar estaban sentados en su tronco predilecto, al lado opuesto de la casa al otro extremo de la isla, mirando como los niños corrían y jugaban en el césped lanzando una pequeña pelota para que Póker corriera a buscarla dando saltos, sacando la lengua y meneando el rabo contagiado por la alegría y el jolgorio de ellos.

—Gracias Omar por todos estos años —le dijo Sofie después de cogerle la mano y de acariciarla con toda la ternura que brotaba de su recuperado corazón—, eres el artífice de mi regreso a la vida después de tantos años. Esta es la vida que soñé cuando conocí a Ciriaco, cuando vivíamos en Tarrafal con nuestros pequeños.

Omar mordisqueaba una aguja de pino mientras la escuchaba y aunque sus ojos continuaban mirando a los niños había bajado el volumen de sus voces para centrar toda su atención en Sofie, el amor de su vida.

—Si me preguntasen hoy ¿quién es Omar? —prosiguió Sofie—, diría que Omar es un enviado de mis seres queridos, los que transitan con sus blancas alas por los cielos del Paraíso. Les diría que es un regalo de Ciriaco, de sus padres Dolores y Francisco, de su tío Juan, de mi padre. Les diría que es un ángel querubín, guardián de la obra de Dios enviado por Él para amarme y protegerme hasta que la muerte nos separe. Hay tanta felicidad en mí que no hay penuria en este laberinto de las especies por la que no sea capaz de enternecerme gracias a la humanidad que tú me has mostrado. Lo que has hecho y estás haciendo por mis hijos y por mí, supera con creces las mejores previsiones que pudiese tener sobre la vida después de perder a mi marido.

—Gracias Sofie, tú conoces cada detalle de mi vida y desde luego no soy un ángel y menos un ángel favorito de Dios por más que te empeñes. Lo del envió de tus seres queridos puede que haya algo de eso, aunque seguro que si me escogieron a mí es porqué no disponían de la pasta necesaria para un candidato mejor dotado en estas artes. De ser así, haría tiempo que te hubiera dicho... —Omar se quedó en silencio, mudo, como si hubiera desaprendido todas las palabras que son necesarias para formar una frase.

—¿Te ha comido la lengua el gato?

—La verdad es que, aunque no soy trigo limpio, no me gustaría que mi lengua fuese a parar a los gatos, perros y menos a ratones.

—¿Entonces? —insistió Sofie mirándole a los ojos.

—Pues que, si fuese cierto lo que has dicho de mí, hace tiempo que te hubiera pedido... que te casases conmigo.

Sofie llevó la mano de Omar a sus labios y la besó mientras la emoción recorría cada centímetro de su cuerpo. En el escenario de su corazón sonaban campanas y un polvo de estrellas resplandecientes caía sobre Ciriaco y sobre ella cuando se besaban a la salida de la parroquia de Santo Amaro. Juan, María, Joao y su padre Pierre lanzaban al aire pétalos de rosas blancas y colgaban sobre sus cuellos rosarios de corolas de jazmín para que su suave aroma embriagador los acompañase todos los días de su vida. Pensó que todo el mundo debería tener esa mano que acunase su rostro y que en su cuenco quedasen retenidas todas las lágrimas que brotan como cascadas desde las cúspides de la felicidad más absoluta, para descender por ríos serpenteantes hasta un océano de dicha en el que poder navegar un instante de la vida.

—Si no fueses un ángel tan joven me casaría contigo Omar, porque te amo con la locura de una adolescente.

Omar acercó el rostro a su pecho para que los latidos de su corazón acompañasen las estrofas, de una canción de Jacques Brel*, que le susurró al oído y que los alisios irradiaron por todos y cada uno de los rincones de su cuerpo.

A menudo, se ha visto
renacer el fuego de un antiguo volcán
que se creía demasiado viejo.
Es verdad que las tierras quemadas
dan más trigo que el mejor abril.
Y cuando viene la noche para que un cielo brille
¿acaso no se unen el rojo y el negro?

No voy a llorar más no voy a hablar más.
Me esconderé para verte bailar y sonreír
para escucharte cantar y reír.
Deja que me quede
a la sombra de tu sombra
a la sombra de tu mano
a la sombra de tu perro
No me abandones...

** Jaques Brel. "Ne me quitte pas" (1959)*

María, Yaco, Juan y Póker habían abandonado sus juegos y estaban plantados como estatuas de sal delante de ellos con las bocas abiertas escuchado, por primera vez, como Omar se lucía en las artes del canto. *«Abuelo, cántala otra vez»* le dijeron al acabar. Era evidente que para ellos ya estaban casados desde hace mucho tiempo.

Antes de que finalizase el verano y de que todos volviesen a sus quehaceres cotidianos, Sofie y Omar se casaron en la pequeña ermita de Saint Fiacre. A partir de ese momento Ciriaco descansó en paz en los jardines del silencio, después de haberse cumplido su deseo de hacer llegar a Sofie todo el amor que sentía por ella. Omar, que había aprendido tanto de su otra entidad, sabía que la amaría todos los días de su vida.

Epílogo

«Contacto desconocido» leyó en la pantalla del móvil poco antes de atender la llamada.

—¿Sí?

—Veo que ya no tardas tanto en coger el teléfono —oyó que le decía Conde al otro lado de la línea.

—Es que no sabía que eras tú, si no te hubiera hecho esperar siete años más.

—Como puedes comprobar la paciencia y la persistencia son ahora mi fuerte, ah, adobadas con una buena dosis de mala leche y frialdad extrema.

—Me alegro, veo que han hecho efecto los supositorios de Soto el Real, supongo que también te dieron alguno para que aguzaras tu ingenio.

—De eso ando más que sobrado desde hace algunos años, ¿lo dudas?

—Bueno, creo que tendremos ocasión de comprobarlo. Tu llamada no me ha sorprendido, hasta te diría que la estaba esperando.

—Bien, entonces sabrás porqué te llamo, porque hasta un negrito tonto lo adivinaría.

—Nada hombre, pues vayamos al grano. Toma nota, te espero mañana a las cuatro de la tarde en el número 37 de la Rue Kéréon en Quimper, Francia. Si no estás, necesitarás siete años más para localizarme —le dijo Omar poco antes de colgar el teléfono.

—*Bon jour monsieur Omar, je suis ravi de vous revoir par ici.*

—*Bon jour* Yves, yo también estoy encantado de volver a verte. El tiempo pasa, pero el trabajo bien hecho se recuerda.

—Es usted muy amable mi querido Omar, ¿fue bien la boda con su amigo?

—Muy bien Yves, una boda preciosa.

—¿Y? —dijo Yves mientras le guiñaba un ojo y le invitaba a presentar a su nuevo amigo.

—Hoy vengo con mi amigo Luis, un todoterreno de toda la vida —certificó Omar tras deslizar su mano a la altura de los testículos.

—Es usted un pillín —le dijo a Omar poco antes de acercarse a Luis y cogerle las manos con toda la dulzura que podía dispensar en la recepción del centro de estética de Quimper Yves Rocher— encantado de conocerte Luis.

—Bueno, pues vamos a poner manos a la obra ¿será lo de siempre?

—¡A mí no me pone nadie la mano encima! —soltó Conde que había mantenido la boca cerrada tal como quedó con Omar.

—No le hagas caso Yves, cuando huele sexo se pone como una fierecilla en celo, ¿no es así Luis? —le preguntó Omar dejando que viese en su mirada lo que se estaba jugando—, haremos el tratamiento de siempre y esta vez con especial atención a la zona de las ingles.

—Eso está hecho, cariño.

Omar había citado a Luis Conde en Quimper después de que éste consiguiese su número de teléfono rastreando las llamadas de Julia. Solo le había puesto una condición *«si no sigues mis instrucciones sin rechistar, olvídate de la pasta»*

Empezaba a anochecer cuando salieron del centro de estética luciendo lo mejor de sí mismos. Los masajes especiales a Conde, vuelta y vuelta, le habían dejado a punto para presentarse a cuerpo desnudo en cualquier ceremonia donde lucir sus despobladas ingles y sus contorneadas cejas.

—Si no fueses tan feo y tan malo te besaría en los labios—, le dijo Omar al salir.

—Si no fuese por la pasta que me has robado —le respondió Conde conteniendo sus impulsos—, te pegaba un tiro aquí mismo.

—¡Este es mi chico, mi machote bravucón! Si no te importa iremos en tu coche. Yo conduzco y tú, te pones este antifaz de koala para que eches un sueñecito.

—Mi dedo en el gatillo es más efectivo que mis ojos, o sea, que toma bien las curvas y procura no hacer un gesto extraño.

Aunque la distancia entre Quimper y el cementerio de barcos de Rostellec era apenas de cincuenta kilómetros que podían recorrerse en algo más de media hora, Omar tardó más de tres con la intención de desorientarle y de ponerle nervioso como de costumbre. En esta ocasión no tardó en conseguirlo hablándole sin parar de la buena vida que posibilita tener dinero a mansalva.

—Baja —le ordenó Omar después de parar el coche, de abrirle la puerta y de cogerle por el brazo—, y no te quites el antifaz hasta que te lo diga.

—Más te vale acertar con tus jueguecitos de patio de colegio.

Era medianoche cuando Omar le llevó hasta una oficina en el interior del almacén de Rostellec y le acercó una silla para que se sentará. Bajó las persianas de aluminio, giró las lamas para ocultar el contenido del almacén y le dijo que podía quitarse el antifaz. La luz de la lámpara del escritorio le cegó por un instante, se frotó los ojos y olfateó la estancia.

—Huele a mar —expuso mostrándole una desafiante sonrisa—, has conducido hacia el norte, por carreteras comarcales, ochenta y tres rotondas, tres veces has cruzado las vías del tren y por el tiempo que has tardado debemos estar cerca de... ¿Saint-Malo?

—¡Bingo! —dijo Omar haciendo sonar las palmas de sus manos—, este es mi agente favorito, olfato de perro y corazón de metal.

—¡Este es mi Omar, mi banco preferido! —respondió Conde desafiándole con la mirada y blandiendo su revólver en el aire a modo de preámbulo de su victoria—, mi negrito fiel, mi primate favorito... ¡Pon la pasta sobre la mesa si no quieres que te pegue un tiro!

—Controla los nervios, jefe, no vaya a ser que te de un infarto antes de pasar cuentas—, la habilidad de Omar para sacarle de sus casillas estaba incrementando de manera exponencial los decibelios que son capaces de soportar las neuronas, con riesgo de cortocircuitar la elaboración de cualquier pensamiento.

—Tú, saca la pasta y acabemos con esta idílica relación.

—Primero, vamos a ver cómo anda la contabilidad de tu banco preferido —le dijo Omar mientras acercaba una libreta que tenía sobre la mesa y la abría con toda parsimonia—, lo primero que veo es que la cantidad total depositada ha sido de quince millones de euros, ¿te parece correcto?

—Por ahí debe andar, euro más euro menos.

—Bien sigamos, aquí tengo anotados una serie de gastos que evidentemente hemos de descontar de esta cantidad.

—¡A qué coño de gastos te refieres! —soltó Conde mientras colocaba el dedo índice de la mano derecha en el gatillo y tamborileaba con los dedos de la otra encima de la mesa.

—Pues, por ejemplo, aquí tengo una anotación del coste de los billetes de tren de las veces que fui a Suiza a retirar dinero y cuyo importe asciende a cuatrocientos cincuenta euros; después veo los gastos de hotel, un desayuno de café con leche y un cruasán, ciento cincuenta euros; una serie de viajes a Madrid, de ochocientos cincuenta euros, que incluye avión, hotel y una botella de Barbadillo...

—¿Vas a leerme todas las anotaciones de tu puto libro contable? —le pregunto Conde interrumpiendo la detallada exposición de gastos.

—Tengo todos los comprobantes —le respondió Omar mientras abría una carpeta de gomas y extraía algunos *tickets*.

—¡Métetelos en el culo! —le gritó Conde después de mandar carpeta y *tickets* a tomar vientos—, dime exactamente a cuánto ascienden los gastos.

—Pues, si añado la gasolina de hoy y el depilado de ingles... —Omar demoró la respuesta haciendo ver que calculaba la cantidad a descontar—, euro más o euro menos creo que ascendería a unos sesenta mil euros.

—¡Sesenta mil euros!, y por esa mierda de cantidad me estás haciendo perder mi valioso tiempo. Descuenta cien mil, para que veas que soy generoso y dame mis catorce millones novecientos mil.

—Así, sin más, te fías de mis cuentas, ¿de verdad no quieres...?

—Se acabó la contabilidad Omar, saca la puta pasta y terminemos con esto de una vez.

—Bueno, si es lo que quieres —le respondió mientras se descalzaba y se subía a una silla con toda la parsimonia del mundo para alcanzar una caja de cartón de singular tamaño que estaba encima de la estantería.

Los ojos de Conde centelleaban como las estrellas de una paradisíaca galaxia mientras abría la boca y sacaba la lengua humedecida por la emoción. Omar a trancas y barrancas consiguió poner la caja precintada sobre la mesa, cogió un bolígrafo y comenzó a agujerear la cinta adhesiva con el objetivo de acabar con la paciencia de Conde.

—¡Eres tonto o es tu cerebro de primate el que te hace ser tan lento! —le dijo Conde mientras sacaba una navaja del bolsillo, descuartizaba los precintos y dejaba, ansioso por ver el contenido, el revólver sobre la mesa.

Omar confirmaba sus predicciones al cien por cien. Conde había perdido los papeles y se entregaba como un corderito en manos del "negro tonto" que, sin perder los nervios, había cogido el revólver y le apuntaba directo al entrecejo adecuadamente perfilado por el estilista de Quimper.

—Acaba de abril la caja —le ordenó en un tono serio y contundente como nunca había visto Conde—, y coge uno de los fajos que hay dentro.

Conde sacó uno de ellos después de tantear con su mano todo el contenido de la caja y en ese instante supo que lo que allí había no eran papeles de periódico, si no pasta gansa. Los billetes de cien, envueltos en celofán transparente y con una etiqueta que indicaba la cantidad de cien mil, olían a manjares del paraíso. Conde se tomó la libertad de romper el celofán y comprobar que entre el primero y el último no había gato encerrado, sino auténticas hojas de misal dignas de ser veneradas por separado y en su conjunto. Un cálculo rápido le permitió afirmar que, en aquella caja de cartón, que Omar trataba como si fuese mierda en la estantería de un trastero, había ciento cincuenta paquetes como el que tenía en sus pérfidas manos.

—¡No tienes huevos para dispararme! —le gritó blandiendo esta vez en la mano el paquete de cien mil euros.

—No tanto como los que tuvo el cabrón de tu padre con Ciriaco o tú con El Senegalés, pero a mi estilo, sin prisas y con la puntería de un primate, no te quepa la menor duda que el dedito con el que me saco los mocos apretará el gatillo cuando yo se lo diga. Y ahora, obedéceme y ponte estas esposas—, le ordenó después de sacarlas del cajón del escritorio.

—¡Pónmelas tú, si te atreves!

—Como quieras —le dijo mientras apretaba el gatillo y le atravesaba el hombro con una bala que le hizo doblar las rodillas y caer al suelo en redondo.

—¡Hijo de la gran...! —grito al caer sin ni siquiera poder acabar la frase a causa del dolor.

Los oídos le silbaban, los muebles y Omar se movían a su alrededor como una llama zigzagueante. Le vio acercarse y como le arrebataba el paquete de cien mil euros que había dejado de blandir en su mano. Le levanto, le sentó sobre la silla y le quitó la chaqueta gris pizarra que disimulaba la envergadura de la herida. La camisa blanca se teñía de un rojo escarlata a causa de la sangre que no paraba de brotar de la herida, agarrándose al cuerpo como una sanguijuela. Omar cogió la navaja de Conde e hizo añicos la camisa en un abrir y cerrar de ojos. Con un trozo, todavía blanco, taponó la herida.

—Solo tenías que ponerte las esposas, pero tú, erre que erre, fanfarroneando como siempre—le dijo mientras cruzaba su pecho y su hombro con una venda de gasa.

—¿Qué quieres cabrón? —le preguntó poco después de tomar conciencia de complicada situación en la que se encontraba.

—Ya te lo he dicho, pasar cuentas. A *grosso modo* y sin detenerme en detalles he llegado a la conclusión de que tienes que devolverme la vida de Ciriaco y todo resuelto. Como dice el refrán *«Cada uno a su casa y Dios en casa de todos»*

—Yo no maté a Ciriaco, fue mi padre y ya pagó con su vida por ello.

—Ya, pero tú quieres volver a matarle y esta vez no podrás hacerlo porque tiene un amigo negro que va a evitar más sufrimientos.

—¡Quédate el dinero! —le gritó instantes antes de que Omar sellase sus labios con cinta americana.

—No se admiten más alegaciones —le dijo Omar mientras le colocaba las esposas y daba por concluida la soportable relación.

Le cogió por el brazo y llevó a rastras hasta Tarrafal, la barca vestida con la bandera caboverdiana que esa noche le esperaba impaciente amarrada al pequeño embarcadero de Rostellec. Le ayudó a sentarse sobre el costado de babor, después soltó amarras, desplegó velas, cogió el timón y dejó que los alisios le adentraran en altamar.

Viajando hacia las profundidades del océano, con cien kilos de plomo adosados a su cuerpo, se agitó rabioso mientras recorría los últimos reductos del laberinto de las especies antes de que el despiadado minotauro le engullese en sus fauces sin la más mínima posibilidad de que se apiadase de él.

Las primeras luces del amanecer, con la ayuda de los alisios que no cejaban en su empeño en mantener la vela desplegada y la mar rizada, llevaron hacia la isla la pequeña barca. Sofie, sentada en el porche, la vio aparecer en el horizonte, llevó su mano a la frente con el propósito de centrar su mirada mientras los latidos de su corazón se aceleraban haciendo temblar su cuerpo. Le vio acercarse, parcialmente oculto tras la latina blanca que recogía todos los colores del alba, y en menos de lo que tarda un suspiro en salir del alma recordó el día que Ciriaco regresaba de pescar con Lola que movía sus brazos en el aire y le gritaba *«¡Mamá... mamá, papá me da dejado llevar la barca!»* mientras ella, sentada sobre la arena de la playa, daba el pecho al pequeño Paco. Como aquel día, levantó su mano para saludarle y vio que Ciriaco, Omar, o quién quiera que fuese, le devolvía el saludo. Esta vez no hubo Parabellum ni bala de nueve milímetros de cabeza hueca que atravesase su cuerpo. Omar aseguró la pequeña Tarrafal al amarradero junto a la casa, caminó hasta el porche, se sentó junto a ella, la cogió la mano y la besó con toda la ternura que guardaba en su alma y en la de Ciriaco.

Agradecimientos

A mi hermano Miguel Ángel, que me ha cedido para la portada de esta novela su singular obra "El Minotauro de Knossos", mitad bestia y mitad humano, espejo de las peculiares almas que transitan por el laberinto de las especies. El cuadro de Miguel Ángel ha sido una fuente inagotable de inspiración a lo largo de las páginas de esta nueva aventura. He de confesar que navegar sin su obra, sin la ayuda de los alisios y de una vela latina que no perdía fuelle, hubiera sido imposible llegar a buen puerto.

En fin, tanto su cuadro como mi novela son un buen lugar para perderse sin miedo a que el antropófago Minotauro nos devore por dedicar nuestro preciado tiempo a ello.

* * *

A toda mi familia por sus ánimos y en especial a mi esposa Marga, a mis hijas Cristina, Mónica y Ana, y a mis siete nietos: Cristina, Carlos, Ana, Ian, Xavi, Alex y Nil.

* * *

A mis lectores, por sus motivadores comentarios sobre mi novela *Ciriaco*, preámbulo de *El Laberinto de las especies*.

* * *

A Larbi Afallass, del Instituto Cervantes de Marrakech por su acogida y por las facilidades que me dio para iniciar esta novela liberándome de los estrictos horarios de biblioteca.

A Madame Gambier, por su confortable casa de Saint Fiacre, por su abastecimiento de leña y por su pequeña mesa sobre la que trabajé con mi pequeño ordenador de viaje.

* * *

A todos los que me permiten anidar en sus cerebros y vivir la vida a través de sus ojos.

Sort, 17 de mayo de 2018

www.ingramcontent.com/pod-product-compliance
Lightning Source LLC
LaVergne TN
LVHW091254150826
845673LV00006B/1416

* 9 7 8 8 4 0 9 0 3 3 8 3 6 *